山会崩,路会断,

渡你的人再久也会来。

渡你的人
再久也会来

陈慧——著

宁波出版社

目录

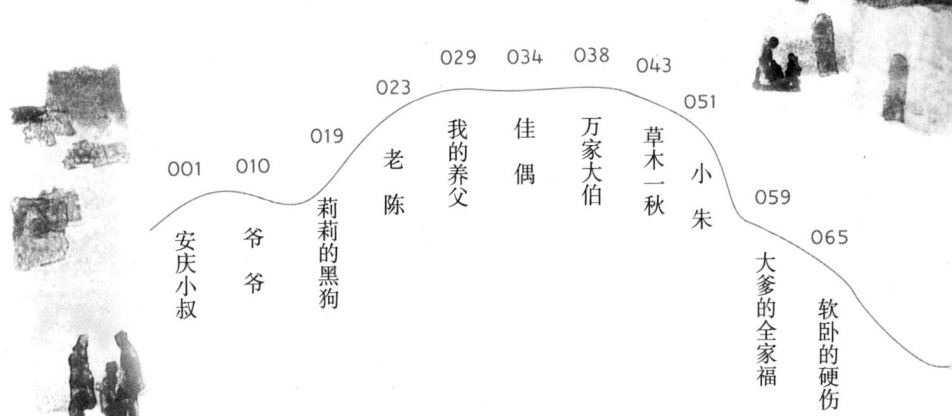

- 001 安庆小叔
- 010 爷爷
- 019 莉莉的黑狗
- 023 老陈
- 029 我的养父
- 034 佳偶
- 038 万家大伯
- 043 草木一秋
- 051 小朱
- 059 大爷的全家福
- 065 软卧的硬伤

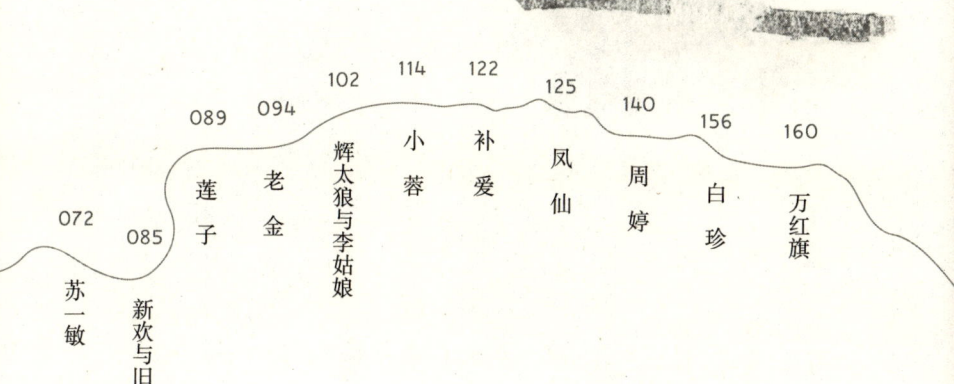

- 072 苏一敏
- 085 新欢与旧爱
- 089 莲子
- 094 老金
- 102 辉太狼与李姑娘
- 114 小蓉
- 122 补爱
- 125 凤仙
- 140 周婷
- 156 白珍
- 160 万红旗

172 项北妮
181 权三儿
188 乖孩子拉拉
194 丁薇
203 旧友
207 潘琴
214 梅朵
222 刘大胖子
235 关红豆什么事
240 于卫
248 阿瓜
260 后记

安庆小叔

乐器是有灵性的!

即使是同样的乐手,同样的鼓点,我依然在早上的这最后一场锣鼓与铜钹的呐喊声中听出了难以平息的悲悯。

有人说,敲锣打鼓的又有什么价值?人走了,一切皆空了。也有人说,冷冷清清地活了一辈子,临走了总要热热闹闹地送他一程。敲锣的老先生不乐意了,他是忠实的耶稣信徒,觉得"走"这个字含糊不清,他放下锣鼓,很庄重地给"走"重新定义:"安庆去了天堂!"

躺在灵床上的安庆小叔如果真的去了天堂,那此刻的他一定会立在云端上发愣:咦!你们今天竟然都来陪我。"发愣"是安庆小叔的惯常表情,他活着的六十八年里,极少有不发愣的时刻。"你们"也不过是包括我一家人在内的十二三个人而已,稀稀疏疏地呆立在敬老院的大门边,或面无表情地刷手机,或一言不发地倚在墙边,或神情恍惚不知所以,仿佛今天参加的这一场丧礼只是任务——一桩任务而已。

安庆小叔是我家公公的弟弟。据说,他这个人打小就反应迟钝,成年后，人生得还端正白净，无奈家庭成分不好（万先生的爷爷是地主），家底子又薄，加上本人"脑子不灵光"的名声远近闻名，打光棍自然是板上钉钉的事情。万先生的爷爷去世那年，安庆小叔才十一二岁，父亲一死，私塾的学费也出不起了，在学堂里待了两年的安庆小叔只得回家。也就是私塾里的这么一丁点儿的修行，让安庆小叔有了简单看报的能力。

万先生的奶奶极其疼爱憨乎乎的安庆小叔，她在世时和安庆小叔两个人住在万家老宅的一栋砖木结构的楼房里。母亲把轻便的家务活打理得妥妥帖帖，儿子听从母亲的差遣勤勤勉勉地干着田间的体力活，娘儿两个的日子过得还算舒坦平静。等到万先生的奶奶去世后，四十多岁的安庆小叔的日子糟糕了许多。虽然我家公公婆婆在生活上时不时地接济他一把，但他能凭自理能力把一日三餐混下肚子就已经很了不起了。

和万先生结婚前，我从来不晓得万家还存在着这么一个人。嫁给万先生之后，看到婆婆时不时地准备一些衣物和食物让万先生"送上去"，我才知道在万家的老宅里还住着个小叔叔。至于小叔是何方神圣，我当时并未在意。

我第一次与安庆小叔见面是我嫁入万家后的首个清明节。我和万先生去祭扫山里的祖坟，因为万先生对进山的道口拿捏不准，所以我们半路上临时决定拐到老宅里去叫安庆小叔同行。他有事没事爱在野地里晃悠，熟悉通向山中的每一条路径。

安庆小叔的家凌乱、破旧，门摇摇晃晃，窗户歪歪斜斜，整座房子里几乎没有一件完好的物件。或许是因为我们两个人主动登门造访，安庆小叔显得特别高兴。万先生向他说明了来意，他立刻扛起锄头带着我们向山里进发。一路上，他兴致勃勃地和万先生说道村子里鸡毛蒜皮的事儿、报纸上最近公布的某些政策以及国际上的热点新闻，很是有见解的样子。彼时，我对安庆小叔的心性完全不知情，除了对他一身脏得发亮的衣服有些疑惑外，压根儿没往别处想。回到家中，我和婆婆聊天，提到了这位健谈的安庆小叔，婆婆忍不住笑了："你别听小叔叔胡诌起来一套一套的，他的脑子其实有问题。"我有点不相信："不会吧？小叔叔说话思路很清晰的，看着挺正常啊！"婆婆正准备再说点什么，站在一旁的公公不乐意了，翻了个大白眼。婆婆顿时识趣地闭上了嘴，有关安庆小叔的话题暂停下了。

第二次见到安庆小叔是在几个月之后的一个中午。我从菜市场回家后意外地看到安庆小叔待在我家堂屋里，身上穿的还是我第一次见到他时穿的那一套衣服，不过更脏、更油亮。婆婆在厨房里忙碌饭菜，安庆小叔老老实实地坐在椅子上，有好几次他站立起来打算离去，但在我公公的一再挽留下又犹犹豫豫地坐了下去。

吃午饭了，他小心翼翼地坐在我旁边，默默地扒拉着白饭，无论公公婆婆怎样热情招呼，他都不伸筷子夹菜。我一时不忍，赶紧给他挑了几块鱼肉，他捂着碗，眼睛瞪得大大的，一个劲儿地对着我说："你自己吃，你自己吃。"那神情，像极了一个胆怯拘谨的孩子。

之后的日子，不知道是他习惯于躲在自己的世界里，还是大家都习惯于有意无意地忽视他的存在，反正我再也没有与他碰过面。儿子满月的那天晚上,婆婆递给我一个红包,里面有两百元钱,说是安庆小叔给我儿子暄暄的见面礼。万先生当时十分感慨:"想不到小叔叔对我们孩子还有这份心!"是啊,对于异于常人的安庆小叔而言,世俗的礼尚往来乃至这两百元钱是多么的不容易啊!心心念念地来给孩子送一份见面礼却是悄悄地来,不肯惊动我们,甚至连一杯水都没有喝就走了。我捏着烫手的红包,眼睛酸酸的,想想安庆小叔窘迫的生活,我思量着让婆婆把这两百元钱还给安庆小叔。婆婆说:"你还是拿着吧,这是他的一份心,你退给他,他反而会难过。他素来傻不愣登的,对孩子可是实心实意的。"我不敢再坚持什么,怕自己的一不小心会伤害一颗真切的心。

人人都说安庆小叔是傻子,背后说着笑,当面笑着说。可是傻傻的安庆小叔居然这么看重一个刚刚降临到世上的婴儿,他兴高采烈地在村子里和别人吹牛:"我有孙子了!"人家不屑地反驳他:"怎么是你的孙子?想得倒美!"安庆小叔直愣愣地追在人家屁股后面理论:"怎么不是?怎么不是?难道我不是小宝宝的爷爷吗?"人家不愿意和一个傻老头计较,不耐烦地下结语:"好的,好的,你个老木愣就拉长耳朵等着人家的小宝宝长大了叫你爷爷吧!"在本地方言中"老木愣"是个刻薄的词语,等同于傻子或神经不正常的意思,但安庆小叔满脑子装的全是"爷爷"两个字,压根儿顾不得人家鄙夷的神情,乐颠颠地回自己家去了。

当我家宝宝会含糊不清地喊出"爷爷"这个词时,安庆小叔已经被村里安排去了敬老院。说实话,像他这样的人,敬老院实在是最好的归宿,一来生活方面有基本保障,二来敬老院里多半是孤寡年迈的老人,彼此可以说说话,做做伴,总不至于太孤单。他在敬老院里过第一个春节时,我和万先生拎了些小零食去探望过。散发着浓浓衰老气息的敬老院像一个集体宿舍,集中了这个镇上最孤单、最无助、最不正常的老头老太,安庆小叔只是其中的一位。他有一间单独的房间,房间里有张单人床,有张小桌子,床头挂着两块毛巾,床尾胡乱地搭着几件衣服,桌子上放着几只不锈钢的碗盆,这就是他在敬老院的全部家当。

安庆小叔本想去隔壁借一张凳子来给我们坐坐,被我们拦住了,我和万先生站在狭小的房间里随随便便地和他扯了几句后就打算离开。他跟在我们后面,一直走到敬老院的大院子外,站定,问我:"小孩子乖不乖?"我答:"挺乖的,会认人了呢!你高兴的话,来我家,他一定叫你'爷爷'的。"这话大概说到他心坎上了,他愣愣地笑起来,毫无顾忌地露出满口的大黄牙。我和万先生同他挥手道别,走出去很远,我无意中回头张望了一下,安庆小叔依然直直地杵在敬老院的大门边,宛如一尊灰扑扑的雕像。

我满以为安庆小叔会来我家串串门,哪怕真的是为了听一声"爷爷"而来,但他终究没有出现。只有一回,我在菜市场卖东西时瞧见过他。正值隆冬,他套着一件黑乎乎的棉袄,两只手缩在袖口里,佝偻着身子坐在马路牙子上。我朝他挥挥手,他愣愣地看着我,虚胖的脸上勉强挤出了一丝笑意。我问他:"这么冷的天,你怎么跑出来了?"他梗着脖子,并不说话。我正准备多问他几句,有人跑到摊子前面买东西，等我把手上的一笔生意做完，他已经不声不响地消失在来来往往的人流里。

敬老院的不少老人都认识我，他们偶尔到街上来散心，绕到我摊子前来买些针头线脑，还要和我唠唠嗑："你是个好媳妇儿哦！你是江苏来的哟！你家儿子会叫'爷爷'了吧！"我奇怪："你们怎么知道我啊？"老人得意地揭底："是安庆告诉我们的呀，他还说，他去你们家吃过饭，你帮他夹了很多菜呢。"我不好意思地笑笑，一件根本不值得一提的小事，居然成了安庆小叔在别人那里炫耀的资本。他殷殷切切地把我们装在心里，我们何曾对他有这般的心？真是惭愧啊！

所有人都认为最适合的敬老院生活给了安庆小叔一个大家庭，然而这个大家庭里的某些品行不端的老人也引诱了不谙世事的安庆小叔走上了歧途——安庆小叔懂得了在夜幕下偷偷摸到那些闪着暧昧灯光的洗头房里去。等我家公公从别人的闲言碎语中得到消息时，安庆小叔已经染上了严重的性病，他的小便好几天排不出，整个人肿了一大圈。我家公公一方面对他的所作所为深恶痛绝，一方面又替自己被人误导的傻弟弟惋惜。他看着安庆小叔一路走来，很清楚安庆小叔的为人。安庆小叔虽然脑子里比别人少根筋，但他本性纯良，绝非下作之徒，如果不是受到居心卑劣之人的蛊惑，他又怎么会进去此等龌龊污秽之地呢？

年迈的公公带着安庆小叔往医院奔波了好几趟，好歹控制住了他的病情，但病根从此落下了。我家公公心善，眼见安庆小叔被恶疾折磨得面黄肌瘦,责怪的话语无论如何冲不出口。老人家闷闷不乐地坐在家中,想想可怜的弟弟,止不住地摇头叹气:"阿安(安庆小叔的奶名)唉!阿安!"

或许因为这件事的负面刺激,安庆小叔的性情渐渐变得无法理喻,他不再是过去那个简简单单的老人,他开始肆无忌惮地四处游走,失踪个几天几夜成了常态。谁也不知道他为什么要逃出敬老院,谁也不知道他去了哪里,谁也不知道他失踪的几天是怎样熬过来的。

2012年的冬天,大雪茫茫,他整整消失了一个星期,村子里的人分成几组分头寻找,终于在山里的一个老树洞中把他揪了回来。一干参与搜寻的村人围着他密集地追问:你放着好好的敬老院不住,跑到山野里去干什么?你待在外面这几天究竟做了些什么?等等问题,安庆小叔一概置之不理。所有的人都认定他已经魔怔了,无可救药了,先是身体上的堕落,再是精神上的全线崩溃,安庆小叔彻底成了一具行尸走肉。

敬老院的几个老人隔三岔五地来我这里播报消息:安庆跑出去两天了,安庆把自己吃的东西全送人了,安庆如何如何了。最近的一次,说安庆小叔变成了耶稣的信徒,开始跟在别人后面去教堂了。那样的安庆小叔去教堂——听起来有点古怪,但家里的人大大地松了一口气:不管安庆小叔以怎样的姿态出现在教堂里,做祷告总比漫山遍野地去疯跑要靠谱得多!

被上帝的光环笼罩着的安庆小叔有了巨大的转变,他不再彻夜不归,而是频繁地进出教堂,顺便把自己老年卡里的余钱通通敬献给

"上帝"。他不再吃荤腥，日日以一碗清水煮菜度日。他忽然之间又牵挂起了我的儿子，敬老院里分配的面包饼干、几包方便面或是教堂里赠予他的八宝粥之类的小食品，无一例外地要托人捎来给我的儿子。帮他捎东西的一位大姐是我们村子里的，在敬老院的食堂里烧饭，每一次她捎东西给我都要附上一句话："安庆小叔怎么就记得你儿子呢？"是啊！安庆小叔怎么独独记得这个和他谋面甚少的小孩子呢？在他模糊不清的心智里，一个小孩子居然会占据如此之大的位置，实在让人费解啊！有几次万先生去探望安庆小叔，我都要他带上孩子，不为别的，就为成全安庆小叔惦记我儿子的那一份情意。孩子从敬老院回来后，"小爷爷"三个字还会挂在嘴上，不过，用不了几天，他就忘记"小爷爷"这个人了。

上个星期二一大早，我像往常一样立在街边，敬老院的一位老人匆匆地走过来告诉我："三三，安庆这几天茶饭不进，人非常不好，你家的人最好去看看他。"我立刻给万先生打电话，让他去安庆小叔那里了解一下情况。万先生过去一看，原来他的老毛病又发作了，敬老院的领导安排医生给他做了常规的治疗。这样的情况以前也有过一两次，吃点药，导尿管插几天便缓解了。万先生当然没往心里去，陪了他一会儿之后就回来了。不想，第二天敬老院的电话来了，说安庆小叔呼吸急促，准备送往市医院抢救。

在抢救室待了一个晚上，医生握着一大沓血液检验的报告单通知万先生赶紧把安庆小叔带回家办后事——心衰竭、肾衰竭、肺衰竭，委实没有再在医院住下去的必要了。就这样，陷入重度昏迷的安庆小叔死在了从医院返回的路上。在他生命的最后一刻陪着他的有三个人：万先生、万先生的堂弟，还有一个是与他毫无关联的驾驶员。

安庆小叔的尸体被安置在敬老院的一间偏房里。我走过去的时候，偏房的门敞开着，静悄悄的，一床脏兮兮的被子盖在安庆小叔的身上脸上。这个人，他稀里糊涂地在世间走了一遭，又稀里糊涂地去往了另一个世界。这个人，他无足轻重，像纸片一样被人遗落在另一个空间里混世，现在他终于解脱了。这个人，我和他只一起吃过一餐饭，他却念念不忘我的儿子，多么希望他的下一辈子能天天有人陪他同坐，给他夹菜。这个人，我和他只见过寥寥数面，可在这间冷清寂静的停尸房里，我为什么会控制不住地为他流泪呢？

从公墓返回的路上，儿子问我，小爷爷死了以后会去哪里，我告诉他，小爷爷投胎去了。儿子说，那小爷爷下辈子能变成什么？我说，当然还是变成人啊！

安庆小叔这一生过得这么苦，这么潦草，下辈子的他一定会做个既聪明又有福气的好人！

爷爷

　　爷爷有一口结实的好牙！八十九岁的人了，所有的牙还齐心协力地坚守在自己的岗位上，丝毫没有摇动的迹象。正月初三的中午，住在村头的大姑妈送来了一盘炸得黄澄澄的春卷，捂在被窝里的爷爷用他的好牙把春卷嚼得咯吱作响。爷爷的儿女们都觉得很欣慰：在我们那一块，有我爷爷这般好牙的人比不上我爷爷高寿；和我爷爷一般长寿的老人呢，根本没有我爷爷那样的好牙！

　　大姑妈拔高音量问："父，春卷好不好吃？"爷爷咂咂嘴，温和地笑笑："好吃！"家里人更欣慰了：虽然爷爷这段时间精神并不好，但能品得出食物的香气就证明老人的思维清晰，味蕾还管用，活到九十开外应该没什么大问题。其实，他们没想到的是爷爷这辈子说得最多的就是一个"好"字。仅仅隔了二十天，轻言细语地和大女儿说着"好吃"的爷爷在一个清冷而平常的下午溘然长逝了。

　　作为一个远嫁他乡的长孙女，除了一年一次回娘家探望，我与爷爷为数不多的交流基本上是在电话里。早几年，他的耳朵稍微好一些，我和他说家长里短，他能在电话的另一头应答自如。慢慢地，他的听力不行了,我在电话的这一头扯着喉咙喊,他嘟嘟囔囔地应着,文不对题。再后来,养父养母各自配备了手机,家中的座机便注销掉了。固话线消失了,爷爷的声音再没有机会从我的手机里响起,有关于他的讯息千篇一律地被精简到我与养父母联系的最后两句话里。一句是我问的"爷爷最近怎么样?"一句是养父母答的"他挺好的"。仅此而已!

爷爷走得很安详很体面,除了纠缠他多年的哮喘症,他的身体并无其他的毛病。临终前,姑姑们卸掉他床上的帐子,为他换上早已准备好的寿衣,他飘飘忽忽地配合着,意识还是清晰的。四姑姑附在他耳边问:"父,你难不难受?"爷爷迷蒙着眼睛轻轻地说:"我不难受。"比起那些被伤病苦痛折磨到最终离世的人,爷爷有此善终,是他的福报,也让一直陪伴在他身边的一干儿女甚觉安心。

我养父曾不止一次在饭桌上讲过爷爷幼时被人用圈圈定住的旧事:爷爷上私塾那会儿,读书写字极好,私塾的常先生非常欣赏他,总是把他挂在嘴边上表扬,这引起村上几个和爷爷同在一个私塾读书的孩子的嫉妒。于是,某一个清晨,几个调皮小子联合起来在半路上拦住了赶去私塾的爷爷,其中一个领头的孩子用脚尖在地面上随意画了个脸盆大的圆圈,命令爷爷双脚并拢站进去,不到他们返回绝不准走出来。孩子们的本意是小小地耀武扬威一下,不想我爷爷竟乖乖地照做了,呆呆地在圈里站了半天。因为这件事,爷爷一下"出了名"。也因为这件事,私塾的常先生勃然大怒:他最中意的门生怎么能由着人欺负?!虽然捉弄爷爷的熊孩子们被常先生挨个儿用戒尺狠狠地打了一通屁股以示惩戒，可爷爷"老实墩"的一顶大帽子从此是妥妥地坐实了。

仅上过私塾的爷爷打得一手的好算盘，是我们那一块少有的能人，先后做过村里、大队里、乡里粮站上的会计，脚踏实地地工作了好多年，从无私心。我的脑海里至今还存放着一些爷爷和粮站的零碎片段：骑着28吋永久牌自行车的爷爷带着我一起去公社，粮站的仓库里堆积着如山的稻谷，爷爷穿着白的确良衬衣端坐在简陋的办公桌前一丝不苟地写账。不管是推着平板车前来卖粮的农民，还是和爷爷一起工作的同事，见了爷爷总要客客气气地打声招呼"丛会计"。

在我想来，粮站应该是爷爷一生中最忙碌最满意的地方，对一个谦卑忠厚的人而言，自身的才华得到了外界最大的认可和尊重，该是多么幸福和骄傲！不晓得为什么，粮站的工作爷爷做了没几年就不做了。我那时还小，对大人们的人情世故一窍不通，倒是我的养父言谈之间提及粮站时总要忍不住嘀咕一下，说爷爷胆小没用，别人在粮站上做事都尽可能地往腰间捞些好处，只有我爷爷，谨小慎微地做人做事，什么也没图。

一桩旧事，我养父翻来覆去地数落了一遍又一遍，爷爷一不解释，二不争辩，"嘿嘿"笑几声了事。忙完了一天的农活，照样抽出晚上的工夫为我养父对账算账。养父是我们乡里唯一的电工，每隔一个阶段，就要挨家挨户地抄电表、开发票、统计电费。附近几个村子合起来有几百户人家，养父粗心且是个酒糊涂，早上背着个包出门，晚上跟跟跄跄地归家是常态，要他耐着心做好自己的分内事简直是要了他的老命。可想而知,他的账目做得有多乱,有多糟!爷爷看不下去了,主动为儿子收拾起烂摊子来。我儿时很多个迷迷糊糊的夜晚,耳朵里总是跳跃着噼噼啪啪的脆响,偶尔,我努力地撑开眼皮,看到披着一件老棉袄的爷爷在灯光下全神贯注地拨弄着算盘。

爷爷天生是适合与数字打交道,并乐在其中的。他不爱说话,也很少说话,似乎他一生中应该讲的话全被那些稀里哗啦作响的算盘珠子抢走了,所以,他才变成了一个特别特别安静的人。他的安静中隐藏着一种自然而然的敦和,让小孩子不由自主地亲近。我尤其黏他,他去粮站做事,我要跟着他,一半是依赖他,一半是馋粮站食堂里炸的油馓子。他去高岗下的胡桑地里干活,我要跟着他,他从来不嫌我碍事,一边采桑叶,一边摘紫红的桑葚喂我。下雨天,他坐在堂屋里织渔网,我搬一张小板凳挨着他,目不转睛地盯着他手中的木梭在渐渐成形的渔网上跳舞。爷爷有一双多么灵巧的手啊!那一双手整理出了无数张千头万绪的账单,打点过一个十来号人口的大家庭中横七竖八的事务,还为童年的我变出了各种粗朴有趣的玩意儿。我在他身边生活的十二年里,每年的元宵节他都要为我扎一只大大的兔子灯。最让我印象深刻的是他曾经别出心裁地设计了一只奇形怪状的铁皮筒子用来孵小鸡,幸运成活的鸡仔壮大了奶奶的鸡群,不慎被烤熟了的鸡蛋便成了我的美味。至于那些死在蛋壳中的倒霉鬼叫冤鸡,奶奶重油厚酱把它们红烧后留着给爷爷下酒。

爷爷好酒。酒是代销点里最便宜的散装酒,下酒菜更是平常,要么是一碗炒熟的干黄豆,要么是一碗半干半湿的炒大豆。八仙桌靠墙的一边是他的固定位子。我捧起饭碗的时候爷爷开始喝酒,他的酒喝得四平八稳,每抿一口酒眉头都要微微地拧一下,看上去酒极其热辣的样子。他没有一天是不喝酒的,一日两餐,中午和晚上各一杯。酒是他生活中不可缺少的一部分,但他好了一辈子的酒,却从未因酒失态。和他相比,我养父的逢酒必醉、每醉必狂,简直就是一出不断重复的灾难剧。养父贪酒,贪得我养母咬牙切齿,两个人共同生活的几十年中不知道为那无辜的液体吵闹了多少场。爷爷好酒,好得我奶奶爱屋及乌。可以这么说,奶奶在世时,爷爷喝的所有的酒全是奶奶亲自为他买来的。爷爷和奶奶——这两个包裹了我整个童年的最亲的亲人,胼手胝足含辛茹苦地养大了一儿六女,不红脸不吵架,把清贫的日子过得踏实和美。奶奶做事急咋咋的,风一阵雨一阵。爷爷是好好菩萨,和谁都笑眯眯的,没有一点出格的地方。爷爷唯一一次发脾气是为了奶奶——奶奶和养母闹小矛盾,拉拉扯扯中,一坛子大酱翻倒了,奶奶右手食指卡在门框上受伤了。平日里,两个女人之间的关系紧张,爷爷是绝对不参与的,打打马虎眼,难得糊涂,清官难断家务事嘛!奶奶的手指肿了,爷爷很气愤,一反常态地板起了脸据理力争,扎扎实实地教育了我养父养母一场。所谓"不鸣则已,一鸣惊人",这八个字用来形容深藏大家长气概的爷爷,真的是再适合不过了。

除了做工务农,爷爷极少出门。在我的记忆里,爷爷基本不走亲戚,甚至连我六个姑姑的家都不怎么去。不是他古怪,而是他骨子里的拘谨约束了他的脚步,他心甘情愿地出门为的只有一桩事——看戏。戏是我们南通的僮子戏,一年要做十来场,有几场是农闲时节村子里的人凑份子钱请来的戏班子,有几场是人家祭祀或招魂不可缺少的节目。唱来唱去不过是《陈英卖水》《白马驮尸》《李兆廷》《秦香莲》《花子街》《珍珠塔》之类的曲目,爷爷却不嫌重复的戏文没新意,场场不落地去看。

　　唱戏的地方搭个简易的大台子,中午开场,唱到前半夜结束。戏子们穿着红红绿绿的戏服,在锣鼓铜钹中唱得婉转哀怨,戏台下的人一个个仰着脖子看得兴高采烈。倘是唱戏的日子我正好不读书,爷爷便带上我。我才看不懂戏呢,我惦记的是戏场边上那些卖糖果瓜子小玩意儿的货郎摊子。

　　爷爷去看戏穿得毕恭毕敬,平日里压在箱子底下的蓝色中山装和鸭舌帽被隆重地请了出来。爷爷秃顶,不戴帽子不肯出门。走进戏场,爷爷如往常一样的腼腆,侧着身子小心翼翼地加入熙熙攘攘的人群里,生怕挤到谁似的。他看戏像个听话的小学生在上课,双手交握放在膝盖上,头微微地昂着,似乎充斥在戏场上的一切嘈杂与他毫无关联,能够进入他眼睛里耳朵里的只有僮子戏里的痴男怨女。看到动情处,他从中山装右侧的口袋里掏出叠得方方正正的手绢擦擦眼角:他是个真正懂戏、爱戏的人。

　　家里后来添置了一只双卡的录音机和几盘僮子戏的磁带,他很满意,一有空就打开录音机,夹着一支烟,支楞着耳朵坐好久也不动弹。那只录音机质量过硬经年不坏,坐在它面前的人先是爷爷和奶奶两个人。奶奶不识字,听不出僮子戏的精彩,她陪着爷爷,要么让爷爷边听边讲解，要么在锣鼓的掩护中小鸡啄米似的打着瞌睡。奶奶一去世，衰老宛如夜晚一样徐徐地降临到爷爷头上，世界渐渐看不上他了。我那会儿已经高中毕业，在县城里开了一家小小的缝纫店，没有什么事情基本不回养父家，即使匆匆忙忙地回去一趟，对着爷爷，敷衍多过和悦。他不主动与人沟通，这是他一生的短板。晚年的他愈发像个不存在的人，家里的人只在吃饭点上才想起他还存在着："去叫爷爷来吃饭。"我跑到他的房间里，他一动不动地黏在小椅子上，指间的烟早已熄灭，他固执地保持着这个姿势，仿佛坐在那里已经多年。我叫他："爷爷，吃饭了！"他扭过头看看我，小眼睛里若隐若现的亮光："我领第回来了。"他总是在我的乳名前加一个"我"，一直是这样。而我，在二十七岁那年用远嫁他乡的方式彻底地把他搁置在我的生活之外。

他越来越苍老，越来越静默，死神用惊人的耐心一点一点地逼视着他，又仁慈地不让他染上什么大病。他单单是肺不好，哮喘在春天有力地发作着，像是在他的喉咙里安装了一只怪异的哨子，他带着这只时响时息的哨子在七十多岁通向八十多岁的一条路上蹒跚前行了十多年。家族里所有的人都劝他不要抽烟了，所有的人来探望他时又都不自觉地买了香烟。上了年纪的人了，抽烟不好。可他这么老了，再不好，还能抽上几年呢？不如随他喜欢吧！他逐步溃散的精力，哪里还能守得住自己的城池：眼睛昏花了，耳朵听不清了，走路风摆杨柳般一摇一晃。生命和岁月赐予他的，末了，又一丝一毫地往回收。他躺着来到这个世上，又躺着往另一个世界回转。最后，他的白天和黑夜没有了什么区别——一整天一整夜地耗在他睡了六十多年的雕花木床上。

我从浙江回去,和他说几句话,顺手把两条香烟塞到他的枕头底下。他欣喜而准确地叫我的名字:"我领第回来了。"忽而黯然:"怎么嫁那么远?"我骗他:"远什么呀!乘三四个钟头的车就到家了,你把身体养好,我一有空马上来看你。"他无声笑笑,不戳穿我。他老归老,并不糊涂,子孙们的空头支票照收不误。

他八十七岁后换了一种新的生活方式,启动了一个被动做客的局面,六个姑姑轮流把他带回她们的家中。因为长期处于静态,他的食量变得很小,最后半年,他自动放弃了最爱的白酒,换成了温和的黄酒。那年夏天我回江苏,他住在离家十多里的二姑妈家,我和小弟去看他,他的眼睛已经完全看不见了,半靠在床上,我拉着他的手问他:"你可知道我是谁?"他恬静地一笑:"我领第。"我细致地帮他洗脸洗手剪指甲,他的脸上堆满了皱纹,褐色的老年斑泛滥在他瘦削的脸颊上,他手上的皮松松垮垮地挂着,干枯衰老,一拉一大把,像极了被风干了的蛇蜕,他右手的中指呈九十度角僵硬着。我记得他这根手指是多年前的一个秋天他磨镰刀时割破的,流了很多的血,好了以后便再也不能伸直了。我翻来覆去地查看他伤残的手指,怎么也找不到疤痕,它究竟伤在哪里呢?

我们几个人围着爷爷,尽量地稳住自己的目光,看着他,以这个动作别扭地表达着孝敬。二姑妈用爱怜的口吻和我讲着他:"父听话着呢,父乖着呢,一点不烦人。这么大年纪了,别的没要求,单单爱听个僮子戏。""听话、乖、不烦人"是姑姑们一致的评语,我一直认为这几个词是用来形容婴儿的,她们不约而同地送给了一个八十九岁的老人。

2016年初春的一个下午,很乖很听话的丛其海老先生去了另外一个地方,他平和地活着,平和地消逝。被带去火葬场的老人怀里揣着我奶奶生前穿过的一件淡蓝色旧衬衣。这是他很早前就吩咐大姑妈为他做的一件事,他说过,衬衣是信物,到了那边儿,奶奶看到了他带来的信物一准儿会明白。他又能和奶奶在一起了。

莉莉的黑狗

莉莉是我的远房表姐，我十八岁那年才认识她，并且和她一起相处了差不多三个月的时间。说实话，她长得很一般，皮肤微黄，单眼皮，小眼睛，嘴唇薄薄的，颧骨也高，她不笑的时候，看上去满脸苦相，偶尔笑起来，眉毛弯弯，一口白牙。在老家，颧骨高的女人被划在凶相的一类里，老人们说颧骨高的女人命狠着呢，克夫！这话在莉莉身上不幸地应验了，她在二十六岁的秋天真的成了寡妇，儿子颖儿才四岁。

表姑妈生了三个女儿，莉莉是最小的妹子。二姐娅娅做代课老师，热情善良，就嫁在附近的村子里。大姐细细很能干，二十多岁就办了皮革厂，手底下带着好几十个工人，在当地是个名头比较响亮的女强人。莉莉的丈夫张达明患病到离世的那段时间里，大姐细细几乎承担了所有的医疗费，竭尽所能地想挽留妹夫的生命，想给莉莉以及四岁的外甥一个完整的家。

家人们所有的努力最终没有敌过死神残忍的一根手指，张达明去世时年仅二十八岁。为了答谢大姐无私的援手，莉莉办妥了丈夫的身后事就来到细细的小厂里帮助姐姐打理烦琐的业务。莉莉的夫家离娘家大概有三十多里的路程，儿子张颖儿就放在奶奶身边读书。皮革厂的活儿很杂，小工厂也不存在正规的作息时间，反正是计件制，工人们愿意什么时候下班是他们自己的事。莉莉相当于小厂的总管，从前套的布料下发到流水线的安排以及后期的出货，基本都离不开她，所以星期一到星期五，莉莉住在娘家。星期六的下午，不管多忙，莉莉也不干活了，换掉粗糙的工作服，把自己拾掇得清清爽爽地去接张颖儿来外婆家度周末。

记得那会儿，表姑妈家的周末因为颖儿的到来特别温馨。颖儿长得不随妈妈，黑葡萄似的眼睛，长长的睫毛一闪一闪，洋娃娃似的好看，据说是张达明的百分百翻版。细细真疼爱这个没有了爸爸的小男孩啊！平日里脾气非常火爆的一个大女人，和颖儿说话也尽量半蹲着，仰着脸，眼窝子里满满的是怜惜。娅娅夫妻也特地赶来陪外甥，给颖儿买了大包小包的吃食和衣物。

大家庭里的每个人都发自内心地笑着、看着、爱抚着不爱说话的颖儿，饭桌上一片脉脉温情。桌底下，和颖儿一道来的大黑狗乖巧地趴着，时不时地伸头叼住某人抛给它的一块骨头。

那是一只通体全黑的大狗，张达明生前的爱物，虽然只是奔跑在乡间的普通土狗，但威武彪悍，勇敢的心脏里仿若住着喝饱了酒的武松，咬遍方圆十里无敌手，称王称霸。可就是这么一只傲气的狗却有个不争气的毛病——晕车。每次莉莉去接颖儿，大黑狗总是又跳又蹦，喉咙里叽里咕噜地诉说着对主人的爱戴，看到颖儿坐上妈妈的自行车准备出发，它便殷勤地陪伴在小主人身旁，一副保驾护航的保镖范儿。莉莉威逼利诱数遍也不能把它赶回家，怎么办呢？只能把它一道捎过来。

莉莉的坐骑是二十多年前最常见的28吋永久牌自行车，颖儿坐在车杠上向前方，黑狗蜷在前面的车篓里，前爪搭在车头上。其实黑狗对长跑蛮拿手的，但莉莉心疼它，不愿看它荡着舌头狂奔，就自作主张地安排它和颖儿面对面地坐着。

第一次被抱到车篓里的黑狗觉得新奇，东张西望的很带劲。等莉莉骑上自行车一会儿后，它开始出现了可笑的症状：摇头晃脑，大口喘气然后连续地干呕。莉莉看情况不妙，连忙把它放在地上，一落地，它吐得更厉害，哇啦啦地摊了一地。吐完了，病恹恹地趴在地上一动也不动，完全没有了平日里的神气。没办法！再把它搬回车篓中，走走，停停，骑骑，三十多里的路花了两个多小时。到了表姑妈家，晕成一堆稀泥的黑狗得到了解放，有气无力地趴在墙角，直到晚餐时间才得以恢复元气。和小主人在外婆家欢欣地待上一宿后，第二天傍晚时分打道回府的途中，黑狗晕车的窘相照旧，可笑非常。

或许是黑狗与颖儿的感情深厚得不想分开，或许是狗的记忆片段没办法保留多久，反正首次的"晕车秀"一点儿也没影响到它坐自行车的热忱。每个星期六是它的出行日，当天晕过来，次日晕回去，晕得像个罹患顽疾的人类一样，让人难以置信这只被自行车折腾得一塌糊涂的狗会有那些独霸狗圈的荣耀。

对黑狗而言，忠心的追随是它的天性。对莉莉而言，这只黑狗有着非比寻常的身份，目光触及它，仿佛就能从它的毛发里翻阅出亡人的诸多片段。莉莉和她的丈夫是学生情侣,清纯女孩与翩翩美少年的经典爱情,六年的相亲相爱耗尽了前世今生的幸福,给莉莉留下的是无数个心碎啜泣的黑夜。

莉莉一直独身,直到而今。最美好的感情是心底里一座顽固的地牢,圈住了过往的甜蜜与缱绻,把可能颠覆的未来通通拒在千里之外。彼时年少,不懂世情,夜半迷迷糊糊地起身,依稀看到同居一室的莉莉在偷偷抽泣,来不及细想又昏头昏脑地进入了梦乡。

多年过去了,我站在异乡的街上,时常会看到坐在电瓶车踏板上的大小狗们,神气活现地享受着暖风吹狗脸的惬意。突然之间我的脑海里浮现出一幅清晰的画面——一个瘦小的女人踩着大大的自行车,可爱的男孩坐在前杠上拉着黑狗的爪子,那只傻乎乎的黑狗在晕车……

老　陈

嘘！你们听了可别笑啊，我告诉你们，老陈有个绰号叫"捣蛋精"。呃！老陈就是我爸。我这么兜一个六十多岁的老人家的底会不会有点不地道呢？不过，事实确实如此。"捣蛋精"这三个字是我妈的原创，我相信，这个世上再没有哪个人会比我妈更知道我爸的底细了！

我爷爷家在前庄，我外公家在后庄，前庄后庄之间隔着一条大河和一大片宽阔的田野。我爷爷的妈妈和我外公的妈妈是姐妹，这样排下来，我爸和我妈还有点回避不了的血缘关系。我妈和我爸在一个学堂里读过书，那会儿考试用的是五分制，我爸聪明，基本满分，我妈学得不太好，总是考 2 分。2 写在纸上像只鸭子，所以每天放学后，我爸背着个破书包跟在我妈后面一直"2 鸭子 2 鸭子"地聒噪。我妈很恼火，但她老实，即使翻脸了我爸也不怕她，而且我爸脚底抹油的功夫一流，我妈有揍他的心却没有追得上他的劲。在怒火中烧和无可奈何之间无缝切换的我妈，完全没想到这个成天像个苍蝇一样在她耳边嗡嗡叫的捣蛋精会是她要相伴一生的人。

我妈二十岁时就是出了名的巧手姑娘，外婆去世得早，六个弟弟妹妹的衣服鞋子全是我妈一手操持的。我妈长得也好，眉清目秀，一笑起来两个若隐若现的小酒窝，除了帮助外公分担家务，我妈还是村文化宣传队的骨干，唱歌跳舞样样来得转。村里经常安排我妈去周边几个村子参加汇演，明恋暗恋我妈的小伙子不下十个。可惜在当时自由恋爱行不通，我妈的婚事主动权在我外公手上。有一天中午，我外公吩咐我妈换上红的确良的短袖随他去前庄看望卧病在床的姨奶奶。说是去慰问病人，私底下其实是我外公和我爷爷串通好了的相亲。我外公和我爷爷意气相投，老一辈的人觉得亲上加亲的婚事好，一来知根知底，二来可以省点结亲的花销。

父辈心中的小九九，做儿女的并不知情，况且前庄的姨奶奶在我妈心中还算是个比较和蔼的老太太，所以，我妈对"慰问病人"这件事毫不怀疑。我爸呢，一个十七岁的毛孩子，相亲娶媳妇儿的事儿还不如他背着网去湖荡里打鱼重要呢！当日，我妈中规中矩地坐在院子里没迈步，我爸压根儿不晓得晃悠到哪去了，等到中午饭摆上了桌，我爸才神气活现地挎着鱼篓子归家。时值盛夏，我爸顶着个锅盖头，打着赤膊光着脚，全身上下单单一条大裤衩，大概是像鱼鹰一样每天热衷于在河边转悠的缘故，整个人被晒成了一条乌溜溜的泥鳅。一桌子的人热热闹闹地吃着饭，大人之间心照不宣，年轻的男女主角却心无旁骛。也难怪，我爸妈虽然儿时是在一个教室里念书的，但我妈五年级毕业后就辍学了，我爸彼时还在读初中。再则，我妈出落得像一朵花似的，我爸整个一没开化的皮孩子，两个人根本不般配。

老　陈

当天的饭桌上，外公喝高了，回家的脚步歪歪扭扭的，路中间走着走着就偏到田坎边上去了。我妈没办法，只好半扶半推着醉醺醺的外公往前走，我外公一边走一边对着我妈嘟嘟囔囔："等到明年你和罩儿（我爸的乳名）成亲，我还要多喝两杯。"我妈被这话吓得一哆嗦，差点没把我外公推到田坎下的水渠里。外公扭着八字步兀自唠唠叨叨，一点没察觉到一旁扶着他的大女儿神情恍惚。

为了这桩心不甘情不愿的婚事，我妈不知道流了多少眼泪，归根结底还是没拗得过我外公。我妈不管说什么，我外公就一句话："罩儿勤快，小小年纪就会打鱼，你嫁给他的话一世有得吃。"外公是勒着裤腰带从大饥荒年代挨过来的，饿晕过，也饿怕了，在他心里，"有得吃"就是最好的生活。

事实证明，我外公择婿的眼光和标准是正确的。我妈嫁给比她小三岁的我爸后，果然没有受累，非常"有得吃"！吃什么呢？粮食绝对是有限的，由不得人的肚皮，家家户户一日三餐稀得能照出人影的薄玉米粥还不能喝饱，我们家比别人家有得吃的是鱼、野兔子、青蛙、野鸡或者麻雀什么的。鱼一年四季吃得上，青蛙属于夏天的美味，野鸡野兔和麻雀不经常吃得到，得看我爸的运气。鱼是用蒜网打上来的，蒜网是我爷爷一梭子一梭子织造的，爷爷是我爸的启蒙老师，我爸打鱼的技巧一半得益于他老人家的指点，一半靠自己琢磨。蒜网是苏中地区一种特制的捕鱼工具，不会撒网的人很容易把网撒到自己头上——自个儿变成一条大"人鱼"。我爷爷打鱼时我爸背着鱼篓子跟在身旁捡鱼，背了几回鱼篓子后他就能像模像样地撒网了。鱼儿捕回来，奶奶在大锅里煮好，半锅大大小小的鱼冒着诱人的香气，锅沿上贴着一溜儿的玉米饼子。玉米饼子口感粗糙，不好吃，但经过鱼汤鱼肉的衬托，玉米饼子的格调立马提升了不少，至少，咽下去时不那么扎嗓子眼了。在我爷爷手里诞生的那一张蒜网，我爸用了很多年，直到我上初中时他还不舍得放下。有一次他在村子旁边的一条小河里撒网，我高高兴兴地帮他提鱼篓子，他一网拖上来，鱼儿寥寥无几，网上面却挂着一条妖艳的水蛇。我很没出息地扔下鱼篓逃跑了，从此再也不跟在他后面凑热闹了。

我爸批评我没有"玩性"，玩——多随意的一个字眼，有的人玩物丧志，有的人却能在玩的过程中悟出许多的生活道道。我爸属于非常有玩性且很会玩的人，他的学业是班级里数一数二的，他的"玩业"同样是村子里出挑的，小小年纪，很顺溜地拖着网，玩着水，打着鱼，不慌不忙地玩出了一家老小别样的日子。我爸工作后还是不肯丢掉玩性，工作的时候两眼放光地赚钱养家，玩儿的时候像个孩子一样无拘无束，休息日开着车四处去钓鱼。我爸三十岁后很少撒蒜网了，他买了长长短短的几支钓竿放在后备厢里，走到哪钓到哪。我妈先是唠叨他，唠叨着唠叨着居然被他潜移默化地发展成了队友，老头老太一起出去钓鱼，颇有些"神钓侠侣"的架势。

我爸的另一项拿手戏是用火铳打鸟，火铳里要装火药，枪口对着自己的脸，从枪口里慢慢地填进火药，填一点，用一根长长的细铁条杵实。填火药是件危险的事情，杵火药的手劲儿掌握不好，枪膛里的火药就有可能爆炸。我们村子里的虎子叔本来是个英俊小生，就是因为往火铳里填火药时太用力了，火药崩出了枪膛，把一张平整的脸炸成了一块坑坑洼洼的大麻饼。火铳打麻雀命中率比较高，我爸的最高纪录是一枪崩下十三只麻雀。我妈把麻雀卤好，浸在酱油里，小孩子一手一只，吃得乐死了！

打野鸡和野兔用的也是火铳，我爸一开始没有枪，队上的几个大人去打猎，我爸不远不近地跟着他们。大人们把狩猎的范围框定好后，我爸便自告奋勇地帮他们在外围哄赶。受惊的野鸡从芦苇丛间飞了起来，火铳狂放地响起，野鸡应声而落。兔子的智商在野鸡之上，紧张的时刻反而贴在地面上一动不动，实在惊慌失措了才竖起耳朵疯跑。兔子跑，猎狗叫，我爸追。最后兔子被骇昏了头，一头扎进了大人们埋伏的圈，吃了枪子儿。大人们提着兔子兴高采烈地回村，被尖利的芦苇叶子在脸上手臂上划出无数道血痕的我爸，连根野鸡毛兔子毛都没分到手。我爸不高兴了，决计不再做大人们的跟班，而是提着家里的火铳单干，一个人照样带着肥壮的野兔子返家。

我爸讲过，野兔子的皮色和地上的枯草差不多，它趴在地上不动弹，没有经验的人绝对发现不了。看到缩成一团的野兔子，万万不可声张，以野兔子为圆心不停地绕着圈子靠近，圈子越绕越小，枪口垂到合适的角度，"嘭"一声，兔子蹬蹬腿想逃但为时已晚。我爸入伍后，火铳被爷爷挂在了墙上，等到他退伍了，火铳已经生锈了。乡人们忙于外出打工，很少有人再热衷于围剿野鸡野兔。我爸还是会扛着火铳在老屋后的林子里转悠，打斑鸠、白头翁或者那种黑黑的长腿水鸟。水鸟的肉质硬得像橡皮膏，我妈在煤饼炉上炖了一个下午，嚼在嘴里依然很费劲。前几年，我爸来镇上小住，我带他去四明湖边看风景。傍晚时分，无数的白鹭成群结队地栖息在湖边的树上，我说，鸟儿真美啊！我爸接着我的话头感慨：美是美的，肉却不多，一只鸟打下来烧熟了还没有半碗。我汗颜——人家白鹭是国家保护动物，可不是你老先生眼馋的一道菜呀！那个傍晚，我爸和我聊得很多，聊他扛着火铳飞跑时的欢欣，聊他撒网捕鱼时的惊喜，聊他的年少与老去。聊着聊着，我的眼前出现了一个倔强的少年，少年由远而近地走来，慢慢地与身边这个头发花白的老先生合为一体。

  我爸老陈，一个直到现在还热衷于钓鱼的老先生，曾经射过不少野鸡，打过若干野兔，捕过无数鱼儿，不是多了不起的一个人。但他这辈子作为女婿是合格的，没辜负我外公朴实的愿望；他作为丈夫是优秀的，给了我妈一生的安稳无忧；他作为父亲是可敬的，至少我为有这样一个父亲而骄傲。鸟儿们不喜欢他，鱼儿们不喜欢他，野鸡野兔不喜欢他，那有什么办法？他一辈子就是这样的一个人，我很喜欢他！

我的养父

我记得，我小的时候养父特热衷抓鱼。当然，他的抓是悄悄的，背着人的，有点儿和"偷"相仿。呃！用"偷"这个字眼好像有点儿难为情呢。但事实确实如此！

我的家乡如皋地处长江三角洲北翼，河网稠密，湖荡众多。早前，村庄周围的大小河道里有专人承包养着鱼，从年初的投放鱼苗到年底的拉网捕鱼这段时间里，任何私自抓鱼的行为都是被禁止的。禁止归禁止，偷偷摸摸地在河里抓鱼的还是大有人在：在河边上放丝网的，躲在河道隐蔽处手持钓竿的，假装在河埠头上洗衣服实际手里拉着暗钩的……花样百出，各有蹊跷。不过这些雕虫小技我养父是不屑做的，他的绝技是飞叉刺鱼。刺鱼的工具是他自己琢磨出来的，外形和《水浒》中解珍、解宝打虎时用的钢叉差不多，不过养父的鱼叉木柄更短些，木柄的尾部连着一根细长的绳子。

飞叉刺鱼对捕鱼者的要求很高，如果不能迅速地判断出鱼儿在水下的活动范围，控制好投掷的鱼叉的准线、力道和时机，那飞出去的鱼叉充其量只能搅出一朵水花，鱼鳞都挨不着。我养父的鱼叉要么不飞出去,飞出去就例无虚发,神奇得如同绝世高手的随身佩剑:一招见血,见血则封鱼!

养父家门口有条大河,水质颇好,河道里的鱼儿各种各样,大小不一。养父的飞叉刺鱼多为即兴的,鱼叉从不随身带,人先站到河边上有意无意地观察几眼,假如河道里哪条倒霉的鱼儿吹着得意的气泡儿恰巧撞进了他的法眼,那好吧,亲爱的鱼儿,大侠立即要返身去家中取鱼叉与你亲切相会了!

我十岁的那年亲见过养父叉鱼,当然,我什么也没看懂,就瞧见站立在一旁的养父突然身体后倾,再往前急跨两步,右手猛然一送,他那把笨头笨脑的鱼叉稳、准、狠地射向了河中央。水面之下顷刻稀里哗啦地慌成一团,受伤的鱼儿带着鱼叉左冲右突,水面上不停移动的叉柄清晰可见。养父胸有成竹地微笑着,只一会儿工夫,筋疲力尽的鱼儿就露出了水面,柄尾的绳结套在他的中指上,缓缓地拉一拉,被鱼叉刺中的鱼儿手到擒来。飞叉刺鱼的过程极短,但收获却是令人喜出望外的。被飞叉刺到的鱼全是大块头,鲤鱼、乌鱼、鲢鱼之类的,通常有七八斤,十斤以外的也有。养父叉鱼生涯中最辉煌的战果是一条十二斤多的青鱼,那家伙被叉中后在水里噼里啪啦地乱窜一气,动静搞得老大,看护鱼塘的狗惊得汪汪叫。养父怕偷偷叉鱼的事儿露馅,只好跳下水去与它搏斗了一场,而后像抱胖娃娃似的把它抱在怀里一路小跑回家。

我那会儿觉得养父特别厉害,对他崇拜得不得了,我问他:"爸爸,爸爸,你是怎么知道鱼儿躲在水底下的呀?"养父眨眨眼睛:"我就知道它在那儿啊。"我又问:"你叉鱼的本事是谁教你的呀?"养父哈哈笑:"谁也没教过,我第一次拿起鱼叉就知道怎么做了。"养父没有说谎,他叉鱼的本领确实是天生的,用成语"天赋异禀"来形容他,百分百地严丝合缝。

养父热衷于叉鱼,吃鱼倒是不往心里去的。他着迷的是叉鱼时那种全身心投入而得到的乐趣,鱼儿抓回家后处理权就归奶奶了。奶奶见到爸爸叉回来的鱼,小眼睛眯成一道缝儿,她一日三餐吃鱼都不会厌。洗鱼是避人耳目的事情,需关着院子门进行,万一有邻居大白天来串门瞧见了鱼,影响不好。大块头的鱼就是个模样讨喜,鱼肉粗粗的没鲜味。相比较而言,我更喜欢吃鱼子,可惜乡间有说法,小孩子吃了鱼子脑袋会变笨,所以,我每次吃完一坨鲜嫩的鱼子都要担心好一阵子,生怕自己变成人人笑话的大笨蛋。

我上小学五年级后,养父开始在夜间出去捕鱼,带着养母和一张白色的丝网。养父对我们乡里大小的河流了如指掌,他的水性超好,每每出去总是满载而归。那会儿,河道里养殖的多为鲢鱼,有几次我半夜被养父和奶奶的说话声吵醒,睁着惺忪的睡眼爬起来,堂屋里灯光白花花的,几十条鱼被奶奶堆在大木盆里。彼时农村里没有冰箱,鲢鱼一离开水就活不成,短期之内吃不掉是要臭的,奶奶就用盐把鱼腌制起来,慢慢吃。

鲢鱼大餐享受了一段时间后,养母罢工不干了,我养父各种威逼利诱她都坚决不干!为了我养父的这个不着调儿的"爱好",她大晚上的睡不好觉不说,有一次还险些被抓住。幸亏我养父机灵,在看守鱼塘的人追来之前舍弃了到手的鱼儿,拉着我养母逃之夭夭。黑乎乎的田野里被人喊狗叫地追赶,绝对惊心动魄,我养母直到现在还对那个被围剿的夜晚记忆犹新。谈起我养父当年的英勇行为,以及她狂奔之中丢失的一只布鞋,那个感慨啊——一晃三十多年前的事儿了。

等我长大了,养父对捕鱼好像不那么上心了。年轻的时候图个一时高兴,看到了鱼在眼前总要想尽一切办法把它们抓到手,上了年纪后,贪玩的心渐渐地淡了下去。养父后来自己也承包了一个不大的鱼塘,玩票性质的。闲了,绕到自己的鱼塘溜达两圈,看看那些在水下闹腾的鱼,笑笑,抽支烟悠悠儿地返家。家里来客人了,招呼客人去自家的鱼塘里钓鱼散心。有时撞到附近的人躲躲闪闪地在我家鱼塘里钓鱼,养父多半睁一只眼闭一只眼,乡里乡亲的,犯不着为了几尾鱼伤了和气。他心里比任何人都清楚,真正的捕鱼手在意的并不是要捕多少鱼,要的不过是点小快乐罢了!

今年夏天,我带着儿子回娘家,养父家门前的河已经大变样了。河道两边的树被伐得光光的,河水暗绿,整条河完全失去了原有的丰腴,它不幸地沦为乡人的"弃妇",没有人愿意再花费心思在河里养鱼。荒废的河水是有气无力的,间或有小鱼蹦出水面,我一时技痒,举着钓竿顶着大太阳站在河边半天。养父走过来现场指导了我好几次,愣是没一条鱼上钩。养父的斗志上来了,笑嘻嘻地对我说:"丫头,你先回家等着,让老爸给你露两手!"

差不多十来分钟的工夫,养父的电瓶车风一样地刮进院子,打开座盖,一条六七斤的花鱼被拎了出来。养父只用了一只简单的钩子,弄了一截嫩芦苇芯做诱饵,连个鱼浮子都没装,嗨!你说他咋就那么能呢?真是宝刀未老啊!趁养母踩着还在苟延残喘的鱼,我赶紧地给那条倒霉的鱼拍了一张照,我和养母开玩笑:"有个能干的老公可是福气啊!这辈子你吃的鱼比别的女人多不少呢!"养母抚着胸口,叹一口气:"啊呀!夜里陪他去摸鱼受的罪也不少,我不去,他偏偏要我跟着,被人追着差点把魂儿弄丢了。"我养母,其实最不喜欢吃鱼。

  我笑,我养父也笑。我笑的是养母讲述这件事时眼睛里的流光溢彩,养父笑的是什么呢?我不问,留着他自个儿悄悄地乐吧!

佳 偶

饭桌上,他给我讲她的当年:个子不高不矮,人不胖不瘦,两根齐腰的长辫子乌溜溜的,一笑,两只小酒窝若隐若现的,眼里藏着两颗小星星。

他讲的时候,她就坐在我旁边的一张竹椅上静静地听着,嘴角蓄着一丝不属于她这个年龄的浅浅羞涩。

我顺着他的描述,努力地想在脑海里勾画出正当妙龄的那个她,可是,我一扭头,目光触及一个如此真切鲜活的她:肤黑,粗壮,烫得乱糟糟的一头卷发,劳损过度的腰椎很别扭地歪着,整个人看上去矮矮的。小酒窝?哦,不!在一个六十岁的老妇脸上或许只能勉强称为老酒窝吧!

他应该察觉到了我目光里的质疑,握着筷子的右手不自觉地在胸前比画了一下,很认真地给了我一个结论:"她以前不是这个样子的,可漂亮了呢!"

我问他:"你和她是自由恋爱的吗?"

"不是,热心的老乡介绍我们两个认识的,"他腼腆地一笑,眉梢似乎抹上了沉淀在往事中的一道亮色,"我第一眼见到她,就很喜欢她了。"

"一见钟情!"我欠欠身子,与他碰了碰酒碗——为了这美好而浪漫的四个字。

他埋头抿了一口米酒,继续把刚才的话题延伸开来:"我老家是青岛的,因为穷得没饭吃,十八岁的我跟着老乡昏头昏脑地闯到了新疆。那会儿,新疆很大,很空旷,要找份工作相当不容易。我在南疆北疆来来去去地挣扎了两年,帮人种地。新疆什么都缺,唯独不缺土地,一块又一块的地似乎大得看不到边际,我种地种怕了。干过苦力,不分日夜地采摘棉花,吃、睡全在棉花田里,日子苦得不像日子!"他顿了顿,把酒碗搁在桌面上,喃喃地重复了一句:"那日子真的真的是苦透了啊!"

我忍不住插嘴:"既然那么苦,为什么不回青岛?至少家乡还有亲人呀!"

"我是打定了主意返回青岛的呀!行李都收拾好了。"他看了看她,眼神柔柔的。"可是,在我回家的前一天,介绍人带着我去和她见面了。我一看到她,突然就不想离开新疆了!"

桌子上坐着的几个人心照不宣地笑了——这是个真性情的男人!

他讲话的当儿,她光是默默地听着,什么也不说,只是笑。

他的笑,她的笑,惊人地相似:温馨而满足。

她的经历和他差不多。母亲去世得早,父亲拖着七个年龄大小不一的孩子,实在无法把日子过得周全,吃了上顿,见不到下顿。父亲没办法,只好央求在新疆工作的亲戚把十八岁的她带出去做工。彼时,新疆的日子并不比东部地区好过,她人老实,亲戚把她留在自己家做了两年保姆。寄人篱下的日子并不舒心,她想念父亲,想念兄弟姐妹,做梦都在想回自己的家,哪怕那个家破得四面漏风。

居住在一个村子里的人来帮她牵红线,她不愿意去:"我总归要离开新疆回江苏的。"她的亲戚不冷不热地劝她:"看一下又不要紧,不过是多走几脚路而已,难道人家会黏在你身上?"

她不好意思再推却,闷闷不乐地跟着介绍人去见了他。

仅仅是一眼,他和她双双留在了新疆。一手一脚地种田,一砖一瓦地垒房,一心一意地互相扶持,直到现在!

他说,他从来没有忘记她回他的那两句话。他和她去扯结婚证时,问她:"你将来会后悔留在新疆吗?"她回他:"你不后悔,我也不后悔!"他又说:"新疆的日子这么艰难,以后怕是要让你受苦受累了!"她把垂在胸前的长辫子一把甩到脑后,毫不犹豫地回他一句:"苦也好,累也好,既然别人能在新疆立足,我们也一样会在这里过得很好。"

他的话,她的话,几十年前冲出口时是何等的灼人?几十年后,我听在耳朵里,依旧是这般的滚烫!

她是我的大姨娘,他是我的大姨父。二十五年前,他们带着最小的女儿回老家如皋看望外公,那时我和他们并不熟。二十五年后,我嫁到浙江,却在情人节这一天偶然间听到了他们的爱情故事。他的爱情自始至终地贯彻在他对妻子、对儿女的担当里,她的爱情一如既往地施行在她对丈夫、对孩子全心全意的呵护里。从二十岁到六十岁,这两个来自不同省份的人用自己的勤劳坚韧把异乡过成了故乡!

他们从不吵架,吵不起来!他次次赔着小心由着她说这说那,态度好得使她没办法生气。他说:"我必须得让她呀!那么苦的日子压在她的身上,我怎么舍得让她的心再受苦!"

这世上,最珍贵的一种夫妻叫佳偶。姨娘和姨父的这一辈子——配得上这个暖洋洋的称呼!

万家大伯

接儿子放学的路上遇到了万先生的堂弟,他叼着一支烟,似笑非笑地面向我:"姐姐,我爹爹过五七你要来帮忙哦!"他比我大了好几岁,每次见到我都客客气气地叫我一声姐姐,反倒是我次次不去应他,只是含糊地点点头算是回礼。

时间过得真快,活着的人还在无知无畏地忙碌着,逝去的人已经走到了奈何桥的台阶下。我与万家大伯来往甚少,他与万先生的父亲,也就是我家公公,是同父异母的兄弟,人虽瘦小,身体却很硬朗,一年四季都穿一件蓝色的中山装,即使是西北风刮得呼啦啦的大冬天里,也始终如一地保持着这一特色不变。

前几年我还和公公婆婆同居一个屋檐下,万家大伯去菜市场时,时常拐到我家来串门。我家公公严重耳聋,勉为其难地负责友情客串一下场下观众,我家婆婆寡言,只提供淡淡微笑。难得的是万家大伯能自动忽略掉这些,絮絮叨叨地把公公婆婆旧居过的村子里鸡毛蒜皮的小事抖一遍后,优哉游哉地去买菜了。

说是去买菜,其实不过是一个寂寞的老人热衷走的过场而已。

拎着瘪瘪的袋子去菜市场走一走,买点面条或一小块豆腐,有时甚至是肉摊上低价处理的一些下脚肉和狗头,他不讲究,或者说也无从讲究,再慢悠悠地拎着瘪瘪的袋子回家。

万家大婶很多年前就仙去了,据说生前是个哑巴,且非常迟钝,比万家大伯足足小了二十多岁。这样的一个女人在世时虽然没能和万家大伯说上一句完整的话,好歹给万家大伯留下了一儿一女做伴。万家大伯除了一身力气和软乎乎的脾气,实在身无长技,年轻的时候只能跟在泥水师傅后面打短工度日。日子过得紧巴巴的,千辛万苦把一双儿女拉扯大了。

女儿读书不灵光,运气还不错,年纪轻轻就嫁了人,男人是个踏实的油漆工,对她很体贴,总算有了个让万家大伯心安的归宿。儿子就不行了,嘴勤身子懒,似乎从来没有他能做得长久的活儿。都说穷家出孝子,万家大伯家出的完全是个败子。某些日子里,儿子酒喝得漫了顶,竟然昏了头,把年迈的万家大伯按倒在地上海扁了一顿醉拳。幸亏邻居听到动静及时赶来营救,不然万家大伯的肋骨恐怕难保几根了。

饶是儿子如此,万家大伯还是听不得村子里的人批评他家儿子的不端品行。比如四处借钱不还、舞场里闹事打架之类的话,传到他耳朵里的话,万家大伯必然端起老脸和人家去理论一番。也难怪!庄稼是人家田里的壮,孩子是自己家里的好。万家大伯含辛茹苦这么多年把儿子养大,又和四十多岁也成不了家的儿子相依为命。人老了,一怕孤单,二没收入,这么多年挤在一间屋子里,再怎么不好不成器的儿子总也没让老爹饿着!

万家大伯好酒,下酒菜差些没关系,酒定是餐餐不离。以往他去我家小坐,我家公公总要关切地问他血压是否正常,他回回对这个问题满不在乎。在他看来,他一辈子基本没去过医院,七十多岁的人了,吃得进喝得下睡得好就行了,有什么好讲究的。

他和我公公婆婆聊天的时候,我很少去插言,我嫁给万先生九年,除去在村头路间碰头了招呼他一声,和他说的话寥寥无几。等我搬到万家老宅后,我和他的接触才稍稍多了一些。住进新居的第一天,我为了答谢盖房子帮过忙的邻居请了一桌子的客。我准备的小菜很充分,以至散席后剩了很多菜。倒掉有点舍不得,犹豫间突然就想到了万家大伯佝偻的背影,于是试探性地问万先生是否可以送一些去给他。我是这样想的,虽然有些菜没怎么动筷子,但毕竟算是剩菜了,送去给他的话他是否会不悦。万先生笑笑不说话,过了一会儿左手托着大半只肘子,右手端起半高压锅的白炖鸡去了大伯家。

隔日中午我从菜市场回来,万家大伯把洗得干干净净的碗和高压锅还到我家,很高兴的样子。我还是有些不好意思,觉得送了剩菜给老人显得有些不尊重他。晚上和万先生提到话头上,略微说了几句,万先生不以为然:堂弟历来过得混沌,家中的日子已经非常窘迫,万家大伯每天下酒能有几颗咸豆子就算不错了,我们送过去的肘子与鸡肉够他乐呵好几天呢。话是不假,然而听在我耳朵里,总觉几分心酸。贫穷与年迈本来就能够撩起人的同情心,何况万家大伯看上去也还和善。

之后的日子里,我陆陆续续地送了些零碎东西给万家大伯,有时是一段咸鱼,有时是几袋方便面,有时是小半只鸡什么的,万家大伯每次都欢欢喜喜地拿回去。偶尔他也会拿几棵自家种的菜来给我,我也不推辞,照顾一下老人的自尊心,大大方方地收下。

有了这样有意无意的交集,万家大伯对我明显地客气了许多。他每天起得很早,习惯带着他养的两只杂毛狗在村前的路上溜达一圈。我蹬在自行车上,招呼他一声,他扭过头对我笑笑,带着他的一对狗儿不紧不慢地前进。我常常想,老天对万家大伯还算眷顾的,家贫儿不贤没办法,老人家身子骨真挺硬朗。过了今年他就八十岁了,明年开春,女儿应允老人要给他做寿呢!

可万家大伯终究没有做寿星的福气,两个月前的一个中午,他摔倒在自家的柴间里,等下班回家的儿子找到他时,他已经不省人事。救护车一直把他送到市一院的急诊台上。上压两百多,下压一百多,脑血管破裂,半身不遂了。在医院里抢救了几日总算眼珠会转动了,话却说不了了,饭也不会吃,全靠鼻饲。万先生的堂弟口袋里一分余钱没有,全靠几个亲戚凑钱给万家大伯做了前期治疗。医院的医生委婉地劝他们出院,风烛残年的人做开颅手术风险太大,对老人也是折磨,何况万先生的堂弟也没有经济上的实力。

在医院待了一星期的万家大伯就这样出院了,还不算是最坏的局面,至少亲戚施以了援手,儿子也焦急得掉了几场眼泪,女儿自万家大伯摔倒后就一直陪伴在身边。万家大伯回到自己家后,我也去探望了一回,他的头发在治疗时被剃得精光,双眼微开,嘴巴大张着,喉咙里发出吓人的呼呼声。万家大伯养的狗儿与猫儿全然不知主人正在生死关头,欢快地在破落的家中跳来跳去。

我轻轻叫了他一声,他全无反应,只有能动的那条腿在被窝里不时地抖一下。他那么干瘦的一个人,有口不能言,因为成天成夜地仰面躺着不能动,即使人在半昏迷中也如此难受啊!人老至油灯将尽,还要忍受这般痛楚,看得我心酸成了一团。

我没有再去看望万家大伯,说不出为什么,不敢去还是不想去?总之第一次去探望过他后,我心情异常的沉重,忽然觉得做人是件苦痛的事情。万先生傍晚回家后隔三岔五地去探望一趟,万家大伯就这样在煎熬中往前挨日子。

受罪的日子最终结束在某日深夜,七十九岁的万家大伯在昏迷了一个多月后离开了人世。丧事是仅有的几个亲戚与邻居们搭把手办好的。送进山里的那一天,田里的霜积得很厚。万家大伯的最后一程大概是我见过的最寒酸的,除去道士,送丧的人两只手的手指就能数得过来。万家大伯简陋的骨灰盒盛在他生前摆放衣物的木头箱子里,儿子捧着灵位,女儿捧着万家大伯的照片。照片上的万家大伯穿着蓝色的中山装,笑得假牙闪闪发亮。两个村邻抬着他向着山脚出发,他的后面稀稀拉拉的几个人面无表情地跟着,不时地点个小小的炮仗。

我送了一段路返回了,去他们家给厨师打下手,准备中午的转丧饭。逝去的万家大伯从此和哑妻团圆了,给他送行的人们回转过来还要吃顿饭,这似乎才是眼前比较要紧的事情。

草木一秋

清明节的中午,小从弟弟打电话给我,语气明显地带有表功性质:"姐姐,我已经代替你跪拜过奶奶了。"这家伙!前几天还在电话里矫情,说工作如何如何忙碌,清明节是不能私自回家的。我当时有些替他担心,我说你清明节不回去拜祭奶奶,她老人家在地下心情不愉快了会不会作法让你头疼一遭?小从信心满满地嘻嘻笑:"奶奶肯定不会那么做的。"

想想也是,奶奶在世时就是一位和善的小老太太,去了那边本质还在,应该还是和善的小老太太。

大概是去年的某一天做了个梦,梦到了去世很多年的奶奶。梦里她依然穿着蓝色的偏襟大棉袄,头上包着灰格子方巾,手臂上挂着一只小竹篮,精神抖擞地走在村外的泥巴路上。她迈着急匆匆的小碎步,这是她一贯的走路方式。小的时候和她一起出门,我总是赶不上她的脚步,她个子不高,老了以后就更加显得矮小了。但是她的步伐并没有因为上了年纪而迟滞,很多年轻人都没有她走路快,更不要提方才八九岁的我了。

她很乐意带我去走亲戚,可是她不会骑车,我只能跟在她后面急行军。她的兄弟姐妹加上我爷爷的兄弟姐妹就形成了巨大的亲友团。今天这家盖新房,明天那家嫁女儿,不久另外一家的老人做寿呀去世呀什么的,这都是亲戚间必须互通有无的大事。

爷爷是个内向少言的老头儿,很宅很斯文,打得一手好算盘,在那个时期他也算少有的才子。才子有才子的倔强清高,他不爱走亲戚,宁可一个人在家就着炒花生米抿上两盅小酒,也不乐意和叽叽喳喳的七大姑八大姨们去碰面。走亲戚的事归奶奶一手打点,我是铁打的小跟班,屁颠屁颠地跟在奶奶后面就是图个吃点潮的、拿点干货回家。

八十年代的农村普遍吃得不好,除了过年过节闻得到鱼肉的香气,平日里能在饭桌上跟豆腐香干见个面也很不容易。在我的记忆里,奶奶带我去赶的那些酒席在很大程度上满足了一个馋嘴丫头的口舌之欲。正因为如此,即便二十多年过去了,我依然可以毫不费力地回忆起那时候酒桌上的菜肴。比如必备的八个凉菜:花生米、小香干、鸡蛋、肉松、咸鱼、白切肉、粉丝和萝卜干。花生米油炸或五香,全凭主人家高兴,鸡蛋被仔细地切成橘子瓣大小摊在盘子里,白切肉的上层很整齐,下面却可能是零零碎碎的,只有肉松是我的最爱,所以奶奶总是尽可能地多给我夹一筷子。热菜也是八到十个:红烧肉、红烧鱼、红枣银耳汤以及五花八门的炒菜和几种扣碗。扣碗是技巧菜,半圆形的扣碗端上来,外面一层是切得薄薄的肉或者大肠、舌头、肚片什么的,其实中间填充的都是芋艿。在物资匮乏的农村,扣菜以一种"假高贵"的姿态,在酒席上流行了好多年。小孩子吃饭不讲究礼节,菜一上来我的筷子就准确无误地伸出去,好货一个不落。如果赶的是喜酒宴,最激动的环节就是新人发喜糖。糖是数着发的,大人小孩一视同仁,每个人八颗。吃完了糖,糖纸小心地收集起来,也能成为在小伙伴面前炫耀的资本。

奶奶喜欢热闹,爷爷偏好安静;奶奶做事急吼吼,爷爷干活慢吞吞;奶奶大字不识一个,爷爷写字记账样样在行。奶奶还有个不怎么讨人喜的爱好——抽水烟,起初抽水烟用的是烟杆,后来晋级为水烟台。晚上我和奶奶同睡一床,通常是我睡眼惺忪地爬上床之前要被水烟雾熏一回,早上迷迷糊糊醒来后,奶奶已经吧唧着嘴巴过好了烟瘾。感觉女人有抽烟的爱好并不好,可是我从没听到爷爷批评或反对过。他对身边人的一切,始终保持着宽容和接纳的姿态,这是婚姻中男人的大智慧。当然,他也有自己的小爱好,炒干黄豆下酒,中酒与晚酒两餐,酒量不大,适可而止。沾他的光,我从小就没少吃过炒黄豆。他喝的酒都是奶奶从代销店灌回来的散酒,我时常抱着揩油的心态陪奶奶去代销店。奶奶是家里的总后勤,要买的家用品很多,只不过她向店主报出的第一桩总是"烧酒两斤",那是老头子的心头好,是头等大事。

奶奶人矮嗓门大,和爷爷没有架吵,那嗓门总得派点用场吧。有一年夏天,奶奶发现家里挑大粪的木桶少了一只,很是恼火。在农村互相借用农具是很正常的事情,纯朴的农人大多恪守有借有还的民风。也有借了不愿还的主儿,赖着木桶的外形都差不多,把我家的东西昧了就不肯还回来,这实在让奶奶气愤不已。晚饭吃好后,奶奶就站在院子门口扯着嗓子吼了个"木桶失窃"的专场,那音质、那气场,令我至今不能忘怀。奶奶叉着腰吼的当儿,爷爷靠在门槛上一声不响任她发挥,等奶奶气咻咻地回家后,爷爷嘿嘿地赔着笑脸一个劲地说算了算了。他就是一个纯粹的老好人,和谁都不恼,和谁都不计较。

爷爷年轻时在乡里的粮站上做了一段时间的会计,他每天都把我放在28吋自行车的大杠上带到粮站去玩。粮站有块地方专门做脆饼油馓子之类的点心,做点心的师傅和爷爷关系挺好,到会计房串门的时候都要带些点心给我消闲。开始我还吃得喷喷香,后来偶然从窗子里看到点心师傅和面的时候整个人都站在案板上用大脚巴丫子踩面团的场景后,我再也不喜欢吃那些面点了。师傅送来的油馓子,爷爷用报纸包好挂在车把手上带回家,我忍不住告诉奶奶:"做油馓子的面团是用脚巴丫子踩出来的!"奶奶把油馓子嚼得咯吱咯吱响:"人家的脚用热水洗过了!"我愤愤然:"洗过了,那也是脚巴丫子,不是手!"奶奶继续满不在乎:"水是世上最好的东西,没有什么是它洗不干净的!"记得我当时对奶奶的乐观精神完全是嗤之以鼻的,不知道怎的,而今偏偏还记得这句话。大概做人是需要这样一个过程的,年少时的很多事情、很多道理总要等到生活沉淀下来,心才肯面对真相。

每年清明前,婆婆都要腌一两百斤咸菜,她把菜洗好切好后,任务就是公公的了。公公细细地把脚洗一遍后,就站在木制的大盆里开始踩踏咸菜。儿子眼睛睁得大大:"爷爷怎么用脚踩,脚多脏啊!"我的白眼对着这娃一飞冲天:"水是世上最好的东西,没有什么是它洗不干净的!"说完突然觉得这句话很耳熟,不禁莞尔:奶奶那满不在乎的笑脸一下子跃然于心了。

奶奶一辈子生了七个孩子,六个女儿一个儿子。务农的务农,做小生意的做小生意,没有谁有大排场大出息,但个个朴实孝顺。小从弟弟结婚时,几个不再年轻的姑姑欢聚一堂,我给她们拍了些照片。按快门时倒没觉得什么,回家后把照片整理出来一看,一个个长着和奶奶一模一样的脸。奶奶的眼睛有点三角形,我妈妈年轻时悄悄说过长三角眼的人都凶。天地良心,奶奶不算凶,即使在和我妈妈吵小架时也算不上泼辣。家里的两个女人吵架,一般就是为核心男人,核心男人好酒,经常喝得醉醺醺的。我妈妈生气了就骂醉鬼,醉鬼的娘亲心疼儿子要给儿子打掩护,然后最后的场面就变成醉醺醺的我爸双臂抱胸饶有兴趣地看着两个女人斗嘴。我妈一生气就要摔东西,奶奶盛豆瓣酱的大瓦缸是首选。有一次奶奶为了抢救一只岌岌可危的瓦缸,在和我妈的拉扯中手指受伤了。事后,奶奶跷着红肿的手指向我诉苦:"你看你妈干的好事。"我平时吃的零食多是奶奶摸出来的,当然义愤填膺。可是到妈妈面前转了一圈,看到妈妈正一个人掉眼泪,我小小的心又软了。

爷爷从来不在婆媳大战的关键时刻发言,他不声不响地坐在门边,只有我爸爸发酒疯时,他才站起来大喝几声以示威严。老实人不发威则已,一发威就连醉眼蒙眬的人也乖了许多。在我和爷爷奶奶共同生活的十年里，爷爷只发过一次脾气，第一天傍晚发，第二天早上又笑眯眯的好像什么事都没发生过。奶奶的脾气上来了，就骂爷爷几声死老头与老瘟蛆，爷爷眯着眼，软乎乎地赔着笑。以时下的判断标准来下结论，这两个老人绝对是难得的恩爱夫妻，一个骂着一个笑着。总以为他们会一路走一路骂着笑着到老，没想到中途奶奶先退了场。

奶奶的肺癌查出来就是晚期了，开始时瞒着爷爷不让他知道，他一度以为奶奶得的是普通的肺炎。可姑姑们强装起来的笑脸还是露出了破绽，爷爷只是老实，并不笨，他最终从我爸爸嘴里求证出他最不愿相信的事实后大哭了一场。恩爱夫妻即将到来的生离死别总归是旁人所不能体会的，满堂儿女抵不上半床夫妻——这话是事实。

在奶奶最后的日子里，爷爷变得沉默无比，他给奶奶找偏方，用蟾蜍的皮煮鸡蛋，一向不迷信的他也虔诚地给奶奶请过各路大仙菩萨，但一切都是徒劳无功。奶奶疼痛难忍，而赤脚医生又不能准时到达时，我爸爸就给奶奶打吗啡止疼。我站在一旁看爸爸先在奶奶瘦小的腰部上拍一巴掌，然后飞快地下针。奶奶在这种情况下也要表扬一下自己的儿子："还是你打针不疼，比赤脚医生打得还好!"我爸爸笑笑，那笑比哭还要难看，笑着笑着眼圈就红了。

奶奶走的时候只是一瞬间，多少天没胃口的人突然想喝稀饭，捧着稀饭喝得好好的，一口气没上来，人就去了，除了我爸，姑姑们都不在身边。在我们老家有一种说法，一个人生养多少孩子都不算，只有离世时站在跟前看着自己咽气的那一个才是真子孙。我奶奶下葬的时候,我爸哭得一塌糊涂,从此他醉了酒再也没有给他打掩护的老娘了。小姑姑们拉着爸爸劝着:"你是妈的真儿子啊!你陪了她最要紧的最后一程了,你就让妈安心去吧!"

去的人安心也好不安心也好,总归成了一抔黄土,留下来的那一个成了孤雁。奶奶不见得是多能干多麻利的女人,但奶奶在世时爷爷没洗过衣服烧过饭,晚上睡觉也有个热炕头。在奶奶离去后的一年多里,爷爷明显地瘦下去了,他是个内向的人,坐在家里发呆抽烟叹气流眼泪是常态。他的世界原来是他和奶奶的,奶奶一走,他的世界就倒塌了。他自己躲在倒塌的废墟里,别人无从走进。

一年多以后,爷爷和我爸爸提出了续弦的想法,爷爷的想法很简单,他就是想找个说说话的人。在农村,六十多岁的人续弦显得有些不适合,我爸爸没有当面反对他,背地里去和姑姑们商量了老父亲的心思。在子女心里,老年人续弦有太多的因素要考虑。最终这事没成,爷爷渐渐地学会了烧饭、洗衣服,饭经常烧煳,衣服也洗得不怎么干净。姑姑们定期来给老父亲拾掇拾掇,像表扬小孩子一样表扬老父亲的进步,爷爷"嘿嘿"笑几声,低着头猛抽烟。

我结婚后回去看望爷爷,他不高兴地嘟嘟囔囔:"嫁得这么远!嫁得这么远!"我心酸酸地骗他:"会回来看你的,现在车子很方便的,要不了几个小时就到家。"说归说,一年也回不了一趟家,只是给家里打电话时一定要问过他的现状才觉得安心。

前两年爸爸说爷爷一切都好,一天两餐小酒,烟瘾也大,就是耳朵听不清楚了。这两年还是这样说,只不过老人的眼睛也看不大清楚了,头脑要犯糊涂。有几回是爷爷接的电话,我并没有刻意提高声音,他也能很清楚地叫出我的乳名,一点也没有犯糊涂的迹象。他的语速温吞吞的,与年轻时相差无几,隔着一根电话线,我心里刻着的依然是他年轻时的样子。最近一次回家,他的眼睛已经完全看不见了。吃饭的时候一家人高高兴兴的,后来我爸爸给我讲了些生活中的小事情,大概有件事情和爷爷有关,正在喝酒的老人脸上的笑容忽然隐去了。我们一直以为他耳朵听不到了,其实他还有残余的听力。饭吃到一半,他摸索着回到自己的房间里去了。他离开桌子时,我们还在嬉笑着吃饭,我不知道他心里究竟在想什么,也没有适合的话来安慰他。这么多年不在家中,我和他之间真的生疏了许多。他年轻时那么与世无争,老了弱了更是成了家里的边角料,似乎一点也不重要,也无人需要了。我们都自私地认为年纪老了就情感消失、欲望死亡了,然而只要一个人还活着,便一定有对美好事物以及对亲情的正当需求,只不过年轻而狂妄的我们自觉地回避了暮年老人的情感需求。或者当我们自己到了蹒跚度日的那一天,才会真切地品味出苍凉与绝望,然后在暂时的生活里幻想着假设性的永久,犹犹豫豫地放下从来不曾相信的永恒。

世上的每一个人都在自己或简单或烦琐的故事里挣扎,敏感的心儿被岁月漂洗成或温暖或心碎的颜色。像离去的奶奶,像苟活的爷爷,像稀里糊涂的自己。

人生一世,草木一秋!

小 朱

小朱在灵隐寺给我求了一串古朴的檀香手串,一见我,笑出满口参差不齐的白牙:"姨娘,送你的,请高僧开过光了呢!保你一切平安。"我向来没有佛缘,也不在意小挂件,但因为是小朱替我求得的,心里的欢喜顷刻有了十分。这孩子,倒有心!

我和小朱相差十三岁,他是我大姐的儿子。我读初中的时候,小朱刚好蹒跚学步。老朱在外跑车,大姐忙于上班,小朱的婴孩时光大部分是和外婆一起度过的,而这大部分时光里的小部分,又是和我这个小姨娘共同打发的。我那会儿也就是个傻乎乎的黄毛丫头,对小朱却是真心的喜爱。

记得小朱三岁那年的夏日午后,楼下有卖馒头的老公公经过,外婆便给小朱买来一只菜包子当点心。三岁的小朱已经开始对这个新奇的世界探头探脑,希望自己能独立完成某些看起来很有成就感的事情。于是他固执地让外婆去退掉已经买好的菜包子,由他自己再去重新购买一次。

卖馒头的老公公早已经走得没影子了,况且买来的东西怎能退掉？这完全是小孩子的瞎胡闹！外婆当然不迁就小朱的不讲道理，在劝说无效后，不再理睬这个哭得跺脚的小孩子。小朱拒绝享受那只热气腾腾的包子，并且生气地把它扔在地上，继续摇头晃脑地撒泼。我站在一旁无奈地看着他声嘶力竭地大哭而毫无办法。过了会儿，老朱下班回到家，看到赖在地上哼哼唧唧的小朱，瞪起眼睛恫吓了几声无果后，立马扒下小朱的三角裤海扁了一顿胖嘟嘟的小孩屁股。

小朱杀猪般的号叫响彻整栋筒子楼，但他依然不向老朱讨饶。我像一只没头苍蝇似的在这对爷儿俩身边转悠，企图护卫被揍得呼天喊地的小朱，但揍得兴起的老朱大手一挥就把我推得远远的。一个挣扎，一个镇压，混乱中小朱的嘴唇居然磕出了血。这下外婆看不下去了，果断出手把小朱从老朱的家法之下解救了出去。

我搂着哭得不断倒抽气的小朱，心里暗暗地怪姐夫狠心，三岁的孩子能懂什么，打他还不如去打一只狗呢！接着又气小朱不识相，自己活该讨打，认个错就行了，有什么好犟的！小朱在我的怀里抽噎了一阵后睡着了，他小小的脑袋里当然想象不出小姨娘心里翻腾的内容。我看着他被汗水泪水以及地上的泥土糊成一塌糊涂的三花脸，又好气又好笑又觉得心疼不已。

犟头犟脑的小朱在六月里的日子很不好过，他的脑壳上和脖子上长满密密麻麻的痱子。情绪稳定的话还好，若是发起脾气来，那些痱子集体发红发热，让小朱难受得又蹦又跳。每天晚上大姐给小朱洗完澡后，就要对他采取行动，她吩咐我把小朱放在床边陪他玩耍，然后悄悄地转到小朱背后，趁他玩得正起劲的当儿飞快地把一大股六神花露水倒到小朱的脖子上。

　　早前的六神花露水绝对正宗，当嚣张的痱子遭遇到霸气的六神花露水，遭罪的只有倒霉的小朱。他顷刻间像落在沙地上的鲤鱼般颠个不休，两只小手紧紧地捧着自己的脖子号啕大哭。我和大姐面面相觑，默默无言。两三分钟过去后，花露水挥发得差不多了，小朱又恢复平静，伸着手臂要我抱他。到底是小孩子，不懂得记恨，虽然大姐的本意是为了消灭痱子，但小小的孩子在经过一轮火辣辣的折腾后居然没有排斥我这个同谋，这倒让我有些意外。

　　小朱上幼儿园后，倔强小脾气依然不改，一点点小事都非要坚持自己的立场，让人很是头疼。为此，这孩子没少挨老朱的教训。那时候，我们已经搬到别的地方居住，小朱只在星期天的时候来我家。外公外婆不在家，我给小朱讲故事，陪他做游戏。游戏做了一半，小朱提出要喝冰箱里的健力宝。本来小孩子想喝点饮料并不是什么过分的事，但那天有点冷，我担心凉的东西吃下去对他的肠胃不好，就随口拒绝了。其实我也没有说一定不给他喝健力宝，或许他稍微耐心些对我再撒个娇，我说不定就满足了他的小要求。可是小朱那不达目的不肯罢休的小性子顷刻冒头了，他开始是在屋子里跳脚哭叫，哭了一会儿见我不妥协就跑到院子里拿鞋架上的鞋子出气，十几双鞋子都被他用力地扔到院子的角落里。鞋子扔光了，健力宝依然没有出现在他的手边，他又蹿到围墙边拉扯外婆栽种的扁豆，扁豆藤很茂盛，开满了花，牢牢地爬在墙头上。小孩子的力气毕竟有限，他揪着扁豆藤摇晃了许久，才撸下些叶子和几串尚未成熟的扁豆。

闹腾了半个多小时，我一直若无其事地看着，不骂他也没有搬出老朱的名号恐吓他。气撒到满满一场，精力挥霍得差不多了，他眼见我是不会让他如愿喝到健力宝了，就扁着嘴可怜巴巴地坐在门边发呆。我微笑着拉拉他的小手问他："脾气发好了没有？"他有些迷惘地看着我，不知道我葫芦里卖的什么药。我认真告诉他："如果气没撒完，请继续撒，姨娘会在一边等你撒完为止。气如果撒完了，那请你现在和姨娘一起把乱糟糟的院子整理一下。"他沉默了一会儿，不声不响地跟在我身后把散落在院子里的鞋子归位到鞋架子上，把扁豆叶子捡到垃圾桶里。

我放好满满一浴缸水，把一身汗水一身泥的小朱洗得干干净净，然后用自行车推他到街上转了一圈。在老城脚跟一个卖甘蔗的摊子上，我花了一元钱给他买了杯现榨的甘蔗汁。他津津有味地喝完，我欢欢喜喜地带他回家，我没有借机批评说教，和我的父母也只字未提下午发生的"健力宝事件"。

我的父亲素来严厉，对小孩子的逆反行为不以为然，倘若他知道了小朱下午的张牙舞爪，势必会给小朱上一堂严肃深刻的思想教育课，这样的做法恰恰是小朱想抗拒但又不敢抗拒的。小朱坐在沙发上偷偷观察着外公的表情，等到确定外公不会板着脸教育他后，他的胆子又大了起来，从这个房间蹿到另一个房间欢快地玩了起来。

那个下午以后，我和小朱建立了良好的关系，他不再在我面前乱使小性子，他能听得进去我的话并且信任我，会告诉我一些孩子世界的小秘密，而我则郑重其事地向他保证绝对不把他的那些"重要的事"告诉别人。现在想来,我和小朱能像朋友一样地相处,并不是我有多大度,有多通情达理。因为我那时差不多就十六七岁,孤独且童心未泯。小朱的天真与倔强让我备感亲切,我疼爱他时会有种错觉,宛如疼爱一个童年时代的自己。

小朱上小学时成绩属中上游,大姐忙于上班,没有多少时间指导孩子学业,姐夫对小朱的教育全靠拧耳朵。拧耳朵的事不经常干,但真拧起来,必定要拧得小朱的耳朵白里透红,拧得小朱泪水盈盈。

因为大外孙在学习上没有达到优秀,我的父亲备感失落,但凡小朱星期天来我家,他老人家总要逮着孩子喋喋不休地上课,这让活泼的小朱痛苦不已。渐渐地,小朱就害怕到我家来了,我再怎么极力邀请,他的小脑袋都摇成拨浪鼓:"不去!不去!外公烦死了!"我吐吐舌头做个鬼脸,不反驳他的观点。

我父亲确实老烦啦!我与小朱看法一致,感同身受。

小朱慢慢长大,有了自己的小圈子,他挂在嘴上的×××和×××是他要好的朋友。他其实很聪明,反应很快,但成绩依然不怎么有突破,中不溜儿。大姐有时生气了就在我面前数落一通儿子生活上的拧巴与学习上的心不在焉,完了又殷殷嘱咐我:"你有机会帮我多说说小朱,他最听你的话了!"我喉咙里轻叹一声,不知道该怎么回答她。

家长总是这样,把自己的意愿强加在孩子的头上却从来不管孩子心里愿不愿意,总是说一切为了孩子好,可是孩子却从来没觉得这样有多好。儿童时代最大的悲哀,就是被家长用成绩的好差来评价是否是个好孩子,成绩好就是好孩子,学习不突出就配不上好孩子的称呼。很明显,小朱没被划进好孩子的行列里。大姐和老朱很忙,少有时间引导与陪伴孩子,小朱在学习上的自律性没培养出来,他自然不会茁壮长成大人心里理想的模样。即便如此,小朱依然是我喜欢的小朱,善良、可爱、有义气。

小朱上学我也上学,我结束学业后开了服装店,刚好小朱在读五年级。有一天下午,小朱骑着自行车满头大汗地赶到我的店里,似乎要和我说什么事,恰巧母亲在店里给我帮忙,小朱看了看外婆,欲言又止的样子。我心领神会,带他走到店子的里间,小朱这才大着胆子提出让我给他25元钱。十多年前,对一个读小学的孩子而言,25元钱算是个大数目。我问小朱打算拿这25元钱去干什么,小朱说以往和好朋友们一起溜旱冰吃东西都是他们付的钱,小朱觉得非常不好意思,今天朋友们又约他去玩了,他也想回请朋友们一下。

我大姐一直担心给孩子零花钱只会让孩子小小年纪就学会乱花钱,故而小朱的口袋里通常连半个硬币都很难找到。小朱平日里要向他妈妈拿2.5元钱也要费半天的口舌,何况是25元钱呢!既然他向我说明了这25元钱的用途,我也觉得这25元钱这样花掉是合情合理的,于是我爽快地摸出钱递到了小朱汗津津的小手里。

小朱欢欣地骑着自行车走了,母亲问我小朱为什么事来找我,我支支吾吾了几下就换了话题。母亲在小孩子零花钱的观念上,和大姐差不多,如果让她知道小朱来向我要点活动经费,她势必要和我大姐通气,这样小朱就有麻烦了。这点小事实在没必要小题大做,孩子真的要学坏,也不会因为多用了几块零花钱,况且小朱拿去的这点钱并不是用来去游戏房找乐子,而是用于小朋友之间的礼节性回报。乐观地看,我的小朱小小年纪就已经明白了人情世故,这未尝不是一件好事。

一年后我离开家乡到浙江生活,小朱从此与我天各一方。在电话里向母亲打探起小朱的境况,母亲的语气颇为失落。小朱上初中了,小升初没达到实验中学的分数线,花了好几千块钱读的议价班。我在这头闷闷无言,想来为这几千块钱的议价费,小朱的耳朵里定然塞满了各种各样的训斥和谆谆教诲。小孩子的成长似乎很难与家长的期望相契合,在我看来,不管小朱是在普通中学就读还是进入实验初中,能做个纯净快乐的孩子才是最重要的。

我在异乡生活的十年里,零星地回过几次娘家,小朱长高了,额头上泛滥着大大咧咧的青春痘。我还想拍拍他脑袋的话,一定是要踮起脚跟的,我比他矮了半头。少年的成长就是一场奇妙的魔术,短短的几年工夫,小刺猬般的男孩变成了清纯美少年。

孩子大了,态度反而谦和了,他慢声细语地和我聊天,没说几句又匆匆走了,要写作业,要和朋友去碰头,学校安排了活动,听起来都是大孩子世界里的精彩。我的视线黏在他挺拔的后背上良久,心里既高兴又觉得空落落:曾经在我膝盖上嬉戏的孩子变成了帅哥,我再也抱不动他了。

我怀孕的那年夏天回了趟娘家,小朱正好放暑假,于是随着我来浙江住了一个多月。开始几天,山区的美景让小朱兴奋和感慨不已,等到新鲜劲消失后,这个可笑的娃竟然坐在房间里掉眼泪。我一问,答案很幼稚：想妈妈了！唉！多感性的孩子，害得我也陪着他趁机想了一回我自己的亲娘。

等我有了自己的孩子，去江苏的时候大姐整理了一大包小朱儿时穿过的衣服给我儿子穿，其中有两件小T恤，一件果绿色，一件黑色，是小朱五岁时穿过的。十多年过去了，衣服的颜色依然鲜艳，我的手指划过叠得方方正正的小领子，那个坐在我自行车上的娇憨的小小孩童一下子就从我的脑海里跳了出来。我给我的儿子穿上小朱的衣服，一样的小圆脸，一样的眯眯眼，一样的可爱笑容，一样的执拗小脾气，还有我一样的爱着他们的心。

小朱现在混得不错，之所以用"混"，是因为小朱没有变成正儿八经、按部就班的上班族。小朱自己整了个小公司，好像也挣了点小钱，买了部小车。夏天的时候我回老家，小朱放下手边的工作，顶着40摄氏度的高温来车站接我。我有些过意不去，说了些客气话，小朱不依了，诚恳表态："姨娘，无论你什么时间回来，只要一个电话，我再忙都要来接你的！"行！这话听得心舒服，总算没有白疼他一场。

前几天，小朱带着女朋友来镇上旅游，到的时候天色已晚，他一踏进院子就笑了："没有变！还是我以前来时的样子。"呵呵！傻孩子，一个小院子能变到哪里去？变的是你，你变成男子汉了；变的是姨娘，我变成小老太婆了。还好！有一点没变，那就是你我共同走过的一程短短人生路上浓密而真挚的亲情。

我的小朱，愿你快乐，愿你平安，愿你幸福！

大爷的全家福

大爷养狗,也养猫。狗五只,猫三只。每天早上,狗和猫会组成一个稀稀拉拉的小分队跟在大爷后面,沿着小溪边窄窄的村路去山脚散步——如果天晴的话。

我们村子里有五六个和大爷年纪相仿的老汉,他们或站在小溪前发呆,或坐在自家的小院前等待着冉冉上升的太阳,唯有大爷像城里人那样有模有样地散步。"散步对老年人身体有好处啊!"大爷认真地对着村子里的桂花嫂子说。"散步对老年人身体有好处啊!"桂花嫂子扯着喉咙重复了一遍,咯咯地笑:"你这老身板也够好的了!"

大爷对桂花嫂子的语气很满意,那是一种斩钉截铁的赞扬。大爷知道自己的身子骨结实着呢,八十岁了还能眼不花腿不抖地到山里去打柴背柴,能不结实吗?不过,知道归知道,上了年纪的人更喜欢的是得到别人的肯定。桂花嫂子这么一说,大爷就忍不住笑出了一脸的五线谱,背着的两只手愈发地气定神闲了。

大爷和桂花嫂子说话时,五只狗不约而同地围坐在大爷的脚边,仰着脖子看着大爷的嘴一张一合。狗不是一般的土狗,是土洋结合的杂交狗，混了一半的京巴血统，头颈以上部分是土狗强大的基因，皮毛和尾巴却是不登对的蓬松、卷曲。颜色倒还好，五只狗一致的米白色，像是穿着专门定制的工作服。当然，工作服的质地并不好，皱巴巴的，尤其在屁股的部位，毛纠结成一小块一小块的。相对于狗的邋遢，猫整洁多了。猫也是米白色的，蓝眼睛，宝石般的晶亮，偶尔歪着头扫人一眼，小眼神冷飕飕的，偏瘦。或者，它们天生就是那样的体形。它们比狗要懂得克制，狗坐一会儿后渐渐地不安分起来，齐齐地龇着牙抓痒，头抓抓，腰抓抓，腋下抓抓，抓着抓着就把桂花嫂子吓跑了。狗身上弹出的跳蚤多着呢，大爹不介意，桂花嫂子可慌了！

　　桂花嫂子走了，散步继续。狗抖抖被抓松了的毛，猫扭着正宗的猫步，朝着田野走去。走多远？得看季节，看大爹的心情。有时是到上面村庄的水塘边，这主要是为狗和猫谋福利。夏天的气温高，狗踮着脚尖跑进水塘里洗个凉水澡。猫爱漂亮，趴在石头上把明亮的溪水当镜子照，照一照，伸出粉红色的小舌头撩点溪水。溪水很甜！有时目的地是大爹家的自留地前。秋天的自留地里长着黄灿灿的稻子，风一吹，稻穗情不自禁地前仰后合。大爹眯着眼站着，一动不动地欣赏着自己一手侍弄出来的稻子，心里美滋滋的。狗猫的队伍自动解散，狗儿们在空无一人的田野上撒欢儿，猫蹑手蹑脚地钻到草窝里扑麻雀去了。

　　人有人的乐趣，畜生有畜生的乐趣，一次自由自在的散步，全齐活了。由着它们去吧！

散完步,大爷要去镇上的菜市场。这会儿,是不能带着狗和猫的。猫对逛街没兴趣,打个呵欠,轻盈地一纵,爬上了墙头补瞌睡。狗不行,它们喜欢凑热闹,大爷的腿一动,它们便死皮赖脸地追上来。大爷左手拎着一只布袋,右手赶苍蝇似的朝几只狗舞几下:"回去,回去。"狗儿们犹犹豫豫地停下步子,一脸谄媚地对着大爷哼哼唧唧。大爷拿它们没辙,弯下腰摸摸领头的那只老狗,哄孩子似的:"到家里去,听话,我给你们买吃的去。我马上回来了,听话!"

大爷的话一半是吓,一半是哄。老狗可能听懂了,恋恋不舍地在大爷的腿上蹭了蹭脑袋,带着自己的队伍一步三回头地回家了。大爷满意地咂咂嘴,不紧不慢地向镇上走去。大爷买菜一半为自己,一半为狗和猫。哦!不对,一小半是为自己,一大半是为狗和猫。大爷单买两样菜:豆腐和小梅鱼。豆腐便宜、软乎,浇点酱油生吃就成。大爷的牙掉得没几颗了,吃豆腐方便,不费劲儿。小梅鱼主要是给狗和猫吃的。狗吃鱼汤拌饭,五只狗得一大盆子,大爷地里收上来的稻子差不多全是给狗吃完的。鱼头鱼尾巴分给猫,大爷吃一点鱼肚子上的肉,真的就吃一点,余下的,他又划到狗的口粮里了。大爷在分配食物这一块儿,绝对是公正的,公正了很多年,从不"厚"猫"薄"狗。

开饭了,像是开大会。大爷是头头,狗在桌子下,猫坐在桌面上。大爷喝一口酒,看看脚下的狗,筷子上的鱼肉顺势一滑,送给了它们。猫的喉咙里呼噜呼噜响几下,有微微的不满。大爷笑了笑,先挖一点豆腐送到嘴巴里,再挑起一个鱼头送到猫的爪子前。猫满意地冲着大爹喵喵叫几声,三只猫绅士般地友好分享。

狗和猫是大爹的开心果。大爹这辈子无儿无女,到了晚年,狗是大爹的儿子,猫是大爹的女儿。别人家是儿女照顾父亲,到了大爹这里,是父亲照顾儿女。村子里的人全说道大爹:你的那点儿钱全填进狗和猫的嘴巴里了,养它们有什么用?把狗猫全赶走得了,这么大年纪了,自己不好买点儿好的吃吃?大爹不接话茬,好脾气地"嘿嘿"两声,领着他的"儿女"一摇一晃地走了。

有什么用?当然有用了!狗给大爹守门,哪怕是家徒四壁,有狗尽心尽力地守着,大爹就放心。狗听大爹说话,大爹累了烦了,和狗唠叨几句,狗的眼睛滴溜溜地转着,耳朵竖得像雷达。大爹想,它们能听得懂我的话呀。这么一想,大爹说得更高兴了。狗是大爹从菜市场捡回来的流浪狗,一只饿得皮包骨头的母狗和四只盛在纸箱里的吱哩哇啦叫的小狗。大爹瞧着心酸,他不想狗娘和狗崽分离,所以全带回了家,一点一点地把狗娘养胖,一点一点地把小狗们养大。猫呢?猫是大爹的汤婆子。这几年冬天,大爹越来越怕冷了,睡到大半夜被窝里也冰凉冰凉的,有三只猫挨在床上,大爹的脚暖和多了。都说猫是奸臣,穷家养不住猫,大爹的猫养了七八年,从来没有离开过。它们原本不是大爹家的猫,不知道从哪里跑来的,来的时候已经是大猫了,起初是一只,后来的两只是否是第一只叫来的,大爹不能确定。不过,既然它们来了,大爹就随它们在家里住下了。

人老了,是喜欢热闹的。严格点讲,大爹家的热闹不叫热闹,叫闹腾。不过,去年年底大爹家还是热闹了好几天。镇上的文化部门要拍一部关于五保户的幸福生活的片子做宣传,镇上农业部部长是我们村里一户人家的女婿,灵光一现推荐了大爷试镜。大爷是五保户,村里早几年给他办了低保,符合主角的条件。大爷的形象比较正统,穿着蓝色的中山装在导演的镜头里挺像那么一回事。而且,大爷的家,大爷隐在竹林里低矮古旧的家,摄影师几个长镜头一拉,居然有了"深林人不知,明月来相照"的意味儿。

导演对大爷、大爷家的氛围很满意。别的几个村子的五保户导演也见过,根本不能和大爷比。大爷不知道拍片子有什么规定,事实上,导演压根儿没给大爷规定什么。大爷该烧饭时烧饭,该劈柴时劈柴,该去散步时就去散步。别的镜头,大爷一律拍得很自然,只有散步的一段,导演拍了好几遍都不满意。大爷以前散步有猫猫狗狗拥簇着,但拍片的散步,狗和猫不能参加了。这么多年,大爷习惯了带着他的狗猫散步,现在,导演要他一个人沿着熟悉的路走,他的脚步反而不熟悉了。导演指导大爷:你要自然、放松。大爷生硬地点点头,始终走不出导演需要的"自然放松"。

拍了五遍之后,大爷小心翼翼地和导演商量:"能不能把我的狗和猫叫来,没有它们在,我自然不起来,放松不起来。"导演考虑了一分钟,没同意。拍片子有规定,不能太跑题了,五只狗和三只猫出场的话似乎有点儿不太严肃。大爷散步的那一段儿最终没被整合进片子里,没办法,大爷的表情不过关!

拍摄结束后,镇上给大爷发了两壶油和一袋大米。大爷另外得了五百元的酬劳,钱是拍摄人员自发捐献给大爷的。不光有钱,摄影师还给大爷和他的猫猫狗狗拍了一张大合照。照片上的大爷温和地坐在竹椅上,狗安静地拥在大爷的脚边,两只猫一左一右地占据着大爷的膝盖,另一只猫伏在大爷的肩膀上,无限团结友爱的样子。

大爷把这张照片贴在床头,有事没事就去看几眼。大爷觉得,这就是他的全家福。

软卧的硬伤

认识他时,她二十七岁,是一个女人开始能慢慢看清现实的年龄。她是东北人,在上海一条不甚热闹的老街开了家小小的理发店。他是浙江人,在上海某个区的灯具城里刚刚开始做事业。

他们各自的老乡是业务上的朋友,朋友介绍朋友,就算是为他们搭了姻缘的桥。其实她也忐忑过,因为他比她还要小一岁。女人的潜意识里总是希望自己的男朋友能比自己年长一些,这样才可以心安理得地享受他的宠爱。再说了,她是个北方的女子,见的多是大大咧咧的爽朗男子,相比之下就越发觉得他骨子里有着南方人的阴柔与自我。

就这样不咸不淡地开始交往起来,没有感觉什么好和什么不好。都是背井离乡的人,很容易为了一丁点的温暖把自己心里的东西会错了意。

在老家,似她这般年龄的早就该做娘了,在上海的日子过久了她也厌倦了一个人的孤单。许多上海人除了把北京人看成嫡亲外,看所有的外来人口都是"乡巴佬",她讨厌这种被排挤的感觉,但觉得无能为力。现在好了,有了另外一个人的陪伴,腰杆子总算硬了一些。和他并肩逛南京路的时候,她偷眼看看身边高大的他,心里对自己说:"这样其实也挺好的,就他吧!"

他不知道她心里想的是些什么,反正他觉得在女人堆里她还算是个朴实的姑娘,皮肤是黑了点,但模样还蛮清秀的。一个姑娘家大老远地从东北来上海也是件不容易的事,就这花花绿绿的世道她能踏踏实实地讨生活也算是好姑娘了。在拥挤的南京路上,他这么有一搭没一搭地想着,再悄悄地看看身边稍显单薄的她,心里对自己说:"这样其实也挺好的,就她了吧!"

一年后,他们结婚了。上海的钱也不是人人都能挣得到的,他在上海开了三年的店没有赚到钱,反而亏了一大笔。眼看着生意打不开局面,他渐渐地萌生了回乡的念头。她在上海待久了待习惯了,可不管心里怎么不乐意也只得嫁鸡随鸡了。何况她和他结婚后就把理发店关掉了,专心地跟在他后面管店。现在他提出不想开店了,她还能怎么办?收拾收拾跟他回老家呗!

回家后的一段日子还算平静,婆婆公公都是老实人,也小心地待着她。倒是他回家后越发像个孩子似的,也不思量着去做什么营生,每天睡睡懒觉串串门打打牌。有好几次她和他说,想在小镇上找个店面把理发店重新开起来,可他总是含含糊糊地不表态。

两个人就这样拖拖拉拉地混了大半年,什么也没干成。就在这当儿,她妈打电话来了,和她说让他们两人回东北一趟。她妈说这么大一闺女结婚了总要到老家摆个酒席吧,这么一声不响地出嫁了,在老家也没面子。她想想也是，就和公公婆婆商量着回去把这桩事办了。老人家都是通情达理的，二话没说就捧出了钱，两个人挑了个日子就衣着光鲜地启程了。

酒席办得热热闹闹，大家都知道她嫁到浙江了。在东北人那儿，浙江是个好地方。司仪大声介绍他是做生意的浙江老板，大姑老姨们羡慕的话就愈发地多了，她听着心里有些虚，但还是很高兴的样子。他穿着笔挺的西服，文质彬彬的样子也确实有几分儒商的范儿。她没有和父母多说什么，瞧着大家都欢天喜地的，那就也陪着笑笑吧，反正他们待不了几天就回浙江了。东北天气太冷，吃的口味他也不习惯，没住几天，他背地里已经和她说了好几次要赶紧打道回府了。

回程的票是她去买的，想想此次回来的大开销和两个人的现状，她犹豫了一下，买了一张硬座票和一张软卧票。她是这样想的，从东北到杭州三天三夜，两个人可以穿插着利用硬座和软卧，坐着的人累了就换着躺躺休息，这样两个人都舒服一些，还能省下一张软卧的钱。

回家的那一天真冷啊！东北都滴水成冰了，在哈尔滨登车的时候，他就抢在她前面把软卧的票拿去了。她的心里咯噔了一下，但还是没说什么，刚上车嘛，他要躺就先去躺会儿吧！

第一天，一整个白天都是他躺在软卧上。硬座确实很硬，她的腰都坐疼了，可是除了吃饭的时候他过来了一下，一直到晚上他都没出现。她想，大概他在东北的日子太费神了，人吃不消了，想多躺着休息休息,等他休息透了总会换她去睡软卧的。

第二天,他还在软卧上没下来,她揉着麻木的腿想着要去和他说一下交换座位,可是她又觉得不甘心:凭什么要我去开口?他一个男人怎么能想不到自己的老婆?看他什么时候能主动来让我去睡软卧。这样想着,她又咬咬牙坚持坐着不动了。那么多的人,那么冷的车厢,还有那么一点一点凉下去的心。她知道,他却不知道!

第三天,软卧还是他的,硬座还是她的。她没有提出要求,他也没有主动让出。吃饭的时候两个人碰了一下面,然后他就理所当然地又去睡软卧。她坐在那里看着他有款有型的背影挤在车厢的过道里,她想叫住他,问问他到底知不知道妻子坐了三天的硬座已经吃不消了想睡一会儿了,可是她只是张张嘴,什么都没说出来。

等到下火车的时候,她差不多快站不起来了,他拎着大包小包,还在一个劲儿地催她快走快走,一点儿没在意她脸上痛楚的表情。总算到家了,她应该高兴的呀!可她的心似乎在这三天里飘忽得没边没际,回不了神了。她一个劲地想,自己怎么就遇上了这么一个不懂得怜惜自己的男人?他怎么能这样,怎么能这样呢?

他没她想得那么多,他很高兴能从冰天雪地的北方及时抽身回家。他还是懒懒的,也不打算什么。差不多快过年了,一切等来年再说吧!那个年是她在婆家的第一个新年,她过得索然无味,看看身边的他就觉得做什么事都提不起劲儿来。她想,年过完了就一定要把自己的理发店开好,再不要这样憋在家里了。可是年一过完她就怀上了,婆婆公公那个高兴,说什么也不许她折腾开店的事情了,只盼咐她安心地在家歇着。她的妊娠反应挺大的,吐得力气也没有了,哪里还能干活,也只得耐着性子待在家里了。

其间,他去厂里干过,就那样眼高手低的一个人,没干几天便不肯干了,婆婆又巴巴地拿出一笔钱让他去学开车。考出驾照又拖拖拉拉了大半年,也找不到可心的工作,这时候刚好他市里姐姐家的批发部扩张了需要人手,他就被他妈赶去给姐姐家开车。

孩子出生了,是个粉嫩的小姑娘,小脸盘跟爸爸像极了。她刚刚做母亲,什么都不懂,公公婆婆又要做生意又要料理农活,没有多余的时间帮她搭手带孩子。她一边摸索着带孩子的门路,一边想着自己的妈妈,第一次在心里后悔嫁得这么远。他住在市里一星期才回来一次,即使回来了也没有多少工夫在家陪她,要么打牌去,要么溜达去。半夜里孩子吵着要吃奶粉,她累得不行,指望他能爬起来喂喂女儿,可是他心安理得地打着呼噜。她轻轻地推推他,他不耐烦地翻个身又睡了。她心里的难过像潮水般不断翻滚,一边给孩子泡奶粉,一边无声地流眼泪。

孩子会笑了,孩子能坐了,孩子出牙了,孩子感冒了……都是她咬着牙一手一脚地弄妥当,他在与不在身边似乎并没有什么区别。他在他姐姐那里的工作并不辛苦,所以收入也不是很高。孩子的小嘴比大人会吃,他似乎想不到这一点,并不会主动地把钱放到她手里来,总要她吞吞吐吐地开了口才像挤牙膏般地给她一点。记不清从哪天开始,她害怕了这种伸手向男人要钱的生活,话也懒得和他说了。

有什么好说呢？她这样想，还不如看看孩子的笑脸！谁说孩子什么都不懂？孩子贼聪明着，她看妈妈不笑，她也不笑。才多大的孩子，安静得像个大孩子。他回家，一时兴起地逗女儿，女儿绷着小脸看着他，也不笑。他有些无趣，讪笑着跑了。她抱着孩子站在那里，他晃晃荡荡的背影像块沉沉的石头压在她心里，压得她的心生疼生疼的。

孩子四岁的时候，她说要和孩子去一趟东北。走的时候她开开心心地和公公婆婆道别，去了就没再回这个家来。他觉得不可思议，气愤地打电话向她讨要说法："为什么要一去不回？没有打你！没有骂你！没有外遇！为什么？"她什么都没说，不是每一个"为什么"都能用嘴巴解释得亮亮堂堂的。生活不是十万个为什么，没有十万个详尽的注解。有些为什么原本就是藏在心里的乱麻，一道道地绕成乌漆抹黑的死结，太久了，久得解都解不开了。

其实，她一开始并不是真的想要做个逃妻，她纯粹只是想带孩子去外婆家认门。只是火车在哈尔滨靠站的时候，她透过车窗望着外面的景象，突然想到五年前的那张软卧票。那时候的她是个迷惘的妻子，现在的她是个迷惘的母亲。她一直以为自己已经不再计较那三天的硬座，可是她到现在才明白生活中所有的失望都起源于那张软卧票。那张软卧票从一开始就悄悄在她的心上留下了一道硬伤，看不见，摸不着，但在冰天雪地的哈尔滨却呼吸到满腔的疼痛。那一刻，她决定了不再回去。

他愤然地追到了东北，要她回家，她始终不肯回去。他没办法，趁她和她的家人不留神抱着自己的女儿回到了浙江。他想她总归舍不得自己辛苦带着的孩子，总会回来的。可是三年过去了，她始终没有回来。她的女儿七岁，在幼儿园里，小朋友和她说："你没有妈妈！"小姑娘哭着回家问奶奶："我的妈妈在哪里？"奶奶说："你的妈妈死了！"小姑娘号啕大哭："那让死了的妈妈回来吧！"祖孙就这样稀里哗啦哭了一场。

都说母女连心，不知道小姑娘悲伤流泪的时候，远在东北的母亲会不会也有心如刀割的感应？一场婚姻以幽怨收场，大人从此大可不必牵强自己的心，孩子却模糊了原本该美好灿烂的童年。如果……如果当初买车票的时候不是想着要节约一些，买的都是软卧，一路舒舒服服、卿卿我我地归家，那这桩婚姻是不是不会有这样尴尬的结局？或者，一张硬座一张软卧，他赖在软卧上不曾想到她，她自己走过去撒个娇说个理儿，他恐怕也是会怜惜自己的妻子的，那么他会不会从开始就有个觉醒，学会在婚姻中照顾身边人的感受？可是，生活没有如果，发生的一切没有更改的可能。一张软卧票割开的一道硬伤，伤了她，伤了他，还有他们最亲的人。

苏一敏

苏一敏是我来小镇后的第一个朋友，圆脸，微黑，穿得灰扑扑的，笑起来很是漂亮，牙齿整齐而洁白。她属马，与我同年，但时年二十七岁的我们生活的节奏又各不相同。我属于神魂颠倒的晚婚族，晕头晕脑地从江苏一头撞进千里之外的小镇，生理上和心理上大闹水土不服，日子过得自然是头重脚轻。而苏一敏已经是一个两岁娃的娘，她来我小店串门时，她的女儿甜甜小面团似的赖在自行车的后座上，不吵不闹。

我和苏一敏就坐着聊天，具体聊些什么我现在一点也记不得了。反正甜甜不哭，苏一敏就一直待在我店里不挪窝，甜甜哼唧了，我赶紧塞块饼干在她的小手里哄她安分点，我们继续聊。等到甜甜实在不乐意了，苏一敏没办法了，拉下脸在甜甜肉滚滚的小屁股上作势拍两下后，才认真地与我作别。我弯下腰拉拉甜甜软软的小手，然后站在店门口一直目送着娘儿俩离开我的视线。

其实苏一敏过得也挺辛苦的，不仅要照看一个刚蹒跚学步的娃，还要负责全家的生活起居。严格地说，她家出租屋里住的还不能叫

"全家",因为她的婆婆还待在安徽老家种地,来小镇卖生姜的只有她的男人林大力和林大力他爹。林大力这人我见过一两次,皮肤黄黄的,个子不高,走起路来背部微微弓着,这样就显得他更矮了。他看到我也不吭声,点个头就算是打过招呼了。倒是林大力他爹,老娘们似的,嘴巴开合个不停。他说的是安徽方言,我听着很吃力,那感觉就像在吃一锅夹生饭,生的在一边堆着,熟的稀里糊涂地入了耳。

林大力他爹卖生姜的大车就放在我的小店旁边,顾客扎堆时他笑眯眯地做生意,等买主们走得差不多了他就开始唠叨了。起初我还乐意接他的话茬,可是他叽里咕噜的方言里说的差不多都是苏一敏的不是,比如苏一敏不勤快呀,苏一敏待在家不挣钱啊,苏一敏对他不尊重呀之类的牢骚。我高度精准的耳朵经过这老头的几轮轰炸后,我看他的眼神充满了不耐烦,而他却浑然不知。某一天,当他再一次在我面前数落苏一敏时,我不客气地反问:"既然苏一敏这也不好那也不好,当初你就不应该让她做你们家媳妇!"老头子眨巴着小眼睛,无限憋屈:"我是不喜欢她,可林大力相了十多回亲就只瞧上她一个人,非要娶她。我有什么办法,我有什么办法?"

我最讨厌的就是有垂帘听政倾向的家长,何况以我对苏一敏的了解,他对苏一敏的差评完全是"莫须有"。我一边收摊一边把后脑勺对着他,心里一股脑地为苏一敏不服气,收好摊后再大义凛然地劝了他一句:"年纪大了少管事,苏一敏和林大力过日子,又不是和你过!"丢下这话后,我立马转身离去,至于他心里闹腾什么酸泡泡那就不是我的事了。

苏一敏再来我店里玩时,我得意扬扬地把为她出气的事告诉了她,她笑得前仰后合,笑完了摇头:"林大力他爹真的挺古怪的,我都懒得理他!"我连连点头:"一个糟老头子你也犯不着理他,只要你家林大力对你好就行!"提到林大力的名字,苏一敏脸上的笑容反而淡了,期期艾艾地说了两个字"他呀……"就没下文了。

我那时结婚才一两个月,根本没有看清男人这个物种。何况万先生比我年长八岁,在某些剑拔弩张的局面下,尚能自觉地放弃自己的立场主动向我投诚,所以我一厢情愿地以为天底下的男人都是温柔而贴心的。我私底下还挺羡慕苏一敏的生活,不用工作,只要在家带孩子就好了,林大力自然会养她们娘儿俩。但苏一敏对我的傻呵呵的羡慕毫无成就感,手指戳戳我的脑门:"你呀你!你以为从别人手里领钱过的日子有多舒服?还是你这样自食其力好!"

好?浮于表象的好也很难坚持多久!经过最初的磨合后,慢慢地我和万先生之间的嫌隙就像荒草一样地疯长了。有一次为了一点事,终于爆发了一场有史以来的大吵,我气愤之余摔门而去。我一边小跑一边抹眼泪,等眼泪流结束了脑子也清醒了,娘家在千里之外,我能避到哪里去?自己再掉头回家去实在有失面子,于是我慢吞吞地走到河边的一个小亭子里坐下发呆。

天渐渐地暗了下来,河边散步的人三三两两,我的肚子饿得叽里咕噜,心里泛滥着哀伤。苏一敏刚巧抱着甜甜来河边吹风,被我一脸的愁云惨雾吓了一跳,等她知道我是负气出走到这里后,她开始安慰我。她絮絮叨叨地劝了些什么我是一句也没在意,只不过我在呆愣了半天心里极度空落落的情况下,她恰巧来陪我坐着说说话,这对身在异乡的我来说绝对是难得的温暖。我一言不发地看着小河,泪像小虫子一样无声地爬下脸庞。苏一敏开始还给我擦眼泪,不一会儿她自己也开始默默地流泪。两个女人哑剧演员似的在心里酝酿着各自的悲伤,直到月亮爬上了树梢,最后还是苏一敏坚持抱着熟睡着的甜甜把我送到家门口。

不得不说,在经过这次的"静坐陪哭"事件后,我和苏一敏的友谊一下子提升到前所未有的高度。苏一敏会做好吃的面点,蒸馒头或包饺子了总要做上我的那一份,她把我叫到他们租住的小房子里给我煮饺子。她包的韭菜饺子皮薄馅多,里面加了花椒和辣椒粉,吃起来有股怪异的香气。她抱着甜甜坐在我对面,看我欢快地吃着饺子,九月的阳光笃定地落在她的眉眼上,我抬起头来看了她一眼,突然觉得她有些像我的姐姐。

有一次,我在她家吃饺子的时候,林大力从街上返回来拿东西,我站起来客气地和他打招呼,他却不吭声,冲我咧咧嘴又弓着背出去了。大概怕我有什么想法,苏一敏指着林大力匆匆离去的背影向我解释:"他就是个闷嘴葫芦,我都习惯了,你别见怪呀!"我继续向喷香的饺子发起总攻击,心情愉快得很,才没工夫去揣测林大力到底是什么牌子的闷嘴葫芦。

几个月后,苏一敏又怀上了,她的妊娠反应挺大的,吃饭没胃口,脸蜡黄蜡黄的。甜甜像只小壁虎一样贴在她怀里,她在我店里和我说一会儿话,就神情痛苦地从喉咙里冲出一声"呃"。我看她"呃"得可怜巴巴的，不由埋怨她："都什么年代了，还要生二胎？有了甜甜还不够啊？"她拧着眉毛辩白："哪是我想生？林大力是独苗，我要不给他生个儿子，他回老家要被村子里人笑话没香火的！"我摇摇头，实在不赞同她的这一套，生不生儿子是自个儿的事，和别人有什么关系？男孩女孩都一样的，怎么就非得男孩才是香火？

可这个在苏一敏肚子里待了几个月的孩子，终究没能来到这个世上。差不多有四个多月的时候，林大力带苏一敏去黑诊所做了B超，黑诊所的人肯定地说她肚子里的是个女娃，后来那坏运气的娃就没有了后来。这件事对苏一敏的打击挺大的，很长一段时间里，她都郁郁寡欢的样子。她到我店里来，我都赔着小心和她说话，生怕一不留意把她心里的那块疼地方再戳出血来。

有一天她和我商量："阿三，你说我能自己在街上摆个摊卖生姜吗？"我表示赞同，毕竟她闷在家里东想西想的对她自己也不好，找点事做做就当是散散心解解闷。

第二天她真的带着甜甜在马路边上摆了个小摊卖生姜大蒜，虽说是小本经营，她倒做得乐滋滋的。傍晚拎着装钱的小布包到我跟前来献宝，盘了盘，一天下来不过十来块钱的进账，她也不嫌少，只当是甜头。

生意做了三天，她就碰到了个刺头，一个本地的中年妇女趁她忙碌的时候给她了一张五十元的假钞，她当时没识别出来，收进了还找给那女人四十六元。等她对那张五十元有怀疑了去找那个女人时，那个女人拉下脸死不肯认账。苏一敏急得不得了，拉住那女人的衣服不让走。那个泼妇顿时大发雷霆,把苏一敏摊子上的生姜都撸到地上,接着嚣张地甩了她一个耳光后大摇大摆地离去了。

好事的人围了一大圈,就是没有哪个站出来为一个卖生姜的外地女人撑腰。等我得知消息匆匆地赶过去,看热闹的人都散了,甜甜坐在马路牙子上哭,苏一敏默默地蹲在地上捡散了一地的生姜,半边脸通红通红的。我把甜甜抱起来,小声地劝她:"别难过了!五十元钱就当买个教训吧!"她愤愤地把手里的生姜扔在地上,问我:"这人怎么能这么坏?她骗我干吗?瞧热闹的人有,说公道话的人怎么就没有?"

我没回答她,她一直是个简单的家庭妇女,没有在社会上混过生活,当然不能理解自己今天会撞上如此卑劣的小人。还好!只是五十元钱而已,也算是给她上了一堂认真严肃的实践课了。果然,从那以后,她再也没有收进过假钱,生意会做了,人也开朗了不少,一扫以往灰头土脸的气息。

时间过得很快,没多久我也做了母亲,本来就不怎么景气的小店关掉了,一心一意在家带孩子。和苏一敏的联系自然就少了,偶尔去趟街上,和她说不了几句话,我惦记家中熟睡的孩子,只得急忙告别。她说她现在过得挺好的,生意上手了,甜甜也挺乖,还有,就是林大力还是那么闷葫芦!

孩子一周岁后我开始到街上练摊,找了一圈没见到苏一敏,纳闷中赶到她家去,正好碰到林大力,一问才知道苏一敏回安徽老家去了。她怀了第三个孩子,这回是个男孩。林大力安心了,死活不同意她在镇上卖生姜了,让她带着甜甜回老家养胎待产。

我真心为苏一敏松了口气,生下这个男娃她就大功告成了,再也不用为林大力家的香火受苦受累了。做了这么久的朋友,我真的挺喜欢苏一敏的,她身上表现出来的安徽女人的勤劳和质朴,以及对我的那些真心实意的照顾都让我没有理由不去牵挂她,不去祝福她。

再一次见到苏一敏是在两年后,她抱着个敦实的小男娃笑嘻嘻地站到我的摊子面前,我一下蹲到她身旁搂着她的肩膀欢叫了一声,她给我准备了一大包安徽乡下手工做的豆腐皮和粉条。这么久没有联系过,亏她还能把我这个朋友记在心里。我收摊后去了她住的地方,她正在奶孩子,不到一周岁的林小航瞪着乌溜溜的小眼睛好奇地看着我这个陌生人。这孩子长得一点都不像苏一敏,全照林大力的脸模子印下来的。因为一个人照顾不来两个孩子,甜甜被安置在安徽老家的奶奶那里。我看了看狭小的院子,多嘴一句:"你就放心把甜甜丢家里?"本来还一脸笑意的苏一敏抿抿嘴不笑了。我突然觉得自己讲了句废话,都是自己肚子里藏了十个月的娃,又怎么会厚此薄彼?生活中的一些事原本就是有心无力的,由不得我们自己做主。

苏一敏继续待在家里带孩子,她家林大力来这镇上好几年了,经营的范围越来越广。除了卖生姜之类的调味品,还兼营干制海产品,据说利润挺可观的。林大力的爹现在看到我连个笑脸都不给,估计是前几年被我呛了一顿后,他心灵上就有了个破洞。管他呢!一个犟老头子的自尊心我自动屏蔽掉了。

他还是对苏一敏一百个看不顺眼,喝点老酒就在饭桌上端着家翁的身段给苏一敏上课。林大力的脸都扣在饭碗上,任凭他老爹随意发挥而不置一词。终于有一天苏一敏光火透了,把林小航往林大力腿上一扔,扎扎实实地和老头子斗了一场嘴皮子。老头子给苏一敏说得一愣一愣的,半天脑子里没转过浆来,他把希望的眼神投向一边林大力,可林大力抱着孩子避在屋角半天都不吭气。老头子看看大势已去,憋着气把自己的衣服鞋子塞包里,咣当咣当地回安徽老家去了。

　　受了几年的窝囊气,这回苏一敏总算把自己的好日子给争来了。她把林小航送进托儿所,雄心勃勃地和我规划着要在市场旁边开个南北货店,门面都看好了,让我一道去参谋参谋。我对她的积极向上持否决票,说她:"你们家林大力挣钱不少了,你先把林小航带好了,难道林大力还饿着你们娘儿俩不成?"我这话本来是说着玩玩的,可苏一敏听后眼圈红了:"林大力怎样的人你知道吗?他挣钱是不少,可他爱整夜玩牌也是事实,把钱都输得差不多了,家里的事他什么都不管,全赖在我头上,我靠得到他什么?嫁给他时我才十八岁,什么都不懂!完全是我父母做的主,他们觉得他人老实,可现在和他过日子的人是我啊!"唉!看来男人都是不可看表象的,以前我一直觉得林大力是勤勤恳恳的劳动模范,没想到也是个披着羊皮的狐狸。所谓婚姻是双鞋,谁穿谁知道,这话果然不假!

　　我陪苏一敏走过去看地盘,她中意的那间店面,地段是挺好的,可惜的是旁边已经开了一家南北货店。那先开的一家店的老板娘是上虞人,五十多岁,人很和善,每次看到我抱着儿子经过都会客气地往我儿子手里塞小零食。我对苏一敏说:"那里已经有家店子了,你再去卖一样的东西会不会和人家有矛盾?"她的信心倒是满得爆棚,直说不打紧,一鼓作气拉着我直接找到房东,当场就把房子给租了下来。

事实证明苏一敏的判断力还是准确的,她的店开张后生意一直不错。只是"同行是冤家"这句话摆在任何情况下都是适用的,两间并排的南北货店在经过早期的互相观望后,顺理成章地出现了小矛盾。苏一敏一开始是小声嘀咕,接着指桑骂槐,最后直接把对方摆在临界线上的带鱼干推翻了。火拼在所难免,上虞的老板娘,似乎也不擅长吵架,被苏一敏两手叉腰的剽悍气场吓得眼泪都出来了,等我走过时鼻头发红,向我诉苦:"店是我们家先开的,她来抢了我的生意不说,现在还要让我滚出这菜场,说要让她的老乡来收拾我!"我心里有些不忍,毕竟和她相处一年多了,她确实是个老实人,遂安慰她:"苏一敏吓吓你而已,她只不过嘴上说说罢了,哪会真的这样做!"

隔天晚上我去苏一敏家里,问及她与那老板娘之间的口角,她一脸不屑,一个劲地说那老板娘不识时务。我劝她:"大家都是混口饭吃吃,何必要每天横眉竖目的。生意好差全凭自己结人缘,也不是靠吵架就能怎样的!"苏一敏撇撇嘴,有点不耐烦:"我就是看那老太婆不顺眼怎么啦?我老乡说了,找个机会揍她一顿!你怎么不帮我反而替别人来当说客?还是不是朋友?!"

她的这通话让我第一次觉得她说话像架了炮筒子,其实她和别人结下梁子与我毫无关系,我只是不希望她活得那么吃力才劝她凡事不要斤斤计较。搞了半天我反而成了个奸细,她嘴里的"老乡"似乎成了她坚强的后盾。

那个老乡似乎是一个多月前来她店里买鱼干时攀出来的交情,说是老乡,其实也不是和她家一个县的。老乡是个男的,来镇上跑工程车也有好几年了,大夏天的总爱光着膀子,晒得黑而发亮,人看起来英气勃勃的,常年剃着个大光头,脖子上挂着一根黄灿灿的和手指差不多粗的项链,有股说不出的痞气。

老乡下雨天一般不跑车,菜市场里逛几圈就逛到苏一敏店里,大大咧咧地往柜台旁一坐,和苏一敏有一搭没一搭地聊天。我向来对挂着大项链的男子心存畏戒,不由多嘴地给苏一敏打预防针,让她和这个走路吊儿郎当的老乡保持适当距离。苏一敏不高兴地怪我多想,说都是出门在外的人,能帮衬着壮壮声势,看有谁还敢来欺负安徽人。想想她的话也有三分道理,我也就不作声了,她现在独当一面开店,生意做得得心应手的,有些事情自然也看得比我远。

日子就这样稀松平常地过着,我每天在苏一敏店铺对面练摊。对她,我一如往常地亲密。对她隔壁的老板娘,我也同样笑脸相迎。这下苏一敏不乐意了,板着脸问我:"你和我隔壁的老太婆那么要好吗?"我不解:"她挺和气的呀!再说人家对我客客气气的,我难道对她甩脸子?"苏一敏很是不悦:"你既然和我是好朋友,那我和她有过节了,你就应该站到我这边来,你也要和我一起鄙视她!"

这说的什么话嘛!都三十好几的人嘞,还学小孩子搞帮派,真正地显幼稚了。我不想和苏一敏为这件事正面冲突,只得打着哈哈违心地向她保证,我在精神上绝对是倾向她这一方的,对她的"仇家"绝对不付出一丁点的真心。她这才收起满脸的不悦放了我一马。

想不到的是,一个月后我和苏一敏还是闹翻了,导火索是几块饼干。中午收摊的时候,我肚子饿得咕咕叫,苏一敏隔壁的老板娘看我走路摇摇晃晃的,就好心地给我拿来了几块饼干,我道了声谢后把饼干托在手里,还没等我把饼干送到嘴边,苏一敏已经一个箭步跑到我面前对我说:"把这饼干给我扔了!"我看看她,再望望一边的老板娘,有点惊讶于她的无理取闹,人家送两块饼干给我充饥,她也犯得着这样来驳人家的面子?左不过是做了点同样的生意,何必搞得血海深仇似的,让人家心里嗤笑她的小肚鸡肠。饼干我自然不好扔掉,苏一敏见状扭着脖子气鼓鼓地走了。也许她认为我和她这么多年的交情,我一定会按照她的指示给她的"对手"难堪。可是,我有我做人的立场,最后难堪的人反而是她。

就因为这件事,苏一敏不再理我了,我从她店门口经过想和她说句话,可是她面无表情地坐在那里好像没见到我一样。我想她不过是耍点小性子,过几天等气消了就不会这样了。我们这么多年的朋友了,哪能说散就散呢!

我心里也有些小疙瘩,苏一敏以前绝对不是这样不通情理的人,怎么现在做生意了就变得这么强势呢?再说了这件事错不在我,为什么我还要去迁就她的胡搅蛮缠?这么思量着,我暗暗赌气,暂时不去理她,让她反省反省!

她不理我,我不理她,女人的心眼都不大,和针鼻子有得一比。

我从她店门口走过时假装若无其事，她坐在店里满脸带笑地和她的老乡摆龙门阵，连眼角的余光都碰不到我的衣角。有几回我这样思量着：如果苏一敏能给我个持久一点的眼神或者像以往一样灿烂的笑脸，那我肯定不计前嫌地和她重修于好。我甚至设想了那样的局面：她丢过来两只嗔怪的白眼，然后我笑嘻嘻地勾住她的肩，哈哈几声——嫌隙一丁点都没了！

可是这样的局面终归只是我的一厢情愿，我伤心地发现，苏一敏心里憋的那口气太重了！重得已把我们以往的快乐和情谊都一股脑地拖到日子最阴暗的底层再难浮起，重得她可以对我的示好做到无动于衷。相识到相伴再到倦怠，一共七年，说长不长，说短不短，我和她就这样成了这个镇上最熟悉的陌生人。

有时候我会想到我和苏一敏最初相识的日子，想着想着也就想通了。那时候我和苏一敏都是简单不过的女人，在他乡的夹缝里依偎着取暖，互相鼓励着同样软弱的对方。现在当我们渐渐成熟了，看清了这个现实的社会，有分歧和误解大概也是再正常不过的事情。争执过了再勉强地交往下去也是无益的，不是谁留不住谁，而是缘分抛弃了彼此！那个一心想着为林大力生个男娃的苏一敏呢？那个陪我在亭子里坐着哭泣的苏一敏呢？那个为我煮饺子的苏一敏呢？那个为了五十元假钞心疼惋惜的苏一敏呢？……那个和我并肩多年、我自认为熟悉得不能再熟悉的苏一敏，就这样在琐碎的生活中和我走散了！

现在，某些女人扎堆的场合中，我和苏一敏还会偶然遇见，但我们的眼神再不会有交集。她再也不是多年前土里土气的女人，人明显地胖了一圈，蹬着时髦的高跟鞋，画着精致的妆容，衣着光鲜。她租住的那家房主有一次在菜市场碰到我，神秘兮兮地告诉我苏一敏外面有人了，林大力和她干了一场狠架，气得把她的手机都摔了。苏一敏现在可会打扮了，涂抹在脸上的是两千多块钱一套的玫琳凯。我神情茫然地看着讲述的胖女人的嘴巴像金鱼一样地开合着，实在无法用合适的表情来表达我此刻的心情。

我早就知道苏一敏的情人是那个挂着金链子的光头。我曾经碰到他们两人坐在店里聊天，苏一敏的眼睛里溢满了亮晶晶的神采，只不过那种为爱而生的眼神出现在一个已经有了两个孩子的女人眼里，看着总有些让人担忧。而那个男人的手不避嫌地搭在苏一敏的膝盖上，对着她说得摇头晃脑。

那个男人的背景我并不清楚，只是隐约听人说起他有三女一男四个孩子。如果我和苏一敏依然是朋友，那我一定会认真地提醒她，这个有着四个孩子的男人绝对不是她应该端起的那盘菜。在我们即将跨入不惑之年的尴尬时刻，邂逅到的这模糊不清的暧昧怎么可能是那些曾经在如花的岁月里擦肩而过的爱情？可是时光荏苒，时过境迁，这些涌动在我舌尖下面的说辞最终化成了两口淡而无味的唾沫，顺着喉咙掉进了我空落落的心里。也许除了祝福，我再无须多言了！但愿——我曾经的朋友苏一敏能真正快乐！

新欢与旧爱

先生的好友文质彬彬，从事建筑业，前几年曾携太太邀请我和先生在茶楼里小聚一场。彼时，他的太太是小学里的老师，姓叶，大方活泼，气质优雅。同是年轻人，且他与我的先生又有不薄的旧时情谊，四个人倒也相谈甚欢。

也就是那一次，我知道了他和叶老师从初中开始就是同学，只不过是不太热络的那一种。直到各自从不同的大学毕业后，某一个假期偶然在家乡的胡同里相遇，才有了向爱情发展的愿望。

说起他们现今的幸福，先生颇有得意之色，原来他就是好友夫妻最初的牵线搭桥之人。想那时，郎有情妾有意却犹抱琵琶，是先生自告奋勇地在他们之间递话捎信，才拨云见日成就了这桩姻缘。

结婚后，先生的同学在市区上班，太太在小镇上任教。为了和爱人日日相伴，他费了不少手段才把叶老师调到市区的一所小学。

那个时候的他应该是心如止水的。妻子知书达礼，把孩子调教得聪明可爱，和守寡的婆婆相处融洽。两个人感情和美且都有不菲的收入，城区里一套一百多平方米的房子也打理得清爽雅致，出入有车代步。这样现世安稳的日子,并不是每个男人都能够幸运地拥有的。

看得出来,他也是个体贴的男士,细心地帮叶老师提包。喝完茶后和我们在茶楼门口告别,我走出去几步回首一看,淡黄的路灯下他们手挽手走在人行道上,很幸福的样子。

我和先生新婚,骨子里的浪漫细胞自然而然地被他们的温馨所感染。以后的几次,我一与他们两个人打照面,心里便自然而然地想到"白头到老"这四个字。

可是生活总是要和人玩点黑色幽默,以显示它才是智者。一年后,当我还在仰望他们夫妇的甜蜜生活时,我却从先生的口中得知他们已经办好了离婚手续。这个消息让我窒息了五秒之久,嘴巴张得可以塞下一个鸵鸟蛋,突然间我就对所谓的"爱情"灰了心。

离婚的桥段再平常不过了。先生的同学在一次饭局上结识了一位年轻的女子,不知道这个做公关的女子施展了怎样非凡的魅力,让他一下子就意乱情迷地陷了进去。在外遇和家庭之间徘徊了一段时间后,他毅然地抛妻弃子另筑爱巢去也。曾经那么相爱的一对夫妻,那么温暖的小家庭,几个月之间就这样散了。不是因为天灾,而是因为人祸。九岁的孩子随叶老师生活,原本与他们同居一室的老母郁郁寡欢地避回乡下老屋。

我在心里鄙薄这样一个喜新厌旧的男人,警告先生不要再与他有所往来。先生念及与他十多年的友情,对我的指示阳奉阴违。此时的他因为这桩围城之外的爱情已经四面楚歌,心情也很是落寞,夜半时分常常打电话来与先生聊天。有几次我忍不住在先生面前嘲讽他的为爱癫狂，先生忠心护友，反过来倒批评我不厚道。于是我们夫妻两个为一个外人的事情斗了好几次嘴后，气愤之余我便再不愿意提起这个人了。

几年的时间一晃而过，一次去市区办事，居然在熙熙攘攘的街道上碰巧看到他和他的现任女友。他已经没有了前几年和叶老师在一起时的神采奕奕，人看起来黑瘦了不少，身边的女子淡淡妆容亦很平常，远远看过去两人行色匆匆，各怀心事的样子。

是日，与先生谈起街头的偶遇，八卦地询问他同学的近况。先生说他的同学与那个女子一直没有办结婚手续，只是同居在一起过日子。我鼻子里一哼："真爱是不需要用婚姻作保障的！"我又问："他现在过得如何？"先生半晌不语，过了一会儿牛头不对马嘴地说了一句："他有一次酒后和我说前妻真的是个好女人！"大概觉得此句不妥，又追加一句："他还说现在的这个女人也是好的！"

他倒真是个有福之人，旧爱"是个好女人"，纵然是他出轨在先，离婚的时候也是大度地顾全了他的脸面，没有不依不饶。新欢"也是好的"，不动声色地把他从别人的被窝里抢了出来，心甘情愿地把女人最宝贵的青春耗在他的身上，没名没分也在所不惜。也许当初两个女人为了这个男人斗智斗勇时，他也挣扎权衡过，但旧爱终归不敌新欢，貌似后来者占了山为了王，但此君的一句酒后真言还是不慎泄露了心机。

时过境迁，当新欢如一朵鲜花般被他采摘进日子的花瓶里，退去最初的新鲜后渐渐也熬成了旧人，旧爱倒成了窗前的月光，在蒙眬的醉眼中静谧而大放异彩。摔碎的镜子无法修好，走过的路再难回头。新欢也好，旧爱也罢，无非是演绎了一场红玫瑰与白玫瑰的话剧，成全的仅仅是一个自以为是的男人贪心的情怀，如斯、如斯而已！

莲 子

莲子姓钟，是我大表姐的一个朋友。人如其名的静美，我初见她时，二十出头的大姑娘，皮肤白皙，可爱的童花头，娇俏的丹凤眼，笑起来浅浅梨涡若隐若现。

有一段时间我住在这位大表姐的家里。表姐是个女强人，三十出头就办了一个加工劳保手套厂。厂不大，但生意挺红火，她的业务中很大一部分是为乡里的一个张姓书记办的手套厂做外加工。每当她的小厂为张书记办的厂出货那天，莲子必然要来做验收工作的。她是表姐的朋友，自然不会为难表姐，况且检验员的工作，表姐请来的师傅早就做好了，她只需要看看电视或者拖着表姐聊聊天就行了。

我那时还小，看到表姐对莲子客客气气的样子心里很奇怪。表姐人不坏，脾气却出了名的火爆，只要惹得她瞪起眼睛就是她的爹妈都要听她的数落，所以和她打交道的人都小心翼翼地。但是莲子似乎一点都不忌惮她，说什么做什么都是一副底气十足的样子。

莲子基本上每个星期都要来表姐家里，慢慢地我们就熟了。有一次她来的时候表姐刚好出去了，她就坐在我旁边慢条斯理地和我说了好一会儿的话,我这才知道原来她在乡里做出纳。

晚饭桌上,我奇怪地问表姐,莲子只是乡里的小出纳,和表姐的厂子完全没有关联,为什么要来监督手套厂的工作?表姐拍拍我的头,夹了一块红烧肉放在我的碗里嫌我小孩子多管事。姑妈嘴巴张了张想说什么,表姐眼睛一瞪,她老人家就把到嘴边的话又生生地咽了下去。

莲子的身份就这样成了我心中的一个谜团,直到我快要离开表姐家的前几天,这个谜团忽然就在我的面前摊开了。那天中午,莲子不知道在哪儿喝得醉醺醺的,突兀地摸到表姐家里来了。醉了酒的女人完全丢了以往的文静,稀里糊涂地坐在表姐的房间里傻笑,表姐陪着她,让我去给莲子泡杯热茶来醒酒。

等我把茶端到房间里,莲子突然大哭起来,楼下的工人都在,表姐忙不迭地关紧房门。莲子的头发乱糟糟的,泪水源源不断地涌了出来,她一边吸溜着鼻子一边含糊不清地嘟嘟囔囔:"他害了我……他害了我!我该怎么办?我一辈子都完了……完了……"

表姐是个性情中人,看到她这样悲悲戚戚的样子,忍不住眼圈都红了。莲子就这样不停地哭着念叨着,直到最后糊里糊涂地歪在地板上昏睡过去。

表姐把脸色苍白的莲子抱到床上安顿好,不住地摇头,很是惋惜的样子。原来莲子高中落榜后,经人推荐到乡里去做临时工,亭亭玉立的姑娘一不小心就落入了乡里书记的色眼。手段老到的书记只用了几个小小的心眼,莲子就不幸地掉进了他的怀抱。

莲 子

像书记这样的男人，脑子里算计漂亮女子委实是很正常的事情，但仕途铁定是摆在第一位的。他虽然贪恋莲子的清纯美貌，但绝对不会不顾大局来让莲子替代家中的黄脸婆的，更何况他家中两个儿子的年龄比莲子还要大几岁。莲子是他手中的纸鸢，看着自由自在地飘在空中，实际上系在她身上的一根绳子却被牢牢地抓在书记的手心里。

那个书记我在表姐家的餐桌上见过一回，五十多岁的矮胖老男人，满脸的大麻子纠结成凶相毕露的痞子样。这样的人即便在光天化日之下看到我也避之不及，不知道莲子怎么会有那么大的勇气陪伴在这个丑陋的男人左右！或者，莲子确实没有办法挣脱他的黑手。

女人在乎的东西实在太多了，如果说当初十九岁的莲子在乎的是名声，是家人的脸面，那么这六七年来的憋屈与挣扎中滋生出来的又是什么？我想莲子的心里更多的是不甘心吧！一个女人最纯最美最宝贵的时光断送在一个有权的无赖手里，看不清脚下的路更看不到希望。年轻的莲子也渴望一份阳光下温暖的爱情，可是她和麻子书记的事情已是街头巷尾的谈资，世人的白眼不敢明目张胆地扫到书记大人的头顶上，莲子的背就成了乱箭的靶子。这样一个女人，除了收获更多的奚落，压根就不要指望还有男人来爱她了！

书记精心编制的囚笼轻易把年轻的莲子关住了，莲子只有老老实实地待在原地，等到这个可耻的老男人哪天良心发现能自动放了她，但那一天似乎迟迟不肯来。有一回酒后，老男人得意扬扬地对莲子说："莲子，你死心塌地地跟着我吧！你斗不过我的！"这句话让莲子想拿酒瓶砸死他的心都有了,可最后她终究没敢这样做。是啊!一个是横行乡里的土皇帝,一个是手无缚鸡之力的弱女子,该如何斗?

她是个胆小的女人,这辈子还没有尝过爱和被人爱着的滋味,她最大的愿望就是安安分分地嫁个老实男人,然后为自己爱的人生个乖巧的胖儿子!

可是这样的机会,莲子还会有吗?莲子心中期待的幸福又躲在哪个角落里窃笑?这个弱小的女人大概只有在酒后的乱梦中才会有片刻的安宁和与幸福碰面的机会吧!

几天后我离开了表姐家,从此再也没有见到过莲子。三年后的一个下午,我在小镇上闲逛,意外地接到大表姐的电话,她说她的一个朋友遇到了点麻烦想离开家乡,问我是否方便介绍一个人到镇上的服装厂打份工。她没有说她那个朋友的名字,但我隐约觉得"那个朋友"应该就是莲子。我犹豫了一下,还是告诉表姐镇上没有服装厂,只有小五金厂,但如果她的朋友真的要来的话,我还是可以给她租好房子,介绍一份工作的。

不知什么原因,表姐的那个朋友最终并没有来我这里。我想如果那个朋友真的是莲子的话,那我应该为她高兴,因为在忍辱了这么多年后,莲子终于有了可以开始新生活的迹象。这世上没有一个人愿意真正地放弃自己生活的地方,选择背井离乡,除非有迫不得已的原因。莲子没有到我这里来,大概她有了更合适的地方。这种逃离是无奈的,但用一时的无奈换取自己远离黑暗触摸到美好世界的机会,这对莲子来说何尝不是一种解脱。

　　莲子的人生最值得张扬的一小部分已经无法找回了,她的性格注定了她的命运,三十多岁的莲子该何去何从,这完全取决于她自己的心态了。当她经历坎坷不再单纯烂漫,当她身在异乡举步维艰、无依无靠的时候,真的希望有个谦和的男人诚心诚意地对她说:"姑娘,现在就有个好人在你面前,你可以嫁了吧?"

　　我相信一定会有那么一天的,而那一天的莲子一定会有一生中最开心的笑容!

老 金

老金的车技很好,大街上人再挤他都能稳稳地骑在他那辆老旧的大脚踏车上不下来。偶尔他会来我摊子上买些小物件,脚一点地车就停下了,笑眯眯地接好我递过去的东西,一边付钱一边和我聊上两句。东西不常买,见了面,招呼倒是回回打的,骑在车上朝我挥挥左手:"三三!"我做生意的当儿把右手举起来摇一摇,高高兴兴地应一声:"老金师傅!"

老金的年龄应该和我父亲差不多,人黝黑而精神,走路的时候腰杆笔直,一看就知道是部队里磨炼出来的气质。有一次我随口问了声他是不是当过兵,他在惊讶于我眼光的同时,颇为自豪地告诉我,他从部队转业后在公安系统工作了好多年,退休后依然在社区里指导一些年轻人的工作。老金年轻时当兵的地方是江苏镇江,离我的老家不远,有了这么点零星的交集,老金对我更客气了,言必称我为"小老乡"。

老金的邻居有一次很奇怪地问我:"三三,你和老金很熟吗?"我点点头,转而又摇摇头,说到底老金就是我这个摊子上众多买家中的一员,不过多聊了几回天而已,不能算"不熟",也不能算"很熟"。老金的邻居带着若有若无的笑意再一句:"老金啊……不太好相处啊!"我用一个无懈可击的笑容,外加一个"呵呵"收尾,没去搭他的腔。老金做人的姿态如何,与邻居多多少少有些影响,与我这个小贩的的确确扯不上半毛钱的关系,我干吗要去蹚这邻里之间是非圈的浑水?

有一次在家里看报纸,居然在某个专栏上看到老金的照片,隔日碰到他便打趣:"老金,你露脸了哈!都上报纸了!"老金不好意思地摆摆手:"哪里呀!我就是凑个数装装样子罢了!"话是这么说,眉眼里却有藏不住的喜气。我心里暗笑他的老派作风,明明心里骄傲得很,偏偏要装出一副云淡风轻的样子来。他从我的话语里得了些许好心情,乐呵呵地做了个"再见"的手势,便欢欣地蹬着脚踏车消失在熙熙攘攘的人群里。

那之后的很长一段时间,我都没遇到老金,听他邻居讲,老金夫妻俩到城里带孙子去了。老金的儿子生了一对双胞胎小子,小两口既要上班又要养两个淘小子,实在忙不过来,这带孩子的重任自然地分配到老金夫妇身上了。老金这一代人其实是蛮不容易的,年轻时自己手脚并用一路跌打滚爬地苦过来了,临到老了该享些清福的时候,偏偏又要去为儿子的儿子鞍前马后。

老金的老伴是镇上的退休教师,个子不高,人很温和,与老金举案齐眉、伉俪情深。两个老人在市区一住就是五年,其间老金也回了镇上好几次,在菜市场遇上他必定两手大袋小袋的像个专职采购员。

这袋是大孙子爱吃的土鸡蛋,那袋是给小孙子滋补的泥鳅,还有几袋子是儿子媳妇想吃的时新蔬菜。他心满意足地把手里的货色挨个儿展示给我看一遍,匆匆与我作别:"三三,我得赶紧走了啊!老太婆一个人在那儿带两个小调皮吃不消呀!"我回首,看他高大的背影渐渐地消失,恍惚间想起了自己的父亲。

再次看到老金是去年夏天的一个傍晚,我正对着婆婆家后门边的一棵枣子树发呆,眼前走过的一个老人轻轻地叫了我一声:"三三。"我一愣,定睛细看,忍不住大吃一惊:老金!也不过是一年多没见面,眼前的老人与我认识的老金判若两人。他颤颤巍巍地拄着拐杖站在路中央,已经瘦到了让人不敢正视的模样,头发稀疏,面皮焦黑,眼睛混浊无神。

我打开门走到他面前,嘴巴张了张,一句话也说不出来。我素来伶牙俐齿,可是突然之间对着这样憔悴的一个老人实在是不知道说什么。他凄然一笑:"三三,不认识我了吧?"我的心酸酸的,看他慢慢地挪动着脚步向婆婆的前邻家走去,我犹豫了一下,便跟在他身后。

进了前邻家的院子,前邻家的老伯伯拎着椅子板凳迎出来,寒暄了几句我才知道前邻的老伯伯与老金是堂兄弟。老金家离这里并不远,可是以他眼下的身体状态,走完到堂兄家的这段路已经筋疲力尽了。

坐在椅子上好一会儿,老金总算缓过劲儿,断断续续地给我讲述了他的境况。原来,老金两口子把两个孙子顺利带到进幼儿园后就回到了小镇,原想该吃的苦也吃了,该为孩子忙的也忙完了,以后这段安静清闲的好时光总会完全属于老两口自己了。年轻时两口子忙工作忙家庭忙孩子，忙得团团转，都没机会对自己好一些，现在手上的任务基本完成，算是苦尽甘来吧，怎么着也要和老伴好好享受享受二人世界的夕阳红。

不曾想到的是，回镇上住了没多久，老伴就总是感觉腰疼，一开始两人也没往深处想，就觉得是上了年纪的骨质疏松。奈何钙片吃了好几瓶，症状非但没缓解反而腰疼得越来越厉害了。老金这下急了，把老伴连拖带拽地送进医院里做了一系列的检查，结果超出了老金的想象——老伴肝癌晚期。任何手术治疗都已经失去意义，大半世的恩爱夫妻终究还是走到了生死相隔的岔道口。

老伴走了以后，家一下子变空了，老金沉默了许多。儿子儿媳工作忙，回镇上看望老父亲的机会委实不多，他们希望老金搬到城里去和他们同住，免得一个人在家心里难受。老金没有去，老伴虽然不在了，可房子里满满的都是老伴留下的念想。人老了重情，也图不了别的，还有老房子里这些细碎的片段能触摸到的，也是老金寂寞暮年里的些许安慰吧！

有道是福无双至祸不单行，这边老伴离世的悲伤还没整理好，那边老金自己的身体先出了问题——食道癌！放疗、化疗、手术，能用上的手段都用上了，总算暂时保住了老命。出院后他衰弱得不行，儿子坚决把他留在身边照顾。儿子家住五楼，白日里上班的上班，上学的上学，路也走不动的老金郁郁寡欢地坐在阳台上等着太阳落山。到了晚上，儿媳妇到家了，洗洗刷刷的当儿总不忘问一声老金："爸爸,今天你感觉好点了没?"好什么?有什么好?整天圈在五楼上能好吗?老金悄悄在心里长吁短叹一番,抬眼看看儿媳妇关切的眼神,飘到嘴边的话就变了:"好多了!好多了!"

"好多了"的老金最终坚持回到了自己的老房子里,他觉得乡下的空气好,有心情有气力了,也能拄着拐杖走几段路串串门子,怎么着也比闷在鸽子棚一样的套房里强。最重要的是,一个病恹恹的糟糕老头子总是杵在孩子们中间,多少会影响他们的生活质量。

说完这些话,老金仿佛用尽了全身的力气。已经到了这份上了,他心里还在为孩子们着想,也许这才是他离开城里最大的理由吧!

那天下午,我在邻居家的院子里陪老金坐了很长时间,自作聪明地给他讲了许多精神和食疗的保健知识,比如多吃吃黑木耳黑芝麻等黑色的食品,多听听轻松明快的音乐什么的,把老金听得连连点头。在知道了这个孤单的老人三餐也不能周全地送到嘴巴里后,心里更是惋惜得不得了,建议他请个钟点工打理一下简单的生活。就他目前的情况而言,能吃饱、吃好其实是最低的标准了。

看得出老金回家时神色明显愉悦了许多,隔日再在邻居家门口碰到,腰间果然多了一台正咿咿呀呀唱着绍剧的小型播放机。合适的钟点工一时半刻也物色不到,他殷切地嘱托我在街上多帮他留意一下,我自然是满口答应。本来那天我还想陪他摆摆龙门阵的,但因为家里要盖些小房子的事情,我不得不到村里去求人盖章。我向老金短短地牢骚了几句自己的烦心事,忙着与他作别,他眼里有小小的失落:"哦!那你自己的事要紧,赶紧去办吧!"顿了顿,又道:"唉!可惜我退休了，不然倒是能帮你办好这件事的。"我对他笑笑，不忍心再去看他落寞的神态，匆匆地从他身边走开了。

镇上的钟点工不多，我给几个相熟的钟点工大妈说了老金的情况后，人家就没有了下文，老金嘱托我的这事差不多稀里糊涂地黄了。我一直在犹豫着要不要去给老金一个答复，但转念之间，脑子里就堆满了他暗淡的眼神。于是我心怀侥幸地想：我在老金那儿是个外人，也许老金自己已经把这件事办好了也说不定。这样想着，我似乎没有再去见老金的理由了。

之后的某个早上，老金拄着拐杖摇摇晃晃地走到我摊子前买东西，不巧的是他需要的那种过滤汤汁的小网漏偏偏缺货了。我告诉他进了货就送到他家里，他木然地发了会儿呆，默默地转身。我到底还是没忍住，低低地问了一声："老金师傅，钟点工请到了没有？"他回头，朝我晃晃手上的半袋包子，凄惨一笑："请得到请不到也无所谓了，这些包子总可以当饭吃的！"我顿时噤声，再不敢多讲半句。有些话不讲还好，讲了反而让人尴尬难过。

两天后的中午，我收摊后拿着小网漏去老金家，他家的门虚掩着，我轻轻叩了几下后，老金的声音才传了出来。屋子里寂静无声，我推门进去，看到老金躺在卧室的摇椅上，只是一眼，我已经心惊肉跳：摇椅上的老人已经瘦成了可怕的纸片状，薄薄的毯子盖在摇椅上居然不能显示出他周身的轮廓，我看到的只是一张皮包骨头的青黑色脸庞。

我把手中的东西放在他的床边，他窸窸窣窣地在毯子下摸钱，我摆摆手："老金师傅，这些小漏网是我送你的，不收钱的。"他皱起眉头努力地摇摇头，好一会儿后抖抖索索地把钱递了出来："你能把我要的东西送来我已经很感谢你了，钱一定要收的。"我执意不要，他固执地不把手收回去。那是怎样的一只手啊！我实在不忍再看下去，只得把钱收好，他这才松了口气。

他的床边堆满了大大小小的物品，电饭锅、药罐，几副碗筷也在床头柜上搁着，想来他眼下的生活只能在这间卧室里解决了。我在他旁边坐了一会儿，他断断续续地和我讲了几句话，大致是侄女会隔天来照顾他一下，他自己的一日三餐差不多就在床上解决了，电饭锅里凑合着蒸个包子，煮一盒牛奶。

他面无表情地说着，我无比辛酸地听着，不敢也不能搭腔，我心里一直在盘桓着一个问题：他的儿子怎么能把这样一个需要精心照顾、在死亡边缘挣扎的老人独自放在这个冷清的老房子里？为什么呀？临走的时候我对他说："老金师傅，实在不行的话我来给你烧几天饭吧！"他费劲地扯出个笑容："好孩子，怎能麻烦你，不方便的！"我知道他顾虑什么，他的两个侄子都是我的近邻，侄子尚且不到场，我一个外人去照顾他的话，不知道又要惹出什么闲言碎语来了。

自打那次后，我再也没在菜市场见到老金。姆妈从宁波回来时，我告诉了她一些老金的事情，她听完了跟着我叹气一场："老金真是可怜啊！怎么会落到这么个田地呢？"娘儿两个就呆坐在瓦亮瓦亮的月光下，心也变成拔凉拔凉的一块。

没过多久，我就听到了老金去世的消息。老金的邻居说：老金好歹是做过国家工作的人,家门口的花圈堆得跟小山似的,来送葬的人真不少啊,队排得长长的!

镇上的老人有这样的说法:人去世后收到的花圈越多,到那边后自己的花园就越大,送葬的人越多,说明这个人就越有福气。如果这话真能属实,老金去了那边后一准有个花团簇锦的巨大后花园。可是老金是不是有福的人,这个恐怕只有去世了的老金自己心里知道。

辉太狼与李姑娘

阿辉个子不高，偏瘦，皮肤有点黑，左臂上一排面目模糊的刺青，走路的时候摇头晃脑，一副吊儿郎当的样子。他家在邻镇陆埠，几个月前和妻子小李到我们这地方摆了个卖卤鸡、烤鸭、酱牛肉、炒花生米之类的熟食摊子。

卖熟食是个忙碌活，半夜里要去市区的批发市场进货，大清早要烧烧煮煮偶尔还要现场煎炸，阿辉身上的衣服上从没少过黄乎乎的油渍。倒是小李看上去很养眼，长发随意地盘在脑后，一笑露齿，眉眼之间尽是风情。

说实话，开始的时候我对阿辉的印象并不好，他说话喜欢斜眼看人，脸上时常挂着似是而非的坏笑，嘴角叼根香烟，活脱脱的痞子样。做生意的人该是谦虚和气的，他生的极可能是反骨，脾气大得很，有好几次我都听到他对买家的喉咙响得像闹铃。

负责救场的是系着花围裙的李姑娘，漂亮的丹凤眼不动声色地横扫一下阿辉，再给买家递个柔柔的笑脸，好话讲上几句，生意差不多就做成了。买家高高兴兴地走了以后，李姑娘拧着眉抽空批评阿辉几句，大致是说他耐心差脾气坏心气高之类的。

在我看来，街边"驯夫"差不多是件冒险的事，男人的面子是碰不得的啊！而且李姑娘用的是普通话，有种老师给学生上课的范儿，很严厉。但阿辉对李姑娘绝不生气，不仅不生气，还积极地给妻子赔笑脸，不仅赔上笑脸，还绝不在训话的中途甩袖离场，态度好得像淘宝店的卖家，真的是蛮难得的！

估摸着李姑娘的最高指示发表得差不多了，阿辉觍着脸对李姑娘龇牙一笑："我回去干活了啊！有事打我电话哈！"李姑娘柳眉倒竖，一脸的恨铁不成钢，赶苍蝇似的挥挥手："走走走……看到你就烦！"阿辉瘪瘪嘴，就坡下驴"哦哟哦哟"几声后慢悠悠地消失在市场的拐弯处。

亲见这夫妻斗法一小回合，我突然对阿辉的印象改变了不少。在别人面前说狠话爆粗口是不妥，但总比伪君子要好；而能在自家老婆面前放低姿态的男人无疑是调皮且大度的。

李姑娘还坐在那里生闷气，我凑过去打趣："你怎么嫁给了这么个宝货？"李姑娘幽幽地叹口气："唉！当初还不是因为他跪下来哭着求我了，我才嫁给他的！"

我历来对身边的男女或温情或浓密或彼此折腾的红尘故事有着浓郁的兴趣，更何况李姑娘口中的"跪、哭、求"在痴男怨女的爱情进行曲中闪烁着不能小觑的正能量。于是乎我连生意都不做了，以光的速度跳到李姑娘身边坐下，怀着十二万分的期待倾听一场有缘千里来相会的小传奇。

话说安徽人李姑娘来浙江打工，租住的地方拐上两个弯就是阿辉家了。彼时李姑娘年方二十，明眸皓齿，肤白如雪，在一家电子厂里做装配。阿辉家门前是李姑娘上班下班的必经之路，李姑娘在这条路上差不多走了一两个星期后，二十六岁的眼尖青年阿辉就发现了自家旁边住着的花姑娘，而且这花姑娘不偏不倚正是自己喜欢的类型。这一发现简直是惊为天人，惊喜交加，惊心动魄，自此丽人李姑娘便成了阿辉心中那颗熠熠发亮的启明星，指引着他义无反顾地跨出追爱的步伐。

在一个下雪的早晨，李姑娘尚赖在温暖的被窝里发呆，勇敢的青年阿辉揣着一颗火热的心来敲李姑娘的门。李姑娘迷迷糊糊地打开门一看，门口站着个神气活现的小青年。李姑娘正奇怪这人是不是敲错门了或收电费什么的，这货欢天喜地地开口了："我喜欢你，我要带你去买衣服。"李姑娘的大眼睛忽闪了好几下，心道：坏了！这人别是个神经病吧！想着有些害怕，陌生青年的话也不敢往下接了，"啪"一声迅速地把阿辉的脚尖关在门外。阿辉半点儿不来气儿，一个人乐颠颠地去了街上，精心地选购了一堆衣服鞋子送到女神的屋门口。

女神自然有女神的范儿和脾气，在李姑娘冷着脸让青年阿辉把他买来的一堆衣物收拾走人而后者嬉皮笑脸不执行的情况下，女神的潜力陡然爆发——李姑娘当着冒失鬼的面，华丽丽地用打火机点燃了价值不菲的衣物。

衣服质量不错，烧起来一无黑烟、二无毒气，且火焰妖娆，连带着把青年阿辉的心烧出了一片窃喜：烧得好！以后我有天天来找你的理由了。

理由显得很有正义感：买来的衣物四千多块呢，你李姑娘畅快淋漓地烧掉了总得赔我钱吧！李姑娘当然对厚脸皮的青年阿辉一次又一次登门貌似讨债的求爱方式表示鄙视。在鄙视到一定程度后，李姑娘干脆搬离了出租屋，消失在茫茫人海中。

青年阿辉这下悔青了肠子，原本想借着歪理与女神近距离地互动来培养感情，不想自己走的是一步臭棋，竟然把女神给逼走了。

佳人自此音讯杳然，青年独自黯然神伤，一段有趣的故事到这里暂时告一段落了。李姑娘换了个新地方继续着简单的日子，单方面失恋了的青年阿辉在干什么呢？据这货后来交代，他那段时间差不多得了妄想症，天天去乘公交车，不同的路线一趟一趟地乘。他认准了李姑娘就在周边地区，既然在，那上班下班定然要乘公交车。抱着这样的念头，这货硬是把好几个月的时间搭在四通八达的公交车上了。

功夫不负苦心人！几个月后，李姑娘的倩影终于出现在拥挤的公交车上。那一刻，青年阿辉眼含热泪，在心里把皇天后土观音菩萨太上老君土地公公嫦娥仙子托塔天王乃至耶稣大爷通通感谢个遍。这一次，他没敢老调重弹追着女神讨债，在与李姑娘短暂的交谈中表现得真诚得体，总算稳住了阵脚。虽然女神自始至终表情淡淡，但比起既往犀利的白眼，已是非常大的进步了。

李姑娘到站后飘然而去，青年阿辉并没有急吼吼地追随上去，刚才的一段"巧遇"，他已经把李姑娘胸前的工牌牢牢地记住了。既然女神的工作单位已经知晓，不急，不急，来日方长啊！暂且回家闭门修炼"君子述"奇门绝学吧！

绝学这玩意儿在爱情中当属高段位的修行，打个不恰当的比方：满怀憧憬的青年阿辉像只晕乎乎的小狗，而美丽的李姑娘是只倔强的小刺猬，小狗遇到刺猬急得团团转也没用啊——没有一击制胜的绝学。绝学使不出也就算了，至少还有研究的余地，只要有恒心总会抱得美人归的。这样想着，青年阿辉又信心满满了，可见"想得美"也属于单相思青年脑袋瓜子里一根粗壮笔挺的精神支柱。

可惜了世上的好事总是由不得人自己编排，这厢的乐观青年阿辉还在踌躇满志地谋划着如何让爱情之花璀璨开放，压根儿没发现那厢的小刺猬已经辞掉工作回安徽老家了。特别说明一下：李姑娘回老家和阿辉一点儿不搭界，可以说当时李姑娘的心里压根没阿辉这么个人，纯粹因为在厂里做得不顺，心情郁闷才打道回府的。

李姑娘突然回乡完全是不按常理出牌嘛！想象一下：当注满鸡血的青年阿辉，踩着爱情的风火轮风驰电掣地来到心上人工作的地方，却惊闻佳人已杳无踪影，那种糅合了震惊、沮丧、心痛的表情是多么苦痛啊！如果我有哆啦A梦的时光机就好了，即刻赶过去看看当时的青年阿辉下巴拉得有多长，眼睛瞪得有多大，那一定是很有趣很有节奏感的一张脸。

记得很久前看过的一本书上说过，人的一生都应该经历两件事：一次说走就走的旅行和一场奋不顾身的恋爱。后来发生在热血青年阿辉身上的一切似乎和这句话特别吻合,这个骨子里不肯向爱神认输的青年阿辉,费尽周折地打听到李姑娘老家的地址,开始书写一场走南闯北的爱情奇缘。对处于爱情岔路口的青年阿辉来说,追爱这条路定要一鼓作气走下去。事实证明他当时的决断是正确的,幸福素来是求仁得仁的好事呀!

李姑娘的家在安徽涡阳一个偏远的村庄里,火车转客车,客车换跳跳车,跳跳车之后是七拐八拐的步行。路线模糊加语言障碍,走路走到脚发抖,问路问到嘴抽筋,当勇敢青年阿辉在落日的余晖中像道闪电似的出现在李姑娘家的大门边的时候,迎接他的除了李姑娘震惊的目光外,还有李姑娘家里吼得撕心裂肺的两条大黑狗。

天色已晚,李姑娘原本心善,再怎么反感这凭空冒出的青年,也不至于要放狗咬人。李姑娘年迈的爹娘老实纯朴,虽也被这从浙江风尘仆仆赶来的小青年搞得云里雾里的,倒是一句话也没多问,客客气气地让他喝了碗稀饭,给他收拾了床铺。

为爱千里行的青年阿辉在李姑娘家的木板床上做了个美滋滋的梦,还没等他从美梦中笑醒,李姑娘就来敲门知会了:"那个谁,天亮了,你该走了!"李姑娘急着送客不是没道理,农村里好讲闲话的妇人多,你说人一没出阁的姑娘家突然不明不白地冒出个男人,这太容易让好事者臆想连篇了,即使李姑娘全身长满嘴也讲不清楚了。

走就走呗!大不了过两天再来。怀揣着这样的想法,满头高粱花子的青年阿辉离开时,对李姑娘挥着手笑得花枝招展,像只发情的黑鹦鹉:"我走了,再见啊!"李姑娘没个好脸子:"用不着再见了,走你的吧!"二货青年阿辉眉眼弯弯:"哪能不再见呢?我过两天再来看你哈!"李姑娘气得跳脚,憋着气指挥自家的两条大黑狗,决计要把无赖的青年阿辉咬个万朵桃花齐开放。两条大黑狗吐着舌头看看李姑娘,一屁股坐在地上不动弹。李姑娘万万没料到狡猾的青年阿辉昨儿夜里老早用一袋子双汇火腿肠把两条黑狗收买了。那两条土狗打娘胎出来就没吃过那么好吃的东西,一袋子火腿肠下肚老早和外乡客成了朋友。两条大黑狗的临时叛变,让追爱青年阿辉的第一趟安徽行有了好的起点。

回浙江煎熬了十天后,厚脸皮的青年阿辉又一次出现在李姑娘的家里。这回大黑狗表现得很友好,殷勤地摇着尾巴,一声不叫,反而李姑娘忍不住叫起来了:"你这人,又来我家干吗?"大度的青年阿辉丝毫不介意李姑娘的小愤怒,神色自如地给李姑娘的爹递了根烟,眼瞅着李姑娘的娘在大灶上炒菜,勤劳的青年阿辉屁颠屁颠地走过去为老人家烧火。第二次的安徽行时机不错,正好是收割小麦的忙季,李姑娘的哥哥姐姐们都在外地打工,家里缺劳力啊!就这样,从没下过地干过农活的青年阿辉愣是铆足了劲儿,在李姑娘家的六亩地里把镰刀挥得激情飞扬、风生水起。

有付出就有回报,青年阿辉劳累筋骨一场换来的是李姑娘爹妈的友善款待和适当庇护。在一家人坐在饭桌上吃饭的当儿,李姑娘冷冷的白眼刀子似的飘到青年阿辉的脸上时,李姑娘的妈竟然拿筷子敲了一下自己闺女的脑壳子。青年阿辉低着头扒拉着面条,暗暗地在心里给李姑娘的老娘点了三十二个赞。

李姑娘第二次拿起笤帚赶人了:"那个谁,别白费力气了行不,我又不喜欢你!"黑狗的尾巴摇成一朵菊花与客人告别,李姑娘的爹满脸微笑地拍拍小伙子的肩膀,李姑娘的老娘直往青年阿辉口袋里塞干粮。青年阿辉笑得嘴都岔到后脑勺了:"再见哦!你放心吧,我过几天再来!"

城池未破,城门将开,多美好的前景啊!李姑娘恼火得可以挂三只麻油壶的小嘴——嘿嘿……真可爱!

青年阿辉进安徽的事情家里头多少有点知晓,儿子大了不大愿意和爹妈多说什么,只要他不闯祸就睁只眼闭只眼吧。这来来回回跑了两趟,家里的老爹发话了:"儿子啊!这安徽不似咱们浙江,有点乱啊!人生地不熟的,你起个什么劲?"

青年阿辉的魂还丢在安徽小村庄里不肯回来,老爹的话当然入不了耳,背转身收拾了细软又热血沸腾地奔向了火车站。到地后,天已经半黑了,李姑娘一家人正坐在堂屋里喝稀饭,不等李姑娘抛出气势汹汹的大白眼,青年阿辉扑通一声跪在人家的饭桌前。李姑娘的爹娘有点慌,看看自家闺女,再看看眼神狂热的浙江小伙子,啥也没说,默默地退出了爱情的角斗场。

李姑娘把饭碗一放:"你这么一趟趟地来我家你累不累?我真的不喜欢你!"这句绝情的话生生地在青年阿辉的心里捅了个大窟窿,他开始没出息地流起眼泪。在李姑娘的眼里,这个厚脸皮的浙江小伙子就是个叽叽歪歪没正形的货色,可这种惹人厌烦的货色真的流起眼泪来,倒也让李姑娘坚硬的心裂开了一条细微的缝儿。

青年阿辉跪在冰冷的地上一边流泪一边细数对女神的景仰与爱慕，其间李姑娘不止一次地劝导他："别跪了，起来再说！"但青年阿辉大有把地面跪塌的气势，始终不肯站起来："你和我回浙江，不然我就跪在你家不起来！"

话说到这份上就带了些威胁的成分了，李姑娘眼见自己劝说无效，大为光火："好啊！你给我拿十万块钱来我就和你回浙江！"十年前的青年阿辉穷光蛋一个，既无固定工作又没谋生手艺，只是隔三岔五地在厂里打打工，一直就是个躲在父母的树荫下享福的浑小子，别说十万块了，恐怕一万块都凑不齐。十万块不是个小数目，李姑娘摆明了拿钱刁难他，要他知难而退。可青年阿辉拿这要求当福音，一骨碌从地上爬起来，两只眼睛闪闪亮："你可儿戏不得，我拿来十万块你立刻和我回浙江！"李姑娘使的是缓兵之计，只想这黏糊糊的青年赶紧走人，此刻见他入了套儿遂认真点头。

佳人一诺，青年阿辉顷刻豪气万丈，李姑娘家是一刻也待不下去了，披星戴月地赶回阜阳，在银行里开好户头四处筹钱。可钱是那么好借的吗？尤其还和女人扯上关系的钱，更加难借。几乎所有接到借钱电话的人都免不了苦口婆心地劝："啊呀，阿辉啊！安徽那种地方的女人信不得的，什么？十万块！"电话打得四通八达，嘴皮子磨破了一层，一分钱没借到。阿辉垂头丧气地在阜阳的小旅馆里躺了三天，想想不甘心，转身给李姑娘打电话："十万块我保证给你，求你先和我回浙江行不？！"李姑娘当然不答应，潇洒地把电话一搁，心里轻松了：大麻烦总算从眼前消失啦！

没借到一分钱的青年阿辉咬咬牙给自己的爹妈打电话。说实在的,这几年他浪来荡去不干正经活早把爹妈气得跳脚,现在跟爹妈狮子大开口要十万块钱还真没有底气。但一想起李姑娘桃花般的脸盘,这电话就非打不可了。

结果在阿辉的意料之中,先是老娘一顿数落,无非是外地女孩子不靠谱骗钱之类的,再是老爹大发雷霆勒令不肖子赶紧收心归家云云。身在异乡的青年阿辉心尖上旺旺开放的一簇希望之花顷刻被爹妈轰击得七零八落、一塌糊涂,回家是唯一的办法了!

兴冲冲地去安徽,气咻咻地回浙江。几天的时间里,青年阿辉宛如乘了一趟过山车,喜、乐、愁、哀、悲,五味俱全。任凭儿子怎样苦求,老爹老妈的立场一致——安徽女人十有八九是个骗子,十万块钱还是在本地娶个媳妇稳当,你就死了这份心吧!

浪荡子动真情了,那么容易就死心吗?老爹老妈怎么就不理解儿子的痴心呢?借酒浇愁的青年阿辉把自己喝得酩酊大醉,醉鬼又是哭又是闹,顺带把家里砸得稀里哗啦一片。阿辉的老爹是医生,治得了别人的毛病,治不了自家儿子的人来疯。听诊器扔到找不到的旮旯里去了,针筒注射器满地都是,病历从二楼天女散花般地铺满了整个院子。折腾完这一切,失望的青年阿辉把自己关进房间绝食——不给他十万元上安徽去见李姑娘,他就绝食到死!

从小到大,阿辉的臭脾气有目共睹,阿辉妈知道以阿辉的秉性不达目的是誓不罢休的,故而她再怎么气恼不甘也舍不得真让儿子绝食到死。绝食的第四天,无奈的阿辉妈不得不把十万元送到阿辉床前，长叹一声："你个小浑球，十万块钱你拿着，好自为之吧！"十万块钱一到手，绝食危机立马解除，饱餐一通后，青年阿辉生龙活虎地启程去安徽了。

那边李姑娘正在家收拾衣物准备第二天去广州打工呢，压根儿没料到痴情的青年阿辉带着十万块钱雄赳赳气昂昂地杀回安徽农村来了。李姑娘的爹妈本来对四进安徽的青年阿辉印象挺好，小伙子会割麦子，又痴心不改，是个理想的女婿人选，更何况这青年还跟自家闺女有诺在前。

十万块钱整整齐齐地递到李姑娘手上，这下李姑娘没话讲了，跟不跟这个其貌不扬的浙江小伙子回去呢？亲戚朋友也在这节骨眼上赶来，来吹意味深长的耳旁风："小李啊！南方人刁滑薄情的多啊，你不要上当呦！"几箩筐打着善意旗号的提醒最终没入李姑娘的耳。刘备三顾茅庐请诸葛亮出山，这浙江小伙子跑安徽还跑了四趟呢。在小麦地里出大力干活，跪在堂屋里出眼泪，为了自己的一句话努力借钱，男人若是没有几分真心怕是也做不到这些吧！上当也好，受骗也罢，老天爷您就看着办吧！

婚姻的实质是什么？不过是王子和他的白马都发胖了，公主从此走下神坛摆弄晚餐的开胃菜。青年阿辉压根就没发胖，反正他从来就不是什么王子。李姑娘现在是八岁小辉辉的娘亲，素手如笋白衣飘飘，尘世烟火与她隔着阿辉漠然相望。爱情的魔力在于它的一切皆有可能，比如把一个游手好闲的穷光蛋变成一个脚踏实地的居家好男人。

逮了个机会问阿辉："你那个时候真的跪着求李姑娘了?"他撇了撇嘴,唇边挂着意味深长的微笑,转头看看李姑娘:"我先回家干活去了!"李姑娘千篇一律地挥手,中等分贝:"得得得,走你的吧!"我又问李姑娘:"你当初胆子怎么就那么大,不怕阿辉骗你拐了你?"李姑娘掩嘴一笑,什么也没说,估计她一直把答案深深地藏在心里面不想让我知道。

当事人自己的秘密,外人如何能够知晓?也无须知晓吧!像动画片里的灰太狼,饱受妻子的平底锅,依然能眼含热泪深情款款地对着红太郎信誓旦旦:"老婆,我这就给你抓小肥羊去!"当年桀骜不驯的青年阿辉,如今在李姑娘的六级狮子吼下竟如绵羊般温顺,这一点倒是和灰太狼蛮相似啊!

小 蓉

其实,我和小蓉并不熟悉。她是万先生表姐的儿媳妇,准确地说,应该是前儿媳妇。因为在前年,她和万先生表姐的儿子阿刚离婚了。关于她和阿刚的婚姻,万先生稍稍向我透露了一些。小蓉是县城里人,阿刚曾经和她在一个厂子的同一个车间上班。彼时,阿刚白净斯文,小蓉绮年玉貌,两两互望心生爱意,顺理成章地成了甜蜜的小情侣。

十多年前,县城与山区之间还有一道深深的鸿沟,小蓉和阿刚的情事自然是曲曲折折。小蓉的爹妈从一开始就不乐意,虽说小蓉不是生在什么大富大贵人家,但小蓉是独女,是爹妈的掌上明珠。这姑娘从小就漂亮,一双水汪汪的大眼睛,笑起来两个深深的酒窝。按照爹妈的想法,自家这美若天仙的女儿怎么着也是个做太太的命,可她怎么就被糨糊包住了脑袋,被猪油蒙住了心,看上了从山沟里跑出来的阿刚呢?

恋爱中的女孩子最容易和家长背道而驰,反正小蓉是铁了心要跟着阿刚,至于爹妈想不通,那是他们自个儿的事。小蓉爹妈在尝试过

小 蓉

对小蓉的亲情洗脑、恶意阻挠以及搬来各方救兵促膝恳谈等一系列不成功的补救措施后,跺脚长叹一声,无奈地放手了。毕竟是捧在手心里养了二十二年的女儿,做父母的怎么横得下心来和女儿兵戎相见?

有人不高兴了,自然就有人高兴了。最得意的当属阿刚的父母,你想啊!这两口子一个是辛苦忙碌的泥水小工,一个是只知道围着灶台转的家庭妇女,就他们这老老实实的活法,家底子再怎么着也厚不到哪儿去。阿刚虽说职校毕业后在县城的厂里谋了份工作,但那份薪水能把自己的日子混圆了就该谢天谢地了。按照当年的行情,哪家娶个媳妇不要花个三万五万的。阿刚娘看看自己家文绉绉的儿子免不了偷偷犯愁,就凭老头子的那份绵薄之力,什么时候才能妥妥帖帖地给儿子说上媳妇成个家?

有句老话说得好"一人有一福",阿刚的福气真不赖呀!没费什么劲就讨上老婆了,老婆不仅漂亮,还是个洋气的城里人。这多少让小心翼翼活了大半辈子的阿刚娘暗自乐了好久,连带着说话都利索了不少。

阿刚和小蓉结婚后本来想租房子的,小蓉父母不乐意了,人家就这么一个女儿,怎么舍得她租住到别人的屋檐下去过紧巴巴的日子。可阿刚工作也没几年,根本买不起县城里的房子。小蓉爸大度地一挥手,就让嫁出去的女儿携着自己的夫君又在原先的地盘上安营扎寨了。

小两口的日子就这么有滋有味地过了起来,这下阿刚娘对亲家的那个感激真是有如滔滔江水连绵不绝了。老太太人实诚,心里念着亲家帮扶的情意,自然就对小蓉巴心巴肺地好。小蓉平时也不怎么回夫家,但一回夫家那待遇绝对是部长级别的。三月的映山红,只要小蓉说一声"美啊",晚上睡觉时房间的梳妆台上必然是大大的一捧。六月的莲蓬,只要小蓉念叨一声"香啊",那午后的点心自然是那香气四溢的鲜莲子炖银耳。十二月里的冬笋,只要小蓉提一声"嫩啊",阿刚爹就挥着锄头在自家冻得硬邦邦的山脚下忙活开了。

都说婆媳是天敌,阿刚娘却从来都当小蓉是女儿一样看待的。小蓉没生孩子之前过的是公主的日子,生了孩子后过的是皇后的日子。女儿不过是在小蓉的肚子里装了十个月,小东西呱呱落地后立马就成了阿刚娘的首要任务。带孩子是个累活,但阿刚娘即使累得两腿轻飘飘的,心里也毫无怨言,她舍不得也不敢让小蓉吃这份苦。当初阿刚能娶到小蓉,就让这个老实巴交的女人觉得儿子有些高攀了,现在小蓉顺顺利利地给这个家添了个可爱健康的娃娃,那做娘的还有什么不满足?为儿子媳妇吃点苦受点累又算得了什么?

阿刚的女儿就这样在奶奶的臂弯里长成了花骨朵一般的模样。小姑娘该上学了,不会骑车的阿刚娘每天早上抱着她走好几里路把她送到镇上的幼儿园里,下午再颠颠地从家里赶过来把孩子接回去。有几次我接儿子的时候碰到矮矮小小的阿刚娘,看着胖乎乎的小姑娘趴在她的背上,偶尔小脾气上来了还要噘着小嘴扯扯奶奶的头发,阿刚娘也不恼火,一脸的甘之如饴。从她嘴里得知,小蓉还在原来的厂里上班,依旧住在自己的娘家,阿刚却打马回朝了,在镇上开了间修理自行车的铺子。阿刚我以前见过几面,个子不高,指间夹着一支烟,话也不多,大概和我同龄,碰面了还是会客气地喊我一声"舅妈"。我自是不好意思应他的,回家后对万先生说起他这个谦和的外甥已经在小镇上开始自主创业,素来爱对生活发点即兴小感慨的万先生竟然摇了摇头,不置一词。

一直以来,我对未曾谋面过的小蓉有几分猜想,不知道她究竟是怎样的一个人。但无论如何,我对这样天真、貌美,且不顾夫家的贫寒而愿意委身的年轻女子总是心怀敬意的。

2009年10月的一天,万先生的表哥家新房落成宴请亲戚们。那一日是礼拜天,小蓉也来了,他们夫妻刚巧与我同坐一席。阿刚隔着桌子低低地叫了我一声"舅妈",小蓉面无表情地坐着,阿刚娘搂着小孙女简单地向她介绍了一下我后,她这才眼神木然地瞟了我一眼。那顿饭我至今印象深刻,整个吃饭的过程中都是阿刚娘在忙乎,忙乎着照顾调皮的小孙女,忙碌着给小蓉布菜,一只鸡腿夹给小蓉:"小蓉,这是你舅舅家自己养的土鸡呢!"一块鱼肚子夹给小蓉:"小蓉,这鱼是四明湖里野生的,可鲜了!你要当心骨头啊!"烤鸭上桌了,又是一只鸭翅膀送到小蓉嘴边:"小蓉,赶紧趁热吃,这可是你最喜欢的鸭翅膀!"

那一声声的"小蓉"从阿刚娘的嘴里喊出来真正贴心得不得了,可是小蓉只是埋首专心地吃着婆婆夹给她的好菜,自始至终连一句客套话都没有,仿佛婆婆对她的热情照顾都是理所当然的。我心里不由得一阵感慨,与其说是阿刚有福气娶到小蓉,倒不如说小蓉有福气遇到个好婆婆。想这世间无数女子因为头顶着儿媳妇的名号,与婆婆斗智斗勇烦恼得要折腰，唯有好运气的小蓉不需要在婆媳的这块情感角斗场上下功夫。做媳妇如斯，何其幸运！

饭吃好后，我悄悄地打量了一下小蓉，果真是姣美的女子。一件天蓝色的宽松上衣配黑色的小短裙，身材匀称，肤色白皙，葡萄红的长发为她平添了几分俏皮。时值深秋，凉意阵阵，我见她只穿了薄薄的一双长筒袜。美丽自然无从质疑，"冻人"也是肯定的。

小蓉的女儿与小蓉并不亲热，一直黏糊在奶奶的腿上。忽而兴起时冲过去抱着妈妈的大腿摇晃，小蓉不耐烦地斜眼蹙眉叱责女儿几声，径自把小姑娘送回奶奶身边。这也难怪，一个没有在自己女儿身上付出心血的年轻女人确实是很难接受小孩子的撒娇和小脾气的。小蓉是母亲没错，那只是名义上的，真正把孩子养大的实际上是孩子的奶奶。

阿刚的修理店生意一直没什么起色，他渐渐地就不爱待在店里了。开店做生意容易陷入恶性循环，你越是不愿意守着店就越没有生意，越是没有生意心里就越失望就更不愿意守着。我去过一回阿刚的铺子，原本打算去修理漏气的车胎，可到了那，阿刚人却坐在隔壁人家的麻将桌上，阿刚娘带着小孙女在帮儿子收拾散落在地上的零零落落的小部件。我对她笑笑，她有些不好意思："唉……看阿刚这儿乱的！"

做娘的多是这样喜欢为自己的孩子操心，奈何阿刚的秉性如此，她一个快六十岁的老太太又能如何？从农村跑到城里去生活的男人状态不外乎两种：一种人是脚踏实地地扎根城市，奋发图强，过上体面的生活。另一种人则有些糟糕，没什么进取心没什么远见地在厂里上班混混日子,实在混不下去了再回到农村。无奈他那颗在小县城里骄傲过的心始终不肯屈就在他出生的地方,总觉得自己不再是纯粹的农村人,农活决计是不挨边的,别的本事又不大,所以愈加地过得颓废起来。毫无疑问,阿刚恰恰属于后者。

县城离小镇不过四十里的路途,但阿刚和小蓉也算是两地分居了。我问起小蓉是否会回家来探望自己的丈夫女儿,阿刚娘的脸上总算有些笑意:"小蓉挺好的,也不怪阿刚不成器挣不来钱,现在每礼拜都要回家住两天的。"

一般情况下,婆婆对媳妇的点评要么模棱两可,要么偏离中心线,但阿刚娘口中的小蓉从来都没有一丁点不好,大概因为阿刚的缘故,她自己觉得亏欠了小蓉。然现状如此,即便婆婆再善良敦厚,能帮上的忙也是有限的,阿刚自己不清醒不上进,日子又怎能继续波澜不惊?

前年秋天我在街上碰到万先生的表姐,多日不见,她显老了许多。闲聊了几句,她的眼泪就忍不住流下来了,原来阿刚前几天和小蓉离婚了。

我对阿刚离婚的事并不感到意外,意外的是他们有些狗血的离婚桥段。离婚是小蓉提出来的,因为她有了别的男人,如若这别的男人真的是别处的倒也罢了,偏偏这"别的男人"是阿刚的朋友阿成。

阿成做车床加工,生意还不错,两间店面就在阿刚修理店的隔壁。阿成个子高,大概有一米八,笑起来嘴角歪着,有点坏坏的味道。他的老婆美艺人生得娇小标致。据说阿成的父亲手有残疾,母亲常年多病,这样的家境让阿成的老丈人大摇其头,并不同意自家女儿嫁给穷后生受苦，美艺一气之下跟爹妈翻了脸跑到了阿成家。好在阿成脑子灵光又肯吃苦，置办好车床，两夫妻起早贪黑地做小零件加工业务，没几年光景，小日子就过得红红火火了。

小蓉起初并不认识阿成，有时星期天来探望阿刚会碰到阿刚在阿成店里打麻将，小蓉就坐在旁边看牌。凑巧有人修车，阿刚中途要离场的话，小蓉就替自己的男人玩上几把。一来二去，小蓉和阿成就熟识了，女人貌美活泼，男人潇洒不羁，麻将桌上的点点星火不知不觉地就在现实生活中成了燎原之势。

阿成和小蓉的事差不多就是兔子和窝边草的新版本，他们两人到底谁是兔子谁是窝边草呢？这个问题阿刚想了很久，想破了脑袋也没弄明白，其实他就是弄明白了又能怎么样？小蓉当初可以不顾一切地嫁给他，现在同样可以不顾一切地嫁给阿成。

自己辛苦扶持起来的男人发达之后就翻脸不认人，这样的结局怕是哪个女人都不能接受的。阿成的妻子美艺伤透了心，丢下自己九岁的儿子远走他乡，小蓉在这场没有硝烟的夺夫战中轻松获胜。因为考虑到阿刚的女儿要到城里去上小学，阿刚娘忍痛把抚养了七年的小孙女的抚养权交给了小蓉。

第二次婚姻让小蓉的生活重新洗牌，她辞掉了原来的工作，住到了小镇上，过起了与往昔截然不同的日子。阿成的家就在村子的东首，早上我出门的时候多数会在桥头碰到小蓉，一辆小小的电瓶车上坐着三个人，阿刚女儿捧着大大的书包挤在踏脚板上，阿成的儿子拖着鼻涕坐在小蓉身后。头发凌乱的小蓉努力地握着车把，身子小心翼翼地夹在两个孩子中间。天色蒙蒙，她从我身边匆匆骑过，我听阿刚娘说起过，小蓉要先把自己的女儿送到公交车站赶去城里上学，然后再把阿成的儿子送到镇上的小学。两个孩子要分赴两个目的地，难怪她每天都要起大早。以前的小蓉也许从来没有想到自己会过这样的日子吧！

阿刚娘对小蓉一如既往地关心，每每在菜市场遇到我都要唠叨一下那个曾经让她备感骄傲的前儿媳妇：小蓉其实人挺好的，小蓉现在过得怎么样，小蓉给家里打过电话了云云。我侧着耳面带微笑地看着眼前这个一脸皱纹的老太太，思量着该怎么接她的话茬才能让她那颗战战兢兢的心不起任何波动。

小蓉过得怎么样我不敢妄断，但夏天的一天我看到的小蓉肯定不再是存在于老太太臆想中的小蓉了。她穿着一件褪了色的黑T恤，想来家里的车床活儿如今也轮到她操练了，皱巴巴的牛仔裤上印着斑斑点点的机油，头发随意地揪成松松垮垮的马尾，耷拉着眼睛望着摊子上的一大堆蔬菜发呆。当初活在婆婆架出来的云端上的那个快活的仙女小蓉，而今不得不每天为了家里的六张嘴劳心费神地在菜市场徘徊了。

也许我的眼神在她身上多逗留了一会儿，她扭过头狐疑地看了我一下。我冲她笑笑，她愣了一下，低着头慢慢离开了我的视线。不知怎的，我想起第一次看到的小蓉，那时的她光鲜时髦，神采奕奕，眼睛晶亮得仿佛没有黑夜。不知道眼下的小蓉在尘世中奔波劳顿着的瞬间，是否也会想起多年前那个不一样的自己。

补　爱

　　我遇见思远那一年,他才十八岁,看起来瘦瘦小小的一个男孩,干起活来手脚却利落得很。话不多,但笑起来牙齿很整齐,有点像某个牙膏广告里的帅哥。同样让我欣赏的还有他左耳上钉着的三颗亮晶晶的银耳钉,我很喜欢少年有这样前卫的装扮,时尚而又有些许青葱的叛逆感。

　　那一天是表弟大婚的日子,思远跟随他的父亲前来吃喜酒。他父亲和姨父是多年的好友,一直都有往来,与其说他们是来赴宴的,不如说是来帮忙的。他们爷儿俩自打进门后手脚就没停过,搬饮料,摆圆桌,排座位,帮厨师传菜。偶尔停下的空当,我看到他站在院子的角落里歪着头熟练地吐着烟圈,一副少年老成的样子。

　　思远的父亲四十多岁,皮肤白皙,不时地微笑着,表情甚是随和。他们爷儿俩一直帮忙到天黑,差不多所有的活儿都结束了,他们才起身告辞。随行的还有一个二三十岁的女子和一个大概一周岁的小童,思远很自然地从女子的手里抱过小童,亲热地挨着他的小脸,露出了难得的灿烂笑容。

等到他们一行人的背影消失在路口,我忍不住好奇地问起阿姨,阿姨说那年轻的女子来自湖南,是思远的继母,手上的孩童是他同父异母的小弟弟。思远的父亲人其实不差,只不过赌牌赌上瘾了,以至于把家里的房子卖了都不够还债。思远父母的感情向来不好,这样一来日子就更过不下去了,在思远十岁的时候,他们离婚了。

父母一离婚,孩子的世界跟着变了形,思远的母亲回到自己的老家绍兴,思远跟着自由派的父亲过着吊儿郎当的生活,初中还没毕业就辍学打零工了。后来思远的父亲经人介绍认识了现在的妻子,这对狼狈不堪的父子总算过起了有家的日子。

听到这些,我不禁有些惋惜,怪不得思远的眼神看起来那么安静,也许只有他向着天空吐着虚无缥缈的烟圈时才会有阳光照到他的眼睛里。没有快乐的童年时光,没有飘逸的少年时光,小小的思远心里背负的东西,大概要比我们这些自认为不幸福的成年人多得多吧!

从那以后我再也没有看到过思远,今年夏天的时候阿姨从外面回来,和我聊天时偶然谈起了思远,言语之间满是担忧。原来二十一岁的思远有了自己的爱人,这本该是件让人祝福的事情,可是思远的爱情几乎让所有认识他的人都大摇其头,啧啧有声。

思远的女朋友是个三十一岁的女人,有一个六岁的孩子,据说离婚手续还没办妥。都说爱情没有年龄的界限,可那多是小说里的情节。世人眼里尚且容得下有钱的大叔和可爱的萝莉,心里端端是腾不出一点空隙来安置美少年与离异妇人的故事的。

年轻的思远奋不顾身地扑进这段不被人看好的爱情里,一头陷进去了。他不顾父亲和继母的阻拦，也听不进朋友的劝说，固执地从家里搬出来，和那个跟他继母同龄的女朋友住到了一起。

以前他们怎么相识相爱的已经没有追问的必要，以后他们如何坚守坚持，却有无数双眼睛在等待验收。对旁观者而言，这差不多算是个老牛吃嫩草的饭后笑谈，天真的思远就是那一撮傻了吧唧的嫩草。

思远呢？他在这段爱情里得到的是什么？我想那个女子给予思远的除了人生的初体验，也许更多的是思远心里一直渴求的亲情与溺爱吧！一个从小就失去母亲关爱的男孩子，对情感的判断应该是模糊的，当一个成熟的女子在适当的时期给予他少许的温情，他便像个落水的人捞住了浮在水面上的稻草一样牢牢地抓住，再不肯放手了。那个女人没有错，离婚的女人也有再爱的权利；思远也没有错，缺爱的孩子更想要有人来疼自己。

认识思远的人都在预言，思远终有一天会后悔现在的做法，可是那又怎么样？至少现在的思远是快乐的，这世上渐渐老去的人之中又有几个人没有做过后悔的事情？

如果有那么一天，思远懂得把爱情和亲情区分开来了，真正地明白了自己心里需要的是什么，那他这一段飞蛾扑火的经历只不过是命运补给他的一堂关于爱与被爱的课程。衷心希望那时的思远能用感恩的心来看待自己异于常人的爱情，好好收藏，好好斟酌！

凤 仙

一大早,从池塘里洗完衣服回来,竟然在自家的屋旁邂逅了一条拇指粗的小蛇,褐色的身体上点缀着些许花纹。我惧怕它,它倒不见得把我当回事,不慌不忙地扭着妖娆娉婷的身子往杂草堆里拱去。

我立马把手中的盆子搁到路边的石凳上,脚底生烟地冲进房间,把熟睡的万先生摇醒:"快起来,门口的路上有条小蛇!"万先生圆满的睡意被我扒了个缺口,有些发愣,迷蒙的小眼睛眨巴了几下后恍恍惚惚地随我走出房间。那神气活现的小蛇已经游到路中间,天晓得它这是打算回娘家省亲呢,还是即兴周游小村庄一圈?

万先生盯着它看了看,一鼓作气地挥动手中的扫帚。赶路的蛇被突如其来的袭击吓到了,瞬间放弃了优哉游哉的姿态,慌慌张张地逃到几片废弃的瓦片里面去了。我战战兢兢地望着万先生:"刚才的小蛇说不定是探子,咱们屋旁一准有个蛇窝,你得多留心些,别再让蛇爬到家门口来,太吓人了!"万先生把扫帚放回原处,扔给我一白眼:"一条小蛇也能把你唬成狗熊,真是没用!你别瞎担心,我自有妙法。"妙法?他还有妙法?虽然有些疑虑,但此时此刻除了期待他的"妙法"外，又能怎么办呢？

所谓的"妙法"终于在黄昏时分揭晓了，那是万先生从村后一户人家的围墙里挖来的几株凤仙花，本地历来有这样的说法：只要是凤仙花生长的地方，蛇就不敢出现。万先生在墙角边粗粗地挖了几个小坑，把凤仙花逐一地安排在小坑里，培土、浇水，再培一次土以巩固凤仙花的根部。我半信半疑地看着他忙忙碌碌，实在不敢相信凤仙花和蛇之间还会有这样相克相杀的关系。在老家，凤仙花是用来染指甲的，我们那儿的人都叫它"指甲花"。

每年的六七月份，院子里的指甲花开了，粉红的、白的或淡黄色的，豆瓣般大小，柔柔地挂在叶间，神似某种小动物安静的眼睛。村子里年轻的女人们轻手轻脚地采下盛开的凤仙花放进碗里，加些明矾，用一根粗短的木棍把花儿与明矾一道捣碎、拌匀。晚上睡觉前把糊状的凤仙花覆盖在指甲上，取一根布条缠住以防止脱落。只需一个晚上的时间，掺着明矾的凤仙花就会让指甲浮出俏丽动人的颜色，并且可以保持一两个月不褪色。

我们队里与我同龄的女孩子有六个，大家对凤仙花的这一特性很感兴趣，于是嘀嘀咕咕一场后，决定也像大人那样试着给自己的指甲添上好看的颜色。染指甲是集体活动，头一天傍晚大家聚在一起七手八脚地包好指甲，第二天早上又约在村子晒场的槐树下互相比较，看谁的指甲染得最出挑。六双手齐齐地伸出来，争先恐后地一顿比画，唯有凤仙的手最漂亮，淡淡的、粉色的手指甲美得那么清新俏皮，美得那么惹人怜爱。

凤 仙

荣获第一的凤仙在阳光下细细地端详着自己的手指,弯弯的眉梢上挂满了笑意。打小凤仙就和我们不一样,首先是凤仙的长相,她的皮肤白,眼睛特别大,和人说话时,长而浓密的睫毛扑闪扑闪的,有股说不出的媚气。她和我们几个女孩子站一排,区别很大:我们是不起眼的丑小鸭,长手长脚的凤仙是引人注目的鹤。第二个不同是凤仙的姓,我们这帮孩子全是跟着爸爸姓,只有凤仙随着妈妈姓。凤仙的妈妈姓朱,凤仙的爸爸姓蔡,凤仙的大名偏偏叫朱凤仙,这全是因为凤仙的爸爸蔡玉生是倒插门的女婿。

在乡下,只有家境窘迫的人家的儿子才会做上门女婿。娶个媳妇要花费一大笔钱,家贫的父母出不起这份钱,咬咬牙把儿子当闺女一样送到人家门里头去。一来儿子有个老婆,好歹做父母的心里踏实些;二来一应的娶亲开销节省了,不至于为孩子的终身大事去四处借债,做父母的能力有限啊!从理论上讲,上门女婿和嫁闺女的性质是差不多的,然在世人的眼里其实还是矮了人一头的事儿。关于倒插门,苏中乡间有句戏言:没有以一敌三的拳头外加后空翻,就吃不得倒插门的一碗饭。话虽说得有点夸张,但多少还是有些意思的,也就是上门女婿不那么好做。

蔡玉生个子不高,相貌堂堂,他爹死得早,娘手里拉扯大了四个年龄相近的儿子,头发白成了一片雪,家里穷得叮当响。蔡玉生是老大,老大不身先士卒地做榜样减轻母亲的负担,下面的三个弟弟又如何甘心进别人家的门儿?

朱家的家境比蔡家好不到哪儿去,三间四面漏风的土坯房,一个半瞎的老娘,外加脸色蜡黄病恹恹的朱姑娘。蔡玉生进了朱家的门,别说对付拳头,就是巴掌也没一个,他要做的就是用自己的肩膀扛起两个可怜女人残缺不全的天空,让这个极不像家的家焕发出新的生机。也只有那时候,村里人才会忽视掉他倒插门女婿的身份,对他刮目相看。

新婚没多久,蔡玉生就四处托人找活,最后跟在乡里的一个建筑队后面去了上海做杂工。他早年学过几个月的木匠,虽然没有满师,但他手脚勤快,工地上的活儿边学边做,很快就上了手。平日里打工挣钱,农忙时节还得返回老家收收种种。半瞎的丈母娘搭不上手,妻子身子骨又差,出不了大力气,老家地多,小麦、油菜、玉米、水稻一茬茬的,几乎全压在蔡玉生一个人身上。

日子是苦的,苦中有乐的是,婚后第二年妻子就给蔡玉生添了个花骨朵般的女儿。女儿落地的那天中午,土墙边上的一溜儿凤仙花在阳光下香腮泛红,粉唇微启。蔡玉生心头一动,女儿的名字就在那一瞬间定了下来。

凤仙长得好啊!不像她缺精神头儿的妈,也不像她浓眉阔嘴的爹,她的脸模子既综合了爹妈的所有优点,又恰好地避开了爹妈的短处。她天生就知道体谅病弱的妈妈,乖巧好养活,吃不上奶,凑合着喝喝米糊也成。在凤仙会走路之前,但凡她那半瞎的奶奶知晓了村子里哪户人家的母羊下崽了,她便夹着一只瓦罐摸索到那户人家去讨些羊奶回来给凤仙加营养。就吃这样杂七杂八的玩意儿,凤仙照样长得白白胖胖,笑声像铃铛一样脆生生的。

蔡玉生的能力毕竟有限，在打工与种地之间陀螺似的转了好几年，生活依旧老样子。土坯房上宽大的裂缝宛如蜿蜒起伏的蚯蚓，似乎一个不留神间，它们就会再扭动出更大的动静儿。屋檐下的燕子一家去了又回，鸟儿多半没有贫富的观念，再破的房子它们也不嫌弃。院子里的凤仙花谢了又开，自由自在地扎根在土墙的角角落落，愣是把一个灰扑扑的院子撑出一团团欢欣。在蔡玉生外出打工的日子里，渐渐长大的凤仙是小当家；在蔡玉生返家小住的日子里，凤仙是小公主。穷人家的公主没有皇冠和漂亮的马车，但蔡玉生有的是办法装扮女儿：长长的红头绳给凤仙绑起两根俏皮的羊角辫，蘸点朱砂在女儿的眉心点上颗美人痣，采好一大把凤仙花和着明矾捣糊了给凤仙染指甲。这些小事原本该是妈妈为女儿做的，可蔡玉生蒲扇一样粗大的手掌做起来，一点不比女人逊色。

被打扮得像招财童子的凤仙乐滋滋地骑在蔡玉生的头颈间，由着爸爸顶着她从院子里溜到屋后的河边，咯咯的笑声洒了一地。我家的房子就在河的这边，和凤仙家的泥房子对齐，蔡玉生父女疯逗的当儿，我奶奶一边吧嗒着抽水烟一边斜着眼看着河对面："瞧蔡玉生的骨头轻的，前世没见过女儿似的，把凤仙都宠得不成体统了！"

奶奶就是这样，嘴巴不饶人，心眼却是好的。凤仙和我一个班读书，每天早上她到我家来叫我一起去上学时，奶奶总要塞个馒头片给她。我爸是乡里的电工，家里还开了代销店，我从来就不缺吃的零食，不像凤仙一日三餐能混饱肚子就不错了。有一次，为了感谢凤仙帮我赶跑追在我屁股后面咬的小狗，我从小卖部的抽屉里捞了几颗话梅糖送给她。她开始不敢吃,因为剥开糖纸的话梅糖看起来黑乎乎的像颗大老鼠屎。后来在我的劝说下,她皱着眉头舔了舔,立刻喜欢上了嘴巴里酸酸甜甜的味道。一颗糖吃好,她赔着笑脸问我:"领弟儿,剩下的几颗糖我能不能带回去给我妈妈、奶奶和弟弟尝尝?"凤仙的弟弟凤和比凤仙小五岁,鼻孔里一年四季吸溜着两股黄脓样的鼻涕水,村子里的孩子嫌他恶心,避着他,不爱和他打帮。

那时的我们不过十岁左右,我尚且活得一头雾水,凤仙已经想到把好吃的东西从嘴边截下来留给自己的家人了。村子里的大人全知道凤仙懂事,背后赞着她,当着蔡玉生的面儿夸着:"凤仙这丫头,长得美,心眼好,你有这个女儿真是前世修来的福气哦!"蔡玉生脸上的笑纹儿河水一般地荡开了,两只手在大腿上搓一搓,弯腰蹲下去轻轻松松地把凤仙背在自己的背上,步伐轻盈地往家去了。父女俩的笑声零零碎碎地丢了一路。人家父女走远了,有说话尖酸的出场了:"朱家幸亏生了个凤仙,不然他蔡玉生这个倒插门还有什么摆得上台面的东西?"

某些乡人思想守旧狭隘,蔡玉生已经在我们村落户十多年了,儿女都齐全了,刻薄的人看他还是戴着有色眼镜,有意无意地要点一下他上门女婿的身份。蔡玉生不是不知道这事,可他不计较,完全当耳旁风。也是!院子里有个人见人爱的乖女儿,干吗要和别人斗气,多笑笑不好吗?

凤仙读小学五年级的那年,蔡玉生突然笑不出来了,好像是凤仙出了件大事。究竟出了什么事,我们一帮小孩子当时完全不明白,因为那会儿我们的脑子里尚不能解读"强奸"这个词。村子里的小孩子该怎样玩还是怎样玩,并没有排斥凤仙,只是觉得大人们看凤仙的眼神变了。有惋惜的,有不屑的,有猜疑的,似乎什么都藏在眼神里,又似乎什么都没有表示出来。不幸中的大幸:那是一个信息不发达的时代,所以凤仙受到的伤害才会被降到最低。放在眼下,一个十一二岁的女孩子被任课老师蓄意强奸,该是个多爆炸的话题啊!恐怕只需几个小时就闹得满城风雨,无法以真面目示人了。然我和凤仙住在一个村庄,在一个学校,乃至一个班级上课,凤仙受侵害的事我也是在读初中以后才从一个村人的碎语中得知的。

那个村人因为一点小事和蔡玉生起了摩擦,嘴巴里不清不楚地开骂了。蔡玉生素来是和稀泥的性子,一般不与人顶撞,那天他大概多喝了点烧酒,酒壮人胆,当下脸红脖子粗地骂了回去。村人不料蔡玉生会揭竿而起,顿时恼羞成怒地挖他的痛脚:"你个倒插门儿神气个什么劲儿啊!凤仙长得再出众也就是个破货害人精,你拿着自家姑娘的裤衩把一个年纪轻轻的老师送进了监狱,你还有脸在我们村待着?"这句话就像一把利刃似的稳、准、狠地戳在蔡玉生的心尖上,他嗷的一声冲到说这话的人面前,钵头大的拳头雨点一样地砸了过去。盛怒中的蔡玉生打红了眼,三个劝架的壮汉也拉不住他,出口挑衅的村人被揍得鼻青脸肿,大牙掉了两颗,左手的拇指和食指在推搡拉扯中骨折了。

那件事闹得很大,打伤了人的蔡玉生最后在村长的调解下赔了伤者两千元钱,那可是蔡玉生积攒了好久,打算用来翻盖房子的资金啊！赔钱还不是最坏的结果，最倒霉的是凤仙，自从那场架打完之后她就自动退学了。

读初中的凤仙明眸皓齿，已经出落得亭亭玉立，小学里曾经发生的事是她一辈子不愿触碰的噩梦。那时候她还小，不晓得那件事对她而言意味着什么，后来犯事的老师被抓起来坐牢了，她以为不堪的一页已经翻过了，压扁了的旧事再也不会凸起了。可是，一晃几年过去了，还有人揪着她的痛苦不肯罢休。扩大事端并不是父亲的本意，然而来自四面八方的流言蜚语还是让她震惊了。也许那些拿凤仙说事的人，不见得是特意来为难她，很多时候，制造流言只是世人的恶习，逞一时口舌之快去糟践他人的悲伤而无视被践踏者的尊严。凤仙是大姑娘了，一只脚已经跨进了成人的世界，她懂得了以前不懂的东西，想到了以前想不到的后果。她突然之间就失去了再待在这个她生活了十多年的地方的勇气，她甚至没和我们几个玩伴打一声招呼，就匆匆地消失在了家乡。

几年以后，我回奶奶家过暑假，意外地在村后的大路上碰到了凤仙和她的妈妈。比起留在我记忆中的凤仙，眼前的她更像个来自大都市的时髦女郎，精致的妆容，指甲上涂着晃眼的血色指甲油，合身的连衣裙搭配新潮的高跟鞋尤显婀娜身姿。凤仙的妈妈紧紧地挽着女儿的手臂，活像一根缠在大树身上的藤蔓。我和凤仙从分开到相遇，间隔了差不多四年。四年的时间说长不长，说短不短，在这不长不短的四年里凤仙经历了什么，我没问，凤仙也没说。小时候再亲密的伴儿，长大了，各走各的路，也生分了！

凤仙没说出的事，最后由别人在村里抖漏了出来，人间哪来不透风的墙啊！当初凤仙离家投奔了远在北京打工的表姐，一个从没出过门的乡下丫头，成了天子脚下一个服装厂的流水线上微不足道的小女工。服装厂的活儿不轻松，一天十七八个工时是常态，但凤仙干得可欢了，她不怕苦，在这个陌生的环境里，没有谁知道她狼狈的过去，这就意味着在同事的眼里她只是个纯洁美好的姑娘。

美丽的女人谁不惦记着？厂里几个急吼吼的毛头小子早铆足了劲暗暗地比拼着，看谁能把凤仙追到手。就连平时不下车间的厂长，也在偶然见过凤仙之后，三天两头地来凤仙的一组里转悠，美其名曰"视察工作"。厂长四十来岁，不是北京人，却讲一口地道的京片子，他靠做裁缝起家，背井离乡在皇城边上打拼出这份事业，大小混成了个老板，厂子里目前有一百来号人。厂长的妻子带着三个儿女在河南老家，厂长一个人在外头真是寂寞啊！

厂长爱慕凤仙，凤仙不是不知道，不过凤仙没去迎合他的那份儿心。厂长有钱怎么了？四十多岁的老男人了，再摊上几岁都可以做凤仙的爹了。凤仙喜欢的是白白净净的男孩儿，个子高高，穿一件文雅的衬衣，会拉着凤仙大大方方地走在热闹的街头，那才是属于他们这个年龄的温暖爱情！

凤仙晚上窝在被子里的时候，不止一次地想象着关于爱情的温暖画面，可想来又想去，最后她还是睡到老板的被窝里去了。不是老板逼着她去的，是她自己去的。在北京待了大半年后，蔡玉生泣不成声地给她打了个电话："你妈妈的尿毒症到了晚期，要三十万的手术费换肾续命呢!你回来见见妈妈吧,不然她死了也不闭眼!"

二十年前的三十万,在一个小打工妹那儿是个什么概念?就是不吃不喝不睡觉地加班也得干个三十年吧。眼下,她有什么能力把母亲拉离死亡线呢?人穷命贱,蔡玉生的话再清楚不过——放弃治疗。

就在凤仙一筹莫展、愁肠百结的时候,英明的厂长大人不知道从哪里得知了她的难处,及时地把三十万救命钱汇到了蔡玉生手里。钱到了位,所有问题迎刃而解,厂长大人体贴小女工凤仙的思母之情,批了凤仙的假期,亲自开车把她送到了火车站,让她回老家探望病重的母亲。这件事从头到尾做得妥帖得体,厂长的高明之处就是他没在凤仙面前提"钱"与"情"两个字儿,就好像这件救人一命的大事本该他做一样。他不怕归乡的凤仙不回程,凭他在北京城里磨炼了多年的老鹰一样的眼神,他把凤仙看得很准、很透。

老话有云:穷家出孝子。蔡玉生强撑了多年的家还是那么穷,可朱凤和不是个省心的孩子。瞎子奶奶和拖着病体的母亲管不了他,小学时他就是出名的刺儿头,书读得一塌糊涂,初中毕业后他专门和社会上不三不四的孩子鬼混,成天看不到个人影。就这么个捣蛋孩子,还能指望他守在穷家孝子的位置上?他挑不起的担子,换成了凤仙来挑!

母亲出院后,凤仙果然回到了北京,结果完全在厂长的预料之中,凤仙心甘情愿地做了他的情人。这世道,年轻女子为钱委身男人的例子多不胜数,凤仙选择的路可以说是无奈之举,亦可以说是顺应大势。但有一点不得不点一下:朱家的人知道了三十万块钱的来路后一致地闭嘴不言。瞎子奶奶也好，蔡玉生夫妻也好，朱凤和也好，个个三缄其口。

情人这条灰色的路，凤仙一走就是三年，三年后厂长的妻子到北京安家了，凤仙和厂长的情债到此也一笔勾销。没牵扯不清，没撕破脸，凤仙乖巧地背起自己的包袱及时地从服装厂撤退了。她从来都是懂事的，在父母面前她是懂事的女儿，在厂长面前她是懂事的情人。懂事的女人不但不会讨人嫌，还会使人念念不忘，因为她的懂事，心存歉意的厂长在她的包里塞了五万块钱，算是对她的青春做个小小的弥补。

那五万块钱被凤仙用来翻盖了家中的破房子，三间高大的楼房比村子里任何一家的都要气派，院子里铺着水泥板，沿着墙脚一溜儿砌着五十厘米宽的花坛，花坛里栽种着一水儿的凤仙花。蔡玉生多年的心愿总算由女儿帮他完成了，他背着手围着房子踱了好几圈，咧着嘴，有点儿像要哭又有点儿像要笑，兜里揣着几包红塔山，看到谁都要分一支。新房子落成后，凤仙去了南通的涉外宾馆做服务员。老家她是无论如何待不下去的，有关于她在北京做情人的好几个版本在村子里大肆流传。长舌的人总是习惯捕捉一件事的一个切面而忽略掉贯穿全局的重点，"情人"和"救母"两个词摆在一块儿，前者似乎更让人的耳朵感兴趣。

凤仙在涉外宾馆里具体从事什么工作，乡人谈论起来笑得很诡异。他们是猜谜的高手，"服务员"这三个字在姿色出众的女孩子身上，有太多暧昧不清的延伸。别的不说，就凤仙夏天回家时脚蹬高跟鞋、身着一件玫红翠绿的开衩到腿根儿的旗袍的片段都能成为众人茶余饭后的首要话题。凤仙一直就是村子里的话题,她实在太漂亮太引人注目了。小时候的她坐在父亲的肩上是话题,小小年纪被老师猥亵是话题,北京城里做老板的情人是话题,到了南通宾馆依然是话题。话题多了,她反倒不在乎了,她悠悠地立在话题的中心,不辩解、不反击,他人口水四溅又能如何?她照样挺直了腰杆为凤和在县城置办了一套房子。

凤和的女朋友是县城的,和凤和在一个厂子里上班,谈对象好几年了就是不松口去登记,未来的丈母娘早就嘎嘣脆地给凤和下了军令状:你县城里不买房子,我就坚决不同意闺女和你结婚!县城里的房子是他光腚的朱凤和买得起的吗?凤和眼见着女朋友的小脸越来越冰,急得饭也咽不下去了,咋办呢?

关键时刻挑起大梁的还是凤仙。九十年代的市价,两居室的套房差不多二十来万。二十来万对普通老百姓而言不是一个小数目,这笔钱凤仙眉头也没皱一下就掏出来为弟弟安了家。到了这会儿,议论凤仙的人开始改变口气了,嘲讽少了些,夸赞多了些:家中老的要依附她生活,母亲的性命要她出手相救,弟弟的婚房婚事还是要她张罗,一个二十多岁的女孩子能把一个家的大局主持成这样,不容易啊!

弟弟的婚事是体体面面地办好了,凤仙自个儿的事反而成了蔡玉生夫妇心上压着的一块石头。凤和比凤仙小好几岁呢,抢在她之前成了家,在农村显得有点儿乱了规矩,是尴尬的事。本大队里和凤仙一道儿长大的女孩子们差不多全出嫁了,抱上娃儿了,凤仙的对象还不晓得在哪个旮旯里藏着不露面呢!

凤仙心不焦,这些年她见识过的男人不少,年轻的、老的,有权的、有钱的,还不是冲着她的一副好皮囊来的,真心实意的有几个?如果说北京的老板多少给凤仙留下了点好印象,那在他之后所遭遇的一切无疑是给心怀幻想的她补上了许多现实的砖块。一块两块硬砖头砸下,会流血、会疼,砸多了,流血的地方结了痂成了茧,也就麻木了。美丽的女孩子混社会,看不透这一层,个子有多高,委屈有多高;看透了,生活啪啦一声翻个面儿,不同归不同,也叫生活!

凤仙最终还是嫁了人,不是她想嫁,是蔡玉生夫妻求着她嫁,农村的姑娘不嫁人在我们那块儿是从来没有的事儿。凤仙一年到头在外少挨家,待在家里的蔡玉生夫妻的脸皮上没少沾上唾沫星子。凤仙一天不嫁人,蔡玉生就一天睡不安稳,舌头根子压死人啊!这一晃,蔡玉生也五十挂零了,人越是往老处过仿佛越在乎脸面,可他也没想过他这大半辈子的脸面又被乡人放在哪儿了呢?

凤仙的夫家离我们村子有二三十里路,男人是做瓦匠的,老相得很,怕是比凤仙大了不止十岁,头发钢针般地竖着,看人的眼神直愣愣的,和唇红齿白的凤仙站在一起完全不般配。蔡玉生在喜宴上蜜蜂儿似的飞东飞西,挨个儿给乡亲们派红塔山,介绍新女婿,只三个字"人老实"。

女婿是蔡玉生选的,日子是凤仙过的,选的人只求结果,不管不顾地把凤仙推出了家门力求万事大吉,过的人要硬着头皮把过日子的流程平铺下来,费的是牛大的劲儿。凤仙这边用牛大的劲儿忍着,男人那边用牛大的劲儿下手打她。婚后没多久,有关凤仙的前尘旧事就香艳地捅到男人耳道里了。老实人拿家门外的人没办法,打起家中的妻子倒是蛮顺手的,他打,她也打,打不过,跑了。堂屋里贴着的喜联还红得扎眼,新房里的梳妆台上一对胭脂盒子只用了小半儿,凤仙就坚决地和瓦匠离婚了。

离了婚的凤仙很少来娘家,像她那样曼妙的女子要找个容身之处岂是难事?她本不在乎闲人的眼色,现在,她活得更恣意了。对父母,她的心是复杂的,有一点儿怜悯,有一点儿怨。怜悯药罐黏上了母亲的一生,怜悯要强的父亲郁郁寡欢的神情。怨的也是父母,这些年她帮衬着父母把家里家外安排妥帖了,自己的狼狈气闷他们从不来询问一回。思来想去一场,凤仙长长地叹了口气,心里的怜悯总归是多于怨怼的。村子里年纪最大的吴大叔以前给孩子们讲过,说儿女是父母前世的债,是父母欠儿女的债,也是儿女欠父母的债,是一笔算不清的糊涂债。

最近一次见到凤仙是在前年,她在南通定居了,手上经营着一家不大不小的超市,她变得更美,举手投足之间更有女人味了。她有了第二次婚姻,先生高高瘦瘦,很是斯文,和凤仙说话时温言软语,眼睛里满满地蓄着爱意。和她的先生浅浅地聊了几句,恍惚间有些似曾相识的感觉升腾在脑海里,好奇心促使我想多问几句证明一些什么,但终归还是没敢唐突。

送我离开的时候,凤仙笑笑,问我:"你认出我的先生了吗?"我不响,依稀有个名字在唇齿间盘旋,只是盘旋。最后是凤仙波澜不惊地帮我把那个呼之欲出的名字展开了:"他是罗天亮。"

罗天亮——我们小学五年级的数学老师!他教我们的时候刚从师范学校毕业,不过二十一岁,当年他顶着强奸学生的罪名被判了二十年。过去了的事如何发生的,那也许是两个当事人心里不愿提及的伤疤。我没有问凤仙她和罗天亮在多年之后是如何重逢的,我觉得吴大爷那一席关于"债"的说辞其实在他们两人身上也同样适用。有缘的男女之间有纠缠不清的债,他欠她的,或者她欠他的,欠债还情和欠债还钱是一码事,纯属天经地义。

我只问了凤仙一个问题:"你现在幸福吗?"凤仙转过头看看院子里低头翻报纸的罗天亮,缓缓地伸出她的双手,手心里空无一物。她孩子一样调皮地吐吐舌尖,掌心向下摊在我的眼前,她的手和她的人一般洁白、光滑,手指纤细修长,宛如白玉精雕而成。她的十个指甲上覆盖着一层生动自然的粉色——那是六月的红色凤仙花加上明矾才能配出来的颜色,温婉、娇俏,从我们的童年一直美到现在!

周　婷

周婷打电话给我的时候，我正带着儿子在医院里看咽喉炎，她的语气里有一股掩饰不住的轻松与激动："三姐，我今天和祝大伟把离婚手续办妥了！"将心比心！换成我，我也会这样溢于言表地喜悦的，毕竟一句"离婚"已经翻来覆去地在嘴里念叨了八年。

八年——两千九百二十天，即使是一块进口的不锈钢，放在嘴里磨上这么多个日夜也该损耗得差不多了吧！但"离婚"的话题不是不锈钢，是比不锈钢还要牢靠的顽主儿，越是双方不停地咀嚼，越是会坚硬，会质变，会衍生出一大堆乱七八糟的负面情绪，让人更加迫不及待地要跳出婚姻的黑色魔圈。

我说：丁丁怎么办？她语气平静：判给他爸爸了，我带着他过完今年，明年他就回镇上来上学。我有点儿心酸，问她："你真的舍得下孩子？"她的分贝明显比刚才高了几分："我也没办法！他们家一定要丁丁。"我不太明白她所说的"没办法"到底有几个意思，但她既然已经走到这个地步了，我除了为十岁的丁丁惋惜外，别的，确实没必要再多说了。

"你什么时候返程?"我问她,终归朋友一场,她这一别,以后再来小镇怕是遥遥无期了。"后天吧!"周婷在电话里絮絮叨叨:"从陕西来的时候,祝大伟买的是两个人的机票,回程的票他竟然不给我买了!"我想也没想,不客气地指正她:"人家凭什么给你买回程机票?来的时候,你们还是名正言顺的夫妻,千里迢迢地来他的家乡办离婚手续,他给你买了机票就人品爆发了。离婚后,你们立马变外人了,甚至连外人都不如,他有什么义务为你承担这项开支?"周婷被我敲了当头一棒,顿觉悻悻然:"三姐,那你觉得我回程时还能和祝大伟一道吗?这么远的路,中间还要转机场,我一个单身女人……"她的话到最后变得吞吞吐吐,我能理解她的意思,说到底,她对几千里的行程心存畏惧,下意识地想傍在祝大伟的身侧捞点安全感。我能说什么?我这样回答她:"如果是我,我会选择不和祝大伟同路,离了婚,一撇一捺分得清楚些好,省得让别人瞧不起。不过,你既然对独自回程的安全性心里没底,那你尽管放低姿态,请求祝大伟捎你一程,那也不是见不得人的事情!"

我的一席话其实并没有为她做选择,但她的决定立刻出炉了:"我觉得和祝大伟一块儿走更好,丁丁的事儿我们不是还没交接好嘛!以后总要打交道见面的。"说到底,她并不是真的让我给她做参谋,只是她心里拿捏好了的主意她自己都觉得勉为其难。一对吵吵闹闹N局,甚至红着眼拳脚相加的夫妻,婚姻的战场硝烟弥漫,离婚后像彬彬有礼的伙伴那样一路亲切同行,可能吗?所以她想从我这儿求个"共返"的赞同,这样,她的自欺欺人的感受大概会少一些。可是，女人！既然你义无反顾地抛弃了一切，走上了离婚这条路，就应该有独当一面的勇气，以后，以后的以后，指不定有多少比千里归途还要艰辛的事儿呢。你不坚强，谁来替你坚强？倘若你连离婚后直面的第一桩事都扛不起，你以后扛不起的事势必多得数也数不清！

周婷再次给我打电话已是五六天之后了，本来我计划着她在镇上逗留的两天中和她碰个面的，但万先生的小叔突然离世了。万先生的小叔住在敬老院，一辈子孤身，他的身后事得由我们家出面打理。人活着，事儿不多，死了，七七八八的事儿居然比活着多。我和万先生头昏脑涨地忙碌了两天，才把仙去的老先生送进公墓，压根儿挤不出时间去和周婷叙旧。而周婷也没来我家找我，我以为她和祝大伟一道儿回陕西了，便没联系她。她是到家后才知会我的，声调里完全没有之前的期期艾艾。家乡是一个人最信赖的屏障，不管多胆怯的人，只要脚立在熟悉的地方，说话的语气都分外的踏实。

我翻来覆去地叮嘱她的还是两件事：一要走好以后的路，二要尽量把丁丁多留在身边养一段时间。她和祝大伟在陕西的三年里基本处于分居状态，丁丁一直在她身边生活。孩子的世界何其纯真脆弱，妈妈支撑着他的整个天空，假如他知道了相亲相爱的妈妈已经把他放下了，那会给孩子幼小的心灵带来多大的冲击！

我记得周婷在与我相识之初就告诉过我，她的母亲在她十岁时就因病去世了，想不到十岁的丁丁也将要离开他的妈妈了。一边是天人永隔，一边是活生生的分离，说法不同,性质相差无几。

2004年的周婷二十一岁，刚刚从遥远的陕西嫁到小镇上来，衣着朴素,腮帮子上还滞留着两坨可爱的高原红,单眼皮,脸蛋圆圆的,说话轻声轻气。我那会儿在菜市场旁边开了家杂货店,卖些零零碎碎的日用品,另外,店铺的角落里安放了一台飞人牌缝纫机,接些修修补补的活儿打发时间。周婷第一次到我店里来买内衣,我和她聊了会儿天,彼此感觉良好。我比她大六岁,也刚刚结婚。周婷第二次来找我,直接就叫我姐姐了。她是家中的老大,陕西老家有两个妹妹一个弟弟,到了浙江,反而认下我这个异姓的姐姐,愿意做妹妹。

我和周婷虽然同属当地人眼中的"外来媳妇",但我比她要幸运得多,因为我的小阿姨三十年前就嫁到了这个镇上,小阿姨对我极其照顾,像对亲生女儿一样掏心掏肺地宠着我。很多时候,嫁得千里迢迢的女人,心理上受了委屈或精神上被打击了,那种孤寂与失望是很难排遣和消化的。有了亲人的陪伴,至少不会如一只炝蹶子的毛驴那样固执地伤心到底。我结婚后的好长时间里都与万先生过得势同水火,是小阿姨一直在开导我安慰我,好歹使我尽力抚平自己坑坑洼洼的情绪,和万先生磕磕巴巴地往前走。从这一点讲,小阿姨的家可以说是我的停靠点、我的娘家。而周婷呢?别提像我小阿姨这样的好靠山了,她在这块儿连个认识的人也没有,勉强算得上她小半个老乡的只有镇子上卖牛肉面的一对甘肃夫妻,四十多岁。周婷思乡了,蔫巴巴地赶去他们家吃碗牛肉面,操着陕西口音和他们拉拉呱,甘肃女人免费赠送她一碗牛杂汤。

周婷喝完汤跑到我店里和我说话,嘴一张,我立马闻到一股子芫荽大蒜味,我和她打趣:"去见老乡了?"周婷眼皮子耷拉着,怏怏不乐:"哪门子老乡!他们离我家还得八百多里呢。"我说:"管他多少里!他们家卖的牛肉面总和你故乡的差不多吧!"周婷摇头:"拉面店里的牛肉是批发市场拉过来的,和我们那儿的牛肉口感差远了!三姐,你要是吃过我们陕西的牛肉,你就会知道什么是真正的好牛肉。"

我天生是个厚脸皮的吃货,一听到别人讲到好吃的总会两眼放绿光。于是周婷就顺着我的心一路讲下去,讲陕西的粉蒸肉、锅盔、咸馓子、凉皮、酸汤饺子、肠粉、浆水面等等,讲得我垂涎欲滴、心猿意马。讲到最后周婷泪水涟涟:"三姐,我得等到什么时候才能吃到自己家的牛肉啊?!"我像哄小孩一样哄她:"好好挣钱啊,挣个一两年的钱聚拢起来够荣归故里住上一段时间,天天吃牛肉吃得撑死你。"

从浙江到周婷的陕西老家有两千多公里,坐飞机、火车、汽车的费用外加回乡人情世故的开支,不是一笔小数目,就凭周婷和祝大伟微薄的收入,要风风光光地回一趟娘家还真不是件容易的事儿。周婷刚来镇上,没有拿得出的手艺,只能在一户小型家庭作坊里做打火机装配,千把块钱一个月。祝大伟呢,好像在哪儿的灯具厂里做车床,工资也不高,他干活的地方离家二十多里,他来来去去地走,嫌麻烦,干脆住在了厂里的宿舍,一星期才回来一趟。一个宿舍里有五六个男人,晚上凑在一起没事干就玩牌,祝大伟开始还不参加,慢慢地,看人家玩得乐呵,就被拖下了水。他玩牌的技术不好,怎么厮杀,长进都不大,一个月玩到头,兜里的工资有一半成了牌友们的额外收入。为这事,周婷和他没少吵架。

祝大伟理亏,还有点儿怕周婷,周婷和他发完脾气跑到我店里坐了一下午。傍晚,祝大伟手里拎着只烧鸡来叫周婷回家,周婷拉长着脸气呼呼地凶丈夫,祝大伟脸上带着笑,态度好得不得了。我打圆场,把周婷往祝大伟身边推:"回家,回家,吃烧鸡去哈!"祝大伟推着车往前走,我在后面劝周婷:"算了,对人家耐心点啊!你看你这么大的骂劲儿,人家都不反击,换成我家万先生,早炸毛了!"周婷脸涨得红红的,一句话脱口而出:"他是个聋子,听不到我在骂他!"

我当时以为周婷说的是一句气话,没往心里去,目送他们夫妻二人走远,还在帮周婷庆幸,觉得她找了个忠厚老实的丈夫。没想到,过了两天我去水池边洗菜碰到了我阿姨家的邻居,她的娘家和祝大伟家只隔了两户院子门,祝大伟的底细她一清二楚。提到祝大伟的外地媳妇儿周婷,她咂咂嘴巴:"大伟这辈子交好运了,聋汉一个,还讨了水灵灵的小姑娘。"我尚不相信,追问:"祝大伟真是聋子?"邻居点点头:"是啊!他生下来倒是好好的,是后来发高烧把耳朵烧坏的。"

天生聋子和后天聋子有什么不同?总是个听不到!祝大伟的家境据说也不好,住在山弯儿的村里,家里还有个比他小四岁的弟弟,父母都是老实巴交的农民,周婷当初嫁给他难道不知道这些情况?即使抛开外在的物质条件不谈,"聋"绝对是个回避不了的硬伤。你想啊!和一个人居家过日子,说出去的话得不到或很难得到对方的回应,你的十分欢喜他至多看得懂两分,你的万分难过他至多辨得出十分,被听力分隔在不同世界的两个人的生活又能美好到哪里去?心情又能舒畅到哪儿去?

周婷作为我的朋友,理所当然地也会去我阿姨家,阿姨心善,品味过独嫁异乡的心酸,对周婷很照顾。有一天,周婷在我阿姨家吃饭时和我们聊天,她说她完全是稀里糊涂地嫁给祝大伟的。她是家中的长女,母亲早逝,后妈自己也有两个孩子,为了嫁给周婷的父亲,自动放弃了自己的孩子到周婷家来做了四个孩子的妈。后妈的到来让家看上去完整了,后妈的所作所为还算说得过去,但处于青春期的周婷和后妈之间的关系微妙且生疏,波涛暗涌的家庭氛围让周婷觉得特别压抑,心中时时刻刻地想离开这个既熟悉又陌生的家。初中毕业的周婷经过招工到宝鸡市的一家工厂的食堂里去打杂,这家工厂的老板是浙江人,即祝大伟的堂兄。

彼时,祝大伟也在这家厂里做流水线。祝大伟被堂兄带到陕西干活的原因有二:一来,浙江人到外地办企业,手底下少不得自己的亲信,祝大伟虽然没什么大用场,但把他安排在当地工人之间干活,有利于稳定和暗示人心。精明的企业家堂兄这一出大抵是借鉴了在成熟的稻田里放稻草人的原理,当然,祝大伟比稻草人还是要强些的。二来,祝大伟的娘在祝大伟离家时就明确地托付了厂长堂兄:喏!我们家的状况这么个样儿,大伟的耳朵那么个样儿,想在本地讨个媳妇儿怕是难上加难的。到了陕西那块儿,不管什么个样儿的女人,一定给祝大伟娶个老婆回来。

为堂弟"物色"老婆的事儿,误打误撞地摊到周婷头上了。媒人是周婷父亲的一位朋友,他和厂长堂兄有业务上的往来,不管出于什么目的,他都觉得有必要把这桩婚事促成。周婷的父亲呢,讲义气,无条件地信任朋友的热心。周婷二十岁,在当地也达到了出嫁的年龄。陕西的经济条件比浙江差了一大截,水往低处流,人往高处走,与其让闺女在陕西过紧巴巴的日子,还不如让她到富庶的浙江去享福。周婷呢,祝大伟是她跨出校门后认识的第一个男人,敦厚得近乎木讷,她一心要离开现在的家去开始崭新的一页,被大人们描述出来的即将抵达的地方,在少女的眼里闪动着迷人的光芒。她晕乎乎地沉溺在光芒里,无暇顾及其他。

从见面到结婚不过用了几个月时间,婚礼是厂长堂兄一手操办的,没有大排场,但还是很体面的。新婚后一个月,祝大伟就在堂兄的示意下满面春光地携着娇美的周婷返回浙江了。

新的环境新的家人组成了新的生活,来镇上的头几个月,周婷和祝大伟之间还是延续了恋爱之初的甜蜜。两个人的经济收入暂时是不尽如人意,不过,周婷并没有怨言,她一直认为,只要夫妻脚踏实地齐心协力,日子总会有转机的。唯一让周婷不习惯的是饮食,陕西的主食是面粉,而浙江人只认大米。陕西菜的口味重,酸、辣、麻齐全,大蒜、生姜、五香粉一样不落,浙江人偏好清淡,饭桌上的菜很难有一碗是周婷看得上的。

周婷的午饭是厂里包办的,好坏没得选,周婷一点儿不喜欢吃也只能硬塞几口,要不得挨饿啊!晚上下班后,周婷一心想烧个暖心的菜犒劳自己被浙江虐待的胃。回家后,婆婆已经把碗筷摆好了,饭菜摊着,一个都不对味。周婷不甘心,自己跑到厨房里噼里啪啦地烧起来。一碗菜烧好端出来,婆婆的脸绷得紧紧的:老人有老人的脾气,她觉得周婷是嫌弃她这个老太婆烧的菜不好;老人还有老人的节约观,觉得周婷放着现成的饭菜不吃,再去多耗油耗煤气,太不会过日子了!比如,周婷烧个蛋黄南瓜,提着油壶往锅里倒时,祝大伟的娘眉毛都吊到脑门子上去了,心疼啊!她是从苦日子蹚过来的人,把年轻人过日子的观念当成罪过。

为了吃上一碗中意的饭菜,婆婆和周婷之间渐渐地有了点小矛盾。其实,一碗菜的事能大到哪儿去?只要祝大伟在两个女人之间稍微调节一下,不和谐的苗头一准儿被掐死了,可祝大伟的心眼受到了聋耳朵的限制——不活泛。也或许是他不敢掺和到两个女人的暗斗中来,鬼子和皇军,他惹得起哪个?到最后,饭桌上的局面显得很尴尬,祝大伟的爹妈只吃自己烧出来的菜,周婷的杰作他们别说吃了,碰也不碰。祝大伟的弟弟若是一不留神把筷子伸到嫂子的菜盘子里去,他娘必然毫不留情地剜他一眼。

人活一世,辛苦操劳,吃饭本应是身心愉快的美事,到了祝大伟家,成了难事!周婷坐在我店里绘声绘色地学着她婆婆的某些神态,我笑得前仰后合:"算了,你就别跟老太太计较了,大不了别去抢她的灶头,顺着他们的心,有什么吃什么呗!"周婷不赞同我的妥协论:"我嫁到这么远的地方来,连个舒心饭都吃不上,做人还有什么意思?反正在吃饭这事上,我坚决不会让步的,想吃什么吃什么,管他们摆什么脸色!"我笑笑,周婷的这方面我自叹弗如,她比我更懂得尊重自己的内心。我给周婷出主意:"实在觉得憋屈,和老人们分开过好了,他们还有一个儿子,以后总要分家的。"周婷两手托腮,郁郁地叹口气:"分到哪儿去?屁点大的房子,院子都没有,我们住到露天里去?"

老太太不痛快，周婷不让步，厨房里的风波最后演变成谍战片。老太太趁周婷上班时，居然把高压锅油壶之类的东西藏了起来，周婷的恼火没处去，只好把自己关在房间里生气。祝大伟木头人一个搞不清状况，还站到老太太那边去怪周婷瞎闹腾。闷在周婷心窝子里的一把火腾腾地蹿上了脑门子，从陕西夹带回来的一点儿的美好感觉经不起隔三岔五的烟熏火燎，夫妻两个人之间开始有了说不出的嫌隙。夜深人静时，周婷疯了一样地想家，曾经急于离开的家在异乡的想念中越发朦胧亲切，想着想着，周婷的眼泪默默地滴到了枕头上。

幸好，孩子在这个当口来报到了，多好的事儿！怀孕了的周婷一心一意地等着做母亲。祝大伟的母亲在儿媳妇和孙子之间快速地找到了平衡点，态度有了较大转变。村子上的人有的知道老太太脾性古怪，正儿八经地对老太太说，祝大伟这个料子，能找到周婷做老婆，算祖上积德了，人家千山万水地来过日子，多担待点她。祝大伟的娘不以为意："周婷老家那么个穷地方，嫁到我们这儿来是她的福气，还怕她跑了不成？"这话被人三传四传地吹到周婷耳朵里，周婷的心拔凉拔凉的，要不是自己临盆的身子重，她还真想找婆婆理论一场。

儿子丁丁是顺产的，八斤重的大胖娃娃，周婷的罪真没少受，肚子疼了一天一夜不说，产道损伤尤其严重。医生查房时对祝大伟的母亲说，周婷这种情况需要在医院里做系统的治疗，不然的话以后要落下病根儿。祝大伟的母亲对医生的意见表示了感谢，一转头，手脚麻利地收拾好一应物件，让祝大伟他爹去办出院手续。医生和祝大伟的母亲交流时运用了本土乡音，周婷听得云里雾里，压根儿没搞清自己的现状。既然孩子已经落地了,公公婆婆安排自己出院回家休养,那就出院吧!

回到家,周婷方觉不妙,她被撕裂的产道一直疼痛,反复发炎,迟迟不见痊愈。自己的身体不舒服,甫出生的丁丁闹劲儿又好,祝大伟在家住了一两个晚上后就打着加班的旗号逃到厂里。带孩子的一切事宜是周婷的新课程,纯属摸石头过河,很茫然,很无奈。公公婆婆下地的下地,上山的上山,只有送饭时间才到楼上来,周婷的月子坐得糟心得不得了。糟心归糟心,日子该怎样过还怎样过,世界不会因某个人的不惬意而停滞不前,时光更不会网开一面特别厚待谁。日子赐予独在他乡的女人的享乐少,划分来的烦恼多,你除了接受,别无他法。

一晃,几个月过去了,周婷打算给儿子断了奶去找活干。祝大伟厂里的效益时好时坏,他的牌瘾又今非昔比,一个月能拿个几百块钱回来就不错了。周婷对着他的耳朵吼:"你总是这样胡混下去,儿子还要不要养?"祝大伟没什么反应,天知道他是真听不见,还是听得见也装听不见。周婷气鼓鼓地去和婆婆说道,说祝大伟不争气时婆婆的脸上没表情,说让婆婆帮忙照应孩子时婆婆一口拒绝:"你生的孩子你自己养!"婆婆拒绝自有她的道理,算上丁丁,一家六口,哪一天不是眼睛一睁门一开就要柴米油盐酱醋茶,祝大伟指望不上,全靠老两口老当益壮当牛使。祝大伟的父亲,晴天跟在泥水包头后面做小工,雨天扛着锄头开山种地。祝大伟的母亲,在村里自营的一家小厂里打杂,不管刮风下雨,日日要出勤。祝大伟的弟弟书读得不好,初中毕业后上了职校,耗钱着呢!读书的花销不算顶大,可用不了几年,没个十万八万的怎么讨得进个媳妇?现在周婷要去上班,家里必须出一个人力来带丁丁,这个人只能是祝大伟的母亲。

帮儿子带孩子是中国农村父母的第二次就业,不是法律规定的,是约定俗成的趋势,是一种被大部分人默认的现状。显而易见,祝大伟的母亲不在那"大部分人"之列。为谁带孩子这事,争执在所难免,两个女人争,两个男人避,争到最后,以周婷一怒出走而告终。

出走前,周婷到我阿姨家来道别,她在市区的一家饭店里找了份服务员的工作。诚然,放下自己的亲生骨肉于心不忍,但如果不给婆婆一点教训,那周婷的心无论如何也摆不平。铁了心走出去的周婷中间回来了一次,她来菜市场见我,人明显地变了许多,割了双眼皮,穿着打扮和在镇上时判若两人,看样子,她在外面过得挺顺心。

周婷上班的地方具体在哪儿我确实不知情,祝大伟的母亲抱着丁丁来菜市场找我,企图从我这儿查找一点周婷的线索。丁丁已经会走路了,他安静地缩在奶奶怀里,宛如一只乖巧的猫咪。周婷离开了将近一年,音讯全无,祝大伟打她的电话,始终是"号码停用",祝大伟没头苍蝇似的在市区飞了几圈后悄然作罢。一个人若是存心躲着,哪是那么容易被找到的。周婷原先的手机号作废,她把新的号码发到我的手机上,只表明了身份,别的一个字没说,我自然不多嘴,随手储存了她的号码。

祝大伟的母亲告诉我,周婷在饭店里做了一年的服务员后回陕西老家了,打电话来要和祝大伟离婚,口气很坚决。这下,祝大伟娘儿两个慌神了,电话打到陕西去,十次有十次是周婷的后妈接的,浙江方言碰上陕西方言,鸡同鸭讲,一塌糊涂。没办法!在高人的指点下,祝大伟带着他老母亲去陕西当面找周婷请求复合了,为了儿子的后半生,祝大伟的母亲哭着跪在周婷家门口,百分之二百的诚心诚意。

风尘仆仆的一个来回,到最后功亏一篑。周婷在后妈及一众家人的劝说下,极不情愿地被祝大伟像认领失物一样地领回去。到了上海火车站,祝大伟以为万事大吉了,扔给了周婷一句不经大脑的话,周婷鱼儿似的片刻之间就消失在茫茫的人海里。我想,周婷本来就不想再回到小镇的家中,迫于娘家一方的压力和祝大伟母子千里迢迢奔赴陕西的情谊,她才万分不情愿地回归。在上海火车站的离场是意料之中的事情,即使她顺顺当当地回来了,祝大伟真的有能力把她留住?

我吃不消祝大伟母亲的可怜相,她一次次地来找我,我一次次地瞧着丁丁无语,祝大伟有没有老婆与我没有半毛钱关系,丁丁没有妈妈这事却让我备感压抑。大人有错,孩子无辜,母亲不见得是孩子的全部,但没有母亲陪伴的童年将是一个人一辈子都无法弥补的缺失。我打心眼里不待见祝大伟的母亲,这个老太太没有了早前对周婷的趾高气扬,皱着苦瓜脸翻来覆去地检讨自己。唉!早干吗去了呢?

在一个无所事事的午后,我给周婷打了电话,别的一字不提,只拿丁丁的现状当重点:丁丁会叫妈妈的名字了,丁丁拿着妈妈的照片哭,丁丁盼望妈妈回家,丁丁……这些虽然是祝大伟的母亲抖给我的,我说的时候还是情不自禁地哽咽起来。不是表演,是发自内心的难过,我儿子比丁丁大一岁,我日日夜夜地陪着他一刻不想分离,同样是孩子,丁丁渴望的怀抱在哪里呢?

过了两天,祝大伟的母亲喜气洋洋地来感谢我:"周婷主动打电话回来和儿子说话!一年多了,这可是从来没有的事儿啊。"冰封的局面有了转机,之后的一切都是顺理成章的。在丁丁读幼儿园之前,周婷回到了儿子身边,重新拾起旧的生活。这一次,祝大伟的母亲做出让步,她把原来的老房子整修了一下,添置了必要的家电和日用品,让给了祝大伟和周婷,老两口带着小儿子居住到亲戚家的一所老房子里去了。

周婷和我恢复了原来的交往,她时常带着儿子来我阿姨家做客,丁丁乖巧聪明,和我儿子相处甚欢。在外面兜了一圈后的周婷零星地告诉了我一些她独自生活的细节,我半点不好奇、不惊讶,自始至终,周婷在我的印象里是个善良的人,不管她的外在改变了多少,不管她对婚姻的认知扩大了多少,如果不是因为善良,她怎么会为了儿子再次回头?祝大伟和她,怎么看怎么不相称!三十岁还不到的祝大伟,头顶早就秃了,木愣愣的眼神,仿若来自二次元空间的怪人。怪人有怪脾气,周婷和我们说到他,眉头不展,离婚之意呼之欲出。我阿姨回回劝她:"婷婷,宽宽心,为了儿子,再苦都要把日子过好。"为了儿子!多么沉重的四个字,做了母亲的女人,打落门牙和血吞——通通都应该为了儿子啊!似乎这就是比我们先老去的女人传下来的真理,压死人的真理!

丁丁读幼儿园的三年，风平浪静地过下来了。2012年的冬天，周婷一家三口去了陕西。在镇上，他们夫妻的收入微薄，凑在一起过过平常生活也是吃力的。祝大伟的堂兄在陕西的厂子越办越大，需要信得过的人手去帮忙，开出的工资蛮有诱惑力的，周婷前前后后地盘算了一下，果断决定外出。回家乡生活一直是周婷的梦想，而祝大伟的父母对他们小家庭的集体行动也毫无异议，周婷来我阿姨家告别，我们都替她高兴——这个孤单的女人终于可以过上与家人团圆的生活了！

去陕西后的第一个年头，夫妻两个的小日子平静简单，貌似走上了安稳的轨道。周婷还存了一笔钱，她在电话里满怀憧憬，想在陕西买房子定居。春节前几天，她从陕西回镇上来过年，我和阿姨简直认不出她来了，瘦了，时髦了。丁丁长高了，和我儿子的老交情还在，一见面，两个孩子就搂在了一起。周婷从陕西给我带来了几样特色小吃，是她以前讲给我听的几种，香喷喷的，真好吃！

春节过后几天，周婷一家就返程了。我和周婷相识十年，参与了她在十年里几段不连贯的生活，目睹了她外在的改变和内心的挣扎。眼下，她总算安定下来，多不容易。她在陕西的这两年，我们的联系并不多，偶尔我在饭桌上和阿姨会聊到周婷，聊几句，一笑了之，多年前怯生生的小姑娘离我们越来越远喽！

前年二月份，意外地从祝大伟的母亲那儿知道了周婷的近况，由于工资的事情没谈拢，周婷离开了堂兄的厂去了别的地方工作。再后来，又是关于夫妻的矛盾，婚姻风云再起，男方说是周婷红杏出墙，周婷坚持过错在于祝大伟的滥喝酒动手打人以及不顾家。双方各执一词,虚虚实实。

老太太悲悲戚戚地掉眼泪,她把我当成了万能的居委会大妈,但凡周婷夫妻要闹崩了,我就要出马力挽狂澜似的。假设周婷这些年一直在镇上生活,一直保持着原来的节奏往前行,一直把我当成姐姐,或许我还有必要说几句话。关键是,我了解的周婷是以前的周婷,现在的周婷远在陕西,她走的是哪条路,想着什么样的事情,揣着多大的期望,我一无所知,那我有什么资格去说教她?女人有权利选择自己认为最好的生活,"放下"决定大局!有的女人为了自己,放下了包括孩子在内的一切;有的女人为了孩子,宁愿背负一辈子。孰是?孰非?旁观者无权定论。

周婷离婚了,愿她在以后的人生中可以找到琴瑟和鸣的佳偶。她从小失去母爱,长大后寂寞彷徨,第一次婚姻支离破碎,有别人的责任,也有自身的原因。既然她已经离婚了,说什么话都不如祝福让她感到温暖。

前几天,周婷给我打电话:"三姐,丁丁年底回小镇了,以后他在镇小学读书,还要劳烦你多照顾!"这个自是不必说的,尽量尽心吧!可是,周婷你有没有想过,别人的照顾仅仅局限于点滴,失去了妈妈庇护的丁丁,从此会快乐吗?

白　珍

可以这样说，我在镇上胡搅蛮缠地混了十个年头，几乎在所有我熟识的女人面前，我都敢拍得胸脯山响大言不惭地自封为女汉子。唯独在白珍面前，我不敢。

白珍是川妹子，比我大不了几岁，嫁给孙开平二十几年了，至今还讲着一口川味十足的鸟语。她在村边遇到我，甚是热情，呜里哇啦地和我说了一大片，我面带微笑频频点头，其实一句也没听明白，但我一点都不反感她。真的！有时候，和别人交流讲的啥内容并不重要，态度才是首要的。

白珍讲话的当儿，她家的大黄狗亲密地在她的腿上蹭来蹭去，一副忠心耿耿的样子。不怪它依赖白珍，不管是去街上卖菜还是来小溪里洗衣洗菜，白珍总不肯把它落下。去街上还好，它老实地趴在白珍的摊子边打瞌睡；来小溪边就有些危险了，村子里的几条大狗很凶横很团结，默契地结成联盟往死里攻击白珍家的黄狗，场面极其惨烈。白珍家的黄狗四腿不敌众腿，很可怜地沦为血淋淋的嘴下败将。在溪边忙活的白珍听到狗的哀鸣，火速前来救助，黄狗已经被咬成了一堆稀泥，爬也爬不起来了，三角形的狗脸肿成了大圆脸，眼睛成了血团。白珍心疼得泪水涟涟，又没办法和肇事的狗儿们理论，衣服也不洗了，抱起大黄狗急急忙忙地赶路。我问她，白珍你这是要去哪里，她头也不回地吐出一大串话继续往前蹿，大致的意思是去找兽医，或者连带着骂那些不懂事的狗畜生。

村上的几位大妈有点看轻白珍，觉得她不机灵，在当地生活了二十几年，儿子都快讨老婆了，本地话还讲不利索。可如果撇开这个偏见，白珍的勤劳与和善是无可挑剔的。她对谁都是笑脸相迎，谁家有事请她帮忙她都肯出力。

白珍家的三间瓦房坐落在村旁的田地中央，按理说农田里盖房子是违规的，是条条框框所不允许的。但白珍的丈夫孙开平可不忌惮这些，照样在村干部的眼皮子底下不紧不慢地把房子盖好了。

孙开平何许人也？童年的他是个孤儿，孤儿成年后的状态基本有两种，要么早熟懂事为人称道，要么粗鲁霸道遭人指点。孙开平没达到第一种境界，倒也没被生活糟蹋成后一类人物，可他还是误打误撞地坐了两年牢。

那大概是十年前的事情。孙开平在市场上卖活鸡，老市场的摊位很窄，孙开平的两只巨大的鸡笼很不客气地占了别人的位置。市场管理员前来巡查，言语之间指责了孙开平几句，喝饱了老酒的孙开平梗起脖子操起筐子里的菜刀眼睛也不眨地劈到人家的胳膊上去了。混乱中有人报了警，持刀行凶是犯法的，酒还没醒的孙开平稀里糊涂地从闹市走向了牢房。

家里的男人被抓走了，留给白珍的是一大堆烂摊子，几亩承包田里的活儿起早贪黑地干干还能有些收成，鸡棚里闹腾的千把只鸡成了白珍的心头病。临近年关，鸡多养一天就是一天的损失，那么多不肯停的尖嘴每天要啄掉好几袋子玉米与谷子，白珍愁出了一嘴的血泡。

孙开平在村上的人缘不好，他坐牢了，看笑话的人不少，帮忙的人一个没有。白珍一急之下领着十岁的儿子跑到村长办公室，没吵也没哭，很安静地向村长道出意图："孙开平砍人是不对，可我白珍作为外来媳妇是没有错的。现在孙开平坐牢去了，棚里的鸡砸在手上销售不掉，烦请村长大人想办法帮我这个弱女子解决这些难题。"白珍的方言夹川味普通话听上去很古怪，村长当时并不想搭理这个土头土脑的女人，百般地推诿。白珍没生气，把十岁的儿子按在村长办公室的沙发上，又从口袋里拿出两包方便面，吩咐儿子："妈妈回四川去了，你从今天开始要住在村长伯伯的办公室里了。等爸爸坐完牢回来后，你就和他说是村里不帮我们的忙，妈妈没办法才走的。"儿子虽小，却乖巧地听从妈妈的嘱咐，捏着方便面一动不动地待着。

这当儿村长的心有点敲小鼓，孙开平是什么角色他早就心知肚明，三十多岁的老光棍费尽心机才从四川讨回十八岁的白珍回家过日子。从前凄苦伶仃的孤儿在这么个体贴的女人的陪伴下刚过上了像样一点的日子，不妙的是在他身陷囹圄的时候，妻子又因为村里的冷眼旁观而出走。估计出狱后的孙开平就是不喝老酒也有拎着菜刀冲向村长大人的勇气，不拼命才怪呢！

就这样，白珍轻轻巧巧的几句话就解决掉了家里囤积的千把只鸡，村里的销售渠道很给力，速度惊人且价格喜人。自打这事后，明里暗里小瞧白珍的人少了许多，说起白珍来忍不住都要表扬一下她的聪明。我没搬到村子里来的时候，虽然没见过这个名叫白珍的女子，却也风闻过她的机智事件，心里对她有了几分好奇。去年住到村子里后便时常遇到她，我忽然有些失望，左不过是个平淡无奇的女子，让我失去了观望她的兴致。

然就是这个不起眼的女子，竟然在2014年的正月初二干了件让全村男人掉眼球的事儿——徒手从零下一摄氏度的烂泥塘里抢救出一头二百多斤重的失足老母猪。怀了崽的母猪陷入烂泥塘是偶发事件，事发当时孙开平不知道去了哪儿，村子里自发去现场帮忙的男人好几个，貌似很卖力，围在池塘边上各种吆喝，但母猪的腿被污泥糊住就是没办法走出来。结冰积冻的大冷天啊！时间一分一秒地流走，眼看母猪就要不行了，瘦弱的白珍顷刻超人附体，挽起裤腿冲进泥塘里生生地把母猪揪了出来。

光荣地参与了口头营救母猪行动的万先生回家后很诚恳地说起白珍，一连用了几个"真不容易"。以万先生的眼界，能让他自发表扬的女人从来没有，白珍算是在他那儿得了个冠军，真心不容易！

上个月我去上虞进货，途经梁湖下车取了些东西，一不留神装着三大箱子货物的摩托车轰隆一声倒在了马路上。所幸的是没有殃及路人。我使出吃奶的力气拉扯了老半天，摩托车还赖在地上不肯动弹，狼狈与羞愧之中我想起了白珍，倘若是她面临我的窘境，一定会比我潇洒许多吧！

万红旗

万红旗是他的大名,大抵只有送报纸送快递的人才会站在路边叫这个名字。村子里的人一律叫他的别名"阿狗"。

我以前在路上遇到他从不叫他"阿狗",而是称呼他一声"哥哥"。我觉得"阿狗"这个名字有些不雅,况且他比万先生大三岁,又是原来的老邻居兼从小玩到大的伙伴,我和他不熟,尊称他一声"哥哥"也是应该的。他倒也和气,笑眯眯地冲我点点头,算是和我打过招呼了。

去年秋天,我到万家原先的老宅地基上翻盖三间小房子,没想到的是,开工的首日跳出来为难我的竟然就是平日里很和善的阿狗同志。当然,那一天的他双目圆瞪、杀气腾腾,全然是另一副嘴脸,颇有些孙悟空大闹天宫的非凡本事。

他来为难我是因为我将要盖起的房子向南,而他家的房子向东,按照农村里的迷信说法,我家房子的栋梁对着他家的院子,会给他带来煞气。说实话,我家和他家之间还隔着一条路,可以说两家的房子压根不存在相冲的表象。可他表现得很激动,不仅把自家七十多岁的老爹拖来压阵，自己更是气喘吁吁地抱住了我家请来挖墙基的挖土机的手臂不让开工。

万先生上班去了，村上的人虽然与我是初相识，但也看不过眼，七嘴八舌地批评他无理取闹。他先是凶巴巴地要我给他五千块钱赔偿金，过一会儿又卖可怜相念叨自己心脏不好唯恐我家房子的风水会使他英年早逝之类。吵架不是我的强项，何况我孤身作战，没有撑腰的得力干将，只好心惊胆战地杵在那里任由他们爷儿俩的口水潇洒狂喷。想想自己远嫁到这里，也不过是想求个立锥之地，才咬牙来盖个小房子容身，隔壁的人竟然如此无赖不讲理。挖土机的工价是一小时两百元，被他一惊一乍地吵起来，已经白白地耽搁了两个小时。天色将晚，还不晓得他会闹得怎样收场。一念及此，我不禁悲从心来，呜呜大哭。

我一哭出声，围着看热闹的人愈发地看不过去了，他有些讪讪然，斜着眼睛看我："你莫哭！我又没欺负你！"我泪眼迷蒙："我不是哭你欺负我，我是哭自己可怜。"他犹自嘴犟："我又没欺负你！又没欺负你！"和这样的人全无道理可讲，而泼妇的十八般武艺我全然不精，索性坐在烂泥堆上捂着脸哀哀地抽泣起来，浑然不觉平日里辛苦修饰起来的女汉子形象瞬间崩塌。

僵持了一会儿，万先生的堂兄对他提出了一个折中的办法：让我们家将盖起的高平房的屋顶改成隐藏明显的栋梁，无形中就化解了所谓的风水论。他起初还叽叽歪歪不肯罢休，后来架不住左邻右舍的舆论指责，总算接着梯子下墙了，同意了万先生堂兄的和解办法。

和解的直接后果是盖房子必须多花费两三万元,光是泥水师傅就立马坐地起价到九千。我手头不宽裕,盖房子的钱还是仰仗父亲与姐弟的资助。这半路冒出来的两万多元完全不在预算之内,我不得不再厚着脸皮打电话向家人请求支援,心里的恼火与愤怒可想而知!

房子最后有惊无险地盖成了,可我和阿狗之间的梁子是大张旗鼓地结下了。我骂人的功力尚浅,但翻白眼的技术可拔头筹。他家住在西边,他到东边的小溪里去洗菜也好,到田里去劳作也好,我家门前是他的必经之路。每当他从我家门前经过而我恰巧又站在自家屋檐下,我那一对犀利的白眼就如李寻欢的小刀子似的嚓嚓地飞到他的脸上、身上。

开始几天,他还别着头假装看不到,日复一日地接受"刀子"的深刻洗礼后,他就有些受不了了,拐着弯向万先生告状,批评我小孩子气瞎胡闹,又亮出非凡的姿态说大家是邻居,何必要在旧事上斤斤计较。我一手叉着腰摆成茶壶状发誓:"这辈子和你做仇人做定了,坚决不原谅你!"

我发的誓最终化成了空气泡,不是我立场不坚定,而是我实在拉不下脸去拒绝一个诚心示好的人。他来街上买菜,溜达到我的小摊子前,我手插在兜里面无表情。他小心翼翼地拿些小物件,配上一个笑脸问我:"三三,你的货物肯不肯卖给我啊?"我板起脸,超有骨气:"别的地方也有得卖,我的不卖给你!"他不恼火,挠挠头皮不作声。

摊子边正买东西的老阿姨为他打抱不平:"哎哟,三三,你做生意态度怎么那么差啊!人家可是拿钱买你的货哦!"我张张嘴,什么也没说。和别人解释前因后果也太多余了吧!怎么说?难不成说一个长相粗糙的半老男人是我的仇人?那岂不是让人浮想联翩?东西算是无言地卖给了他,天地良心,我保证是平价销售,一点也没多坑他的钱!

他拿着东西不紧不慢地走了,而我在他的背后不客气地撇嘴、翻白眼。晚上万先生下班回家,我得意地向他说起白日里的小插曲,万先生叹口气教育我:"你不要再和他怄气了,他以前和你吵架的事还是算了吧!他从小没了母亲,父亲脑子又不清楚,他这么大年纪了还是光棍一条,也是个可怜人,人本质是好的。都做邻居了,总要以和为贵。"我的心眼素来只有针眼般大小,很难与万先生的谆谆教诲达成共识,只低调地从鼻子里哼出一声以示不太服气他的此番说辞。

隔了数日,阿狗又觍着脸来买我摊子上的东西。有道是伸手不打笑脸人,何况我旁边还站着一排叽叽喳喳的大婶们,他随手买了两个小物件后高高兴兴地走了。

中午时分我收摊回家,他正拎着一把青菜去小溪,见到我立马站定在我家门前扬声与我打招呼。我本来是不想理睬他的,但绷着的脸没坚持几秒后还是抛给了他一丝勉强得不能再勉强的微笑。再怎么难看的微笑也是约等于善意的,等他晃远后我为自己摇摆的立场懊恼不已:哎!当初自己跺着脚发的誓呢?

几天后,当我把挑衅的白眼修饰成杀伤力减半的小斜眼时,和解差不多已成定局，只不过他的耳朵再也享受不到我既往恭敬的一声"哥哥"，我和村子里的人一样，大大咧咧地叫他"阿狗"。以前我觉得这个名字土气拗口，现在发现叫起来其实还是挺顺溜的。

阿狗前几年办了个小型的养猪场，养了大大小小五十多头猪。养猪是个辛苦活，基本指望不了七十多岁的老父亲能帮得上忙，阿狗一个人起早贪黑地把养猪场打理得妥妥帖帖。除了喝点小酒，他似乎也没别的不良嗜好，把年迈的父亲照顾得也还行。听万先生说阿狗还有个妹妹，就嫁在镇上，可不知为了什么事几年前兄妹闹翻了脸，妹妹一气之下便不再登门了。

妹妹不来，阿狗很气愤，时常在吃饱老酒后扯着喉咙数落她。他的父亲虽然拄着拐杖走路都走得歪歪斜斜的，脾气暴躁程度却一点也不输儿子。儿子骂他女儿，他就拍着桌子教训儿子，他们家的饭每每吃到中场总会有一片嘈杂声不识趣地传到我家这边来，听着就似两个仇人在约架，难堪又搞笑！

也有清净的日子，比如有个小个子女人偶尔来做客几天。那几天，阿狗就不用做饭洗衣了，步伐轻盈地走来走去，和村子里的男女老幼和颜悦色地打着招呼。他家的院子里安安静静的，鱼和肉的香气交替着从他们家黑乎乎的厨房里飘出来，阿狗的脸上有种掩盖不住的欢欣。风平浪静了几天，日子又突兀地切换到父子吵吵闹闹的常态，大概是那个小个子女人走了。

夏天的夜晚，村子里的六七个女人每天都聚到我家旁边的两条大青石上纳凉。闲得无事的阿狗当仁不让地加入了妇女们的阵营，跷着二郎腿坐在一堆女人旁边大摆龙门阵。我有时也倚在门前的栏杆上和他们闲聊几句，多数时候我不参与，关上门躲在房间里看书、听歌。

门窗关紧了，外面的声浪却不请自来。乡野里的女人喜欢调侃，说话甚是泼辣，依稀感觉到几个女人商量好似的拿阿狗的光棍身份开涮。阿狗并不恼，兴致勃勃地合着她们的节奏嘻嘻哈哈。都说独身的人古怪难相处，看来这话也不尽然，至少阿狗这个人也没有我一开始猜测的那么不靠谱。抛开凶巴巴的外表，他吃苦耐劳、善待父亲，还很乐于帮助邻里，也算得上一枚中等好人。

八月过后，市里的新政策出台，阿狗的养猪场将被取缔。养猪是阿狗赖以生活的基础，他曾在村子里放话，说要活到老养猪养到老。眼下政策的风向一吹，他明显有些慌了阵脚，每晚的纳凉例会也不太热衷了，低着头心事重重的样子。这也难怪，过惯了的生活程序瞬息间被打乱，任谁都会难过的，何况他已经四十五六岁了，还能去折腾什么？

某个晚上，我独自坐在门前听着歌欣赏静谧的夜色，阿狗闷闷不乐地走到我家门口的台阶上坐了下来。我宁静的小宇宙被他打扰，心里未免有些不高兴，索性关了音乐，拿他是问："我说阿狗，侬这个人吃苦也肯，挣钱也还行，相貌算说得过去，为人亦忠厚，怎么就不找个好女人踏踏实实地成个家呢？"

我不提头还好，一提到这个话题，阿狗的话匣子就像三峡水电站的闸门被打开了一样，滚滚的红尘往事潮水般地冲向我的耳膜。于是在蛙鼓虫鸣的背景下，我揣着三分疑心两分不屑外加五分感叹倾听了隔壁的金牌老光棍匪夷所思的缱绻情史。在这条历时多年的蜿蜒情路上，男主角只有一个，而女主角的人数之多、背景之复杂简直超乎任何一部三流编剧出品的情感剧。丧夫带娃、未离异有娃、离异无娃、身世模糊的流浪女乃至疑似离家出走的未离异女，本地的、湖北的、云南的、河北的、四川的、湖南的、江西的，乃至说不出地名的各路女侠们，充斥在青年阿狗向中年阿狗过渡的光辉岁月里。

　　阿狗喋喋不休地说着，我云里雾里地听着兼暗暗计数，如果我没有混淆先后出场顺序的话，很难相信他家那低矮的小屋居然是来自五湖四海的十二三个女人的短暂驿站。众女主娇不娇按下不表，值得刮目相看的是阿狗家破破烂烂的小瓦房，真是实至名归的金屋啊！

　　铁打的阿狗，流水的女主们，构成了一部桃花朵朵开的荒诞剧。在让我三观尽毁的剧情里，阿狗就像一只喝多了迷魂汤的狗熊，挽着篮子行走在一大片苞谷地里，无论是看上去光鲜的还是粗糙难看的，抑或是被蛀虫侵蚀过的乱七八糟的苞谷，他都一一放在自己的篮子里欢欢喜喜地带回家。真是想不到啊，我这其貌不扬的近邻竟然是个世间少有的情种！他这般的烂桃花究竟是艳福无边还是时运不济，可能只有他自己心里最清楚了。

　　女人们来了又去，去了又来，动机简单的吃吃喝喝地逗留一段时间后便杳无音信，有手段高超的女人离去时竟然获得了阿狗的深情馈赠，比如云南籍贯的女子带走的3.9万元，江西女子得到的全套金银首饰等等。阿狗辛苦挣来的钱陆陆续续地花费在一干女人身上，村子里的人在背后笑话阿狗是傻子，半辈子被女人骗倒了。阿狗一再强调他不喜欢"骗"这个说法，花在女人身上的钱是他自己愿意捧出去的，既然他自己心甘情愿，怎么也算不得是"被骗"。在他心中，每一个陪伴过他的女人总有难言的苦衷，总不是常人口中定论的女骗子。他收留她们、善待她们、理解她们，而她们最终留给他的不过是个渐渐远行的背影。

值得庆幸的是，所有在小屋里生活过的女人并非都是无情的，目前与阿狗藕断丝连的女主角还有两位。一位是在我造房子期间来阿狗家小住的文芝。文芝是湖南人，四十出头，据说已经离异，对阿狗很是体贴照顾，尤为难得的是从来不花阿狗一分钱。她在市区打工，隔三岔五地会来阿狗家的破房子里整理一顿，里里外外拾掇得清清爽爽，很有些居家过日子的式道。纵是如此，阿狗的一颗心还浮在半空不肯落地。不说结婚，也不说不结婚，快五十岁的人了脚尖依然踮着。他这样其实是还放不下一个叫婷婷的女人。婷婷三十一岁，湖北人，据阿狗说她在温州某个大企业里做着中层会计。婷婷是何方高人我不敢妄言，但婷婷的故事显然不符合男女之间的自然规律。试想一个在企业里混得还不错的年轻女会计怎么会看上比自己年长十五岁的山野猪倌？如若这猪倌是身家百万、风度翩翩的大叔一枚，那婷婷小姐的选择也不难理解。可惜的是住着寒窑的阿狗同志身上环绕的光圈除了灰扑扑还是灰扑扑，怎么也闪烁不出半点激动人心的光芒。

婷婷的真容我在入住新居后不久得以一见，皮肤白皙，走路目不斜视，很有一点在大企业里工作的华丽范儿。然而就是这样看起来高冷的女子，有一回晚上和别人通电话时吐出一大串词语"领班、客人、场子、小费、姐妹"，让我似乎明白了什么。首先我要强调我没有偷听她的电话，而是她打电话时正好站在我家窗户旁边。我躺在房间里没有开灯，黑乎乎的一片，她大概以为我家中无人，方在电话里毫无顾忌地畅谈，不巧的是她讲的又是普通话，我想拒绝入耳也很难。

我不晓得阿狗知不知道婷婷姑娘的真实工作，或者他根本不愿意去想，他对这个清秀的女子所说的一切深信不疑。他的心里安放着一座天平，一边是文芝，一边是婷婷。他一边心安理得地享受着文芝对他的好，一边又频频回首思量着婷婷。婷婷不来的日子，文芝是头顶的白月光；婷婷偶尔来探一下班，文芝就成了衣襟上的饭粒儿。

婷婷比文芝年轻貌美，比文芝更有钱。早在阿狗办养猪场之际，她就主动借给阿狗七万元做周转，说得好听是借，说得不好听就是放高利贷。七万元的年利息比银行里的高出许多，这几年盘下来本金加利息达到了十五万元。婷婷的钱打了借条按了手印，阿狗赖也赖不了。阿狗自有一肚子的如意算盘，最好婷婷给他做老婆，那就是人财两得的美事。

这男人归根结底是贪的，既贪色又贪财，可惜他摊上的对手偏偏是演熟了聊斋的狐狸。婷婷压根不是省油的灯：可以登记结婚，为你生小孩绝对不行，婚后的人身自由你无权干涉，姑奶奶想飞去哪里就飞去哪里。这哪里是你情我愿的结姻缘？分明是白纸黑字的两国协约啊！阿狗深感吃不消，走向婷婷姑娘的这步棋暂时不敢轻举妄动了。

盛夏时分，阿狗的养猪场被镇里如期"和谐"了，他高高兴兴地告诉我他得了三十二万元的赔偿金。有了钱，人走路的样子也端正了许多。有了钱，一度模糊的亲情又清晰了。阿狗的妹妹和妹夫破天荒地登门了，给阿狗规划盖新房，只有盖了新房子才能讨到好老婆。有了钱，平日里打电话过去也不接的婷婷姑娘主动来联系了，简明扼要地提出要在阿狗新房的房产证上加上自己的芳名。有了钱，新增了一堆烦恼。阿狗靠在路边的栏杆上愁眉苦脸，他不想盖什么新房子，他就想把赔偿金拿到手买辆车做做小生意。赔偿金压在村书记手里，村书记发话了："钱放在村里一分不会少，但就是不能任由你阿狗胡花，村里给你保管总比拿回去被女人们骗走强，除了你盖房子，不然这钱就不经你的手！"

房子是被逼着盖的，妹妹逼，村里逼，他还害怕我去逼他。毕竟我盖房子的时候他作过梗，现在轮到他家盖房子了，他怕我去报仇。万先生下班回来，阿狗低眉顺眼地站在我家门边试探性地和万先生说盖房子的事情，我捧着水杯傲骨铮铮："盖你的房子吧！我们家才不像你那么吃饱撑着，没空去找别人的茬！"他探出了我的口风，如释重负，一个劲儿给我们夫妻赔笑脸唱赞歌。我甩甩头发，很没风度地给了他一个后脑勺——仇不报并不代表不记仇！

整整一个夏季都被阿狗用来盖了房子，三十二万元中的两万元用来还了养猪场的一点饲料款，十四万元由阿狗妹妹出面还给了婷婷，十六万元刚巧够竖起两间楼房的外壳。村子里有的人在背后冷言冷语："一个光棍，这么老的年纪了还盖房子，自己找罪受，到老了房子还不是别人的！"有的人当面调笑他："哎哟！阿狗，现在房子大了，再多来几个女人也住得下了！"酸的话、辣的话，阿狗照单全收，呵呵笑！

文芝还是探亲式的小住，不声不响地为这个不能称为丈夫的男人忙东忙西。婷婷拿走了钱的同时高风亮节："日后钱不够了，我这里还能再来借。"估计向这位美女"会计"借钱，阿狗是再不敢了，女人真有那么好算计吗？算来算去，是赔了夫人又折兵，亏大了！

难得有兴致，我给阿狗上课："现在你有房子了，该把婚结了！文芝还行，抓紧时间给你生个胖儿子。"他拧着眉毛摇头："文芝人是好的，就是爱赌，有二十万输掉了。"我又忍不住拿婷婷说事："那婷婷好了，还有点钱！"他的脸上霎时布满便秘的痛苦："婷婷太精明，我斗不过她！"这什么心态？！快半百的人了，还在纠结地左右为难，蛮好笑的。

十月的一天，村上的一位老伯中风摔倒在家中，阿狗跑前跑后地帮忙搭手送医院。老伯的妻子早就仙去了，身边只有一个五毒俱全不争气的儿子，儿子再不好，端茶送水还是有的。阿狗去串门回来后感慨万千，满面春风地和我聊天："三三，我要和文芝好好过日子了，人不能没有后代啊！再怎么着，老了有个人来理。"

我真心实意替他高兴，觉得他神清气爽大脑开窍了。邻居做了一年多，其实他人还是挺实在的，善良、没有算计心。他兴高采烈地把摩托车推到院子里准备出发,我多嘴一句:"你这就去接文芝来了?"他嘿嘿一笑:"不是,朋友帮我介绍了一个三十八岁的新寡,我晚上去看看!"

闻听此言,顿时无语!感觉滚泥巴的心都有了。这个人也配叫万红旗这个名字?怎么不改名叫作"万彩旗"?他的生活由头至尾就是一场闹剧。导演是他自己,导演得很随心。编剧是他自己,剧编得很糟糕。主演也是他自己,演得很荒唐。不是生活戏弄了他,而是他习惯性地游戏人生。

项北妮

项北妮给我的第一印象就是个习惯性逃妻。前几年我还没见过她本人,有关她出走或返家然后再出走再返家的小道信息,来源于万先生与婆婆的聊天中。其实万先生和项北妮并不熟,和万先生有点关联的是项北妮的老公冯得宝,一个村子里玩到大的伙伴,不是关系有多铁,但乡里乡亲的,感情还是挺牢靠的。在农村,只要有闲情,风吹草叶动的小事都可以关注一下午,像项北妮这样的话题人物怎么能不从众人的口中脱颖而出呢?

项北妮的丈夫冯得宝四十出头,人很老实,长得如何先不评价了,遮不住的硬伤有两个:一是斜眼,不管他有多认真地在看人,站在他对面的人始终感到是被他藐视。二是小儿麻痹症的轻微后遗症,两条腿站不直,走路有点跛。冯得宝的父母是地地道道的农民,家底子自然也厚不到哪里去。冯家一儿一女,冯得宝是老小,初中毕业后就在镇上的福利工厂里烧锅炉,每个月领些微薄的工资混混日子。冯得宝的姐姐定居上海,据说夫妻两个是做钢构工程的,生意做得红火兴旺。

说实在的，凭冯得宝全身上下不给力的条件，打光棍也是正常现象：一无家境，二无本事，哪家的姑娘若看得上他，定是眼睛嵌在腋窝里。可是老天自有宽厚之心，在冯得宝三十四岁那年贴心地给他送来了美丽的妻子——二十岁的项北妮。媒人是冯得宝的姐夫，项北妮什么特别的要求都没提，不声不响地嫁给了只见过一面的冯得宝。冯得宝乐得有些犯晕，幸福来得太突然了！但他是个简单的人，一点也没往深处、往别处想，毕竟他大龄又有些残疾，能娶到老婆就是祖上积德了。

项北妮是云南白族人，个子不高，脸盘很饱满，皮肤白皙，丹凤眼高鼻梁，这么个娇小可人的女子往歪歪斜斜的冯得宝旁边一站，怎么看怎么不登对。村子里的人说好说歹的都有，有的说冯得宝有艳福，有的怀疑项北妮脑子不灵光或太灵光——没道理啊！她怎么会看上冯得宝这样的宝货？估计是个以假结婚捞钱的女骗子。好的话没全说对，冯得宝的老婆漂亮是漂亮，脾气却十分暴躁，骂起冯得宝来毫不留情。冯得宝木讷，又比老婆大十四岁，哪敢跟老婆叫板？只得缩着脖子任由项北妮吼个痛快，时时被老婆欺压，似乎也不叫福气。歹的话也没全中，项北妮在村子里落户后倒也没闹腾出什么动静来，一年后，安安生生地给冯得宝生了个雪白粉嫩的女儿。

见媳妇给冯家添了个后代，冯得宝的爹妈悬着的心暗自放了下来。儿子是块什么料，做爹妈的不会不晓得，能摊上项北妮这样的女人还真是托菩萨保佑。眼下孩子落地了，项北妮这媳妇十之八九算稳妥了。冯得宝的父母这几年一直待在上海，给女儿女婿管后勤，只有年头年尾回来一趟。两代人难得相处几日,两个老人对项北妮极其客气,家里家外收拾得妥妥帖帖的,不让项北妮多操一份心。

等冯得宝的女儿两岁时,项北妮向公婆提出要去上海。她说冯得宝一没力气二没技术,在镇上挣点孩子的奶粉钱都不够,姑姐姐夫的生意做得那么大,给弟弟弟媳在公司安排个工作权当照顾。孩子要养大很费钱,趁冯得宝还年轻,两个人一起去上海努力地赚点钱。她的话说得实实在在,听上去合情合理,冯得宝的父母觉得媳妇的想法挺好,于是和女儿委婉地提了这个问题。冯得宝的姐姐忠厚孝顺,平时对冯得宝就很照顾,反正公司不缺钱,眼下父母这么点儿小心愿,做姐姐的还能不拉亲弟弟一把?

就这样,冯得宝一家三口顺顺利利地住到了上海。一起长大的伙伴们真心替冯得宝高兴,像他那样的人娶了个美妻得了个娇女再背靠姐姐那棵大树,这辈子也算无忧了。可是这世上的某些事情还真不是因为许多人高兴就能维持下去的。去上海待了没多久,冯得宝一家就悄没声息地打道回府了。村人好奇,问问冯得宝归家的原因,冯得宝嘿嘿笑笑,什么也没说。

冯得宝没说出口的话未必就没有人知道,后来有多事的人得知了原因:据说是项北妮在上海和冯得宝的姐姐吵架了,冯得宝左右为难才拖着妻子回镇上来的。在我们身边,姑嫂不睦的现象不在少数,然在村人眼里,项北妮和冯得宝的姐姐吵架显得太不懂事。冯得宝的父母一直由女儿赡养,衣食住行完全不需冯得宝出一分钱,尤其是母亲前几年得了癌症,全靠女儿把她接到上海斥巨资就医才得以保命,冯得宝家翻盖的楼房以及大小事务均离不开冯得宝姐姐的大力支援。有这样一个通情达理的大姑姐撑起冯家的一片天,她项北妮还有什么理由去找姑姐的茬?这也太没良心与道理了吧!

外人议论归议论,项北妮充耳不闻,照样横眉竖眼地把冯得宝骂得溜溜转。冯得宝搂着孩子很听话地接受老婆的深刻批评,眼神却不受控制地滑到了女儿粉嘟嘟的小脸蛋上。孩子乖巧,黑葡萄样的小眼睛眨呀眨,冯得宝心里就透亮了,怎么也不想怪项北妮了:妻子这辈子嫁给他心里有多少不情愿啊!她骂就随她骂呗!

春去又秋来,一年飘过了。就在女儿蹒跚学步的时候,项北妮毫无预兆地离家了。冯得宝有点慌:女儿还小,不能没有妈妈呀!慌归慌,办法却完全没有。到了这份上,冯得宝才警觉自己对这个和自己生活了两年且共同育有一孩的女人的背景知之甚少,除了姓名、籍贯以及年龄。哦!姐夫曾经说过她父母双亡,是个孤女,详细的家庭住址亦不明了。

外来媳妇出走,在镇上并不鲜见。镇上的人素来看低外地的媳妇三分,除了花费小部分的表情可怜了一下冯得宝的女儿之外,大半的口水都用来抨击项北妮的狠心无情。冯得宝本人嘴巴反而闭得牢牢的,专心地拉扯着女儿过日子,让人看了忍不住地唏嘘。

大概是舍不得女儿,项北妮人是走了,心还是分了些过来,偶尔会打电话给冯得宝,电话里听听女儿的声音后就挂了。冯得宝问了几次妻子在哪里在做什么工作,项北妮一概不回答,于是冯得宝识趣地闭了嘴。对这个自卑的男人而言,妻子就像个不真实的美梦,既然是梦,碎了也是正常,有谁能活在梦中一辈子不醒?好歹他身边还有个念想,郁闷时刻望望女儿那酷似项北妮的小脸盘,心里也就舒坦几分。

再怎样艰难,日子还得往前过。就在女儿上幼儿园前夕,消失了两年的项北妮突然又返家了。她的出走没有给冯得宝一个解释,归家的解释当然也不需要,在丈夫这儿,她有绝对的主动权。至于冯得宝心里在冒腾什么心思,大概项北妮从来没有也不屑去想吧!

妻子主动归家,最欣喜的当属冯得宝。碎了的梦再粘合起来还可不可以延续成美梦不重要,女儿能得到妈妈的关爱才是最重要的。那梦境的通道上有几道疤痕,冯得宝自觉回避去数。

有了女人的家是真正意义上的家,即使项北妮火暴脾气依旧,但冯得宝挺满意的。女儿聪明伶俐,项北妮把家中打理得清清爽爽的。女儿幼儿园毕业了,下半年准备上小学了,平常的日子看起来上了正轨。在这貌似平静的时期,想不到的事情又发生了——项北妮第二次没声没息地离家了,这一走又是两年,冯得宝一个人既当爹又当妈的辛苦自是不必言说。有热心的人怂恿冯得宝主动出击去追逃妻,冯得宝扯扯嘴角,似笑非笑。怎么说呢?项北妮的行踪就像个回力镖,其实不用冯得宝去惦记,她飞出去后拐个弯又自然地飞回来了。

出走——归家——再出走——又归家……时光经过几个回合的伤筋伤骨后残酷地把人拖老了,唯有项北妮这个女人始终如一地保持着新鲜度,围绕着她的话题不外乎两个,一个是问号,一个是感叹号——"项北妮又离家出走了?""项北妮又回来啦!"

彼时，我不认识项北妮，但万先生抛给我家婆婆的问号和感叹号同时也冲击了我的耳膜，于是我多少对这个热衷于出走的女子有了几分没来由的恨意：世上的夫妻多为凑合，谁会比谁美满多少？既然决心走了，还回来作甚？三番五次地折腾，白白地成了村人的笑料！

想想真是可笑，我当时居然会恼恨一个素不相识的女子。大概女人对女人的恨总是出于怜悯，无论是真的恨其三分，还是怒其不争，其实都是自己照镜子摆 pose，最后从所恨之人身上看到自己的影子。

前年初冬，我搬到万先生家原先居住的小村子，认识了冯得宝一家。或许是倦了，或许是因为女儿大了，项北妮放弃了既往的生活方式，成了一个本分的妻子。夏天的晚上，她穿着俏丽的短裙在村子里的广场上跳舞，长长的头发随意地披在腰间，举手投足之间说不出的妩媚。无论我站在哪个高度去表扬冯得宝，这桩婚姻对项北妮而言都是倾斜的。偶尔，她会站在我家门前来聊会儿天，这个三十岁出头的女人笑起来依然天真。她的女儿已经高出她很多，项北妮和我说话的当儿，她依赖地攀着母亲的肩胛，毫无嫌隙的样子。

我和项北妮成了客气相处的近邻，有时候她从地里剪菜回来会友好地送我一捧翠绿的小青菜，而我有些特别的小吃也会回赠一些给她的女儿。女人和女人相处可以很简单，倘是擦掉一贯的成见，不刻意地去给别人贴上标签，总会收获恰好的善意。

有一次她在街上碰到我，欢欢喜喜地停下脚步与我打招呼，我一边做生意，一边朝她挥了挥手。等她走远后，有个相识的本地女人问我:"你怎么认识项北妮?"我不以为意:"她是我们村子里的,是我的邻居。"那女人高深莫测,轻笑几声后毫不客气地把项北妮的过往兜了个底朝天。

项北妮父母早亡,小小年纪就过着自食其力的生活,十八岁那年在昆明的某家酒楼里做服务员时认识了一位来云南做工程的浙江男人。当独自在外打拼的寂寞男人遇上如花似玉的孤女后,交错的情事宛如一根倚在黄昏里的藤,顺着一缕暧昧的夕阳攀爬而上。他有家室,爱的是她的青春美色,她不过是他停靠在异乡的小小驿站。她孤苦伶仃,恋的是他的温情怀抱,以为自己找到了终身依靠。世上情多,真假难说,一时是他落寞,一时是她欢笑。这是一场从一开始就不对等的感情,三十多岁的男人心知肚明,单纯的女孩子却全然不觉。

她以幸福小女人的状态陪伴了他两年,直到他在云南的工程结束。男人要回自己的故乡了,她才蓦然发现自己精心设想的世界一下子崩塌了。如果她能挣扎着放下原本就不属于自己的这一切,或许她现在还安稳地坐在四季如春的昆明的某个街角。然而他给予的诸多细碎的温暖已经深入她的骨髓。贪恋温暖的女人都是脆弱的,脆弱的人最大的不幸就是容易被别人牵着鼻子走。这一走,注定了她悲哀地沦落为别人棋盘上的一颗黑子。

他有他的家庭与事业,是时候让她明白他和她难续前缘了,他给她置办了几件昂贵的金银首饰后张罗着让她嫁人。男人是自私而薄情的,在他沉溺于女孩的青春可意时,多少甜言蜜语都不吝惜,在他为了自身利益准备抽身后,再龌龊的事情也能随手拈来,甚至还要为自己套上冠冕堂皇的借口。

她始终如一地相信所谓的真爱真情,对他的安排没有一点异议:他巧妙地把她放在他的婚姻之外生活之内。于是她拐了个弯儿成了他的亲戚——她随着丈夫称呼他为姐夫。

女人的痴情是真正的痴情,痴情时分恍如全情投入的弓箭手,从蓄势待发到举箭连发,通通只为一个圆心。她以为她所有的付出都是为了对他的爱,而这些爱总有一天会感动他。男人的痴情则仅仅是他人生路途上的一小部分,那一段路上同时冒头的东西很多:比如事业、爱好,乃至其他女人。当一个女人像炼丹一样精心烧制自己的痴情再寄希望于用痴情去感动男人时,她其实已经输得一败涂地。不管愿意还是不愿意,成为别人妻子的她对他而言如弃履,在上海的日子里项北妮艰难地接受了这个结局,她和姑姐吵架,把自己的退路吵断。她一而再再而三地离家,又挣脱不了自己对女儿的那份牵挂。她从小就没有母亲,尝遍炎凉世态,她不想长大后的女儿活成另一个手足无措的自己。

项北妮的故事顺着别人的口舌滑到我的耳朵边多少有些意外,据说这个故事的原版来自项北妮的闺蜜,听过后更觉悲凉。生活如同希区柯克的小说,把貌似规矩的面具拿开后,越动人的真相越是令人齿寒。一个女人在最美的年华里遇到的男人堪称鸽子界的战斗机,在最苦闷的日子里结交的闺蜜差不多就是长舌妇的典范。女人要有多倒霉才会有这种狗啃过的境遇?要有多坚韧才会把苦大仇深表现得如此隐秘？要有多强大的内心才会看清真相安于现世？向来以为狗血的剧情只活跃在电视剧中，捅刀一千下也疼不到现实生活里，不曾想到这安静的小村子里还隐藏着一个冷笑话般的女子，可惜的是我看不到笑点在哪里，看到的尽是世间的凉薄。

光阴里塞满了太多的隐语！或许，在情感世界里百转千回、溃不成军的女人，最后有个善终，不在于她最终选择了和谁在一起，而是她主动地接受了人心的歪斜与不尽如人意。

我挺喜欢看到项北妮的微笑，就算眼睛里还有忧伤，也让我觉得无比美好。愿天底下所有拥有美好笑容的女子都能在自己的岁月里平安老去！

权三儿

早上,刚刚拉开门,一只小壁虎就"啪嗒"一声翻落在我的脚边。大概是雨天的缘故,它放弃了屋檐转而钻进门缝里来避雨。我一惊,整个人下意识地往旁边一弹,等我站定了,那只小壁虎已经急急忙忙地蹿进了儿子的房间。

壁虎是我家屋檐下的常住客,夏天的晚上我时常看到它们三三两两地围在门框边的灯泡周围捕捉小虫子,投入而迅捷。不过它们的模样实在不是令人喜欢的那一种,黑黑的、滑溜溜的,像一条缩小版的鳄鱼。小的时候,奶奶家的窗户上聚集着很多壁虎,我偶尔好奇,拿起细长的树枝悄悄地向它们靠近。可我还没走几步,奶奶已经扯着喉咙在叫了:"不要去碰壁虎,它们会吹歪你的嘴!"我愤然反驳:"你骗人,壁虎是吃虫子的,才不会吹人的嘴巴呢!"奶奶拿手拍拍大腿:"你不听是吧!你去看看权三儿,去问问他,他的嘴巴是不是被壁虎祸害的。"

权三儿是个篾匠,他其实叫国权。因为他在兄弟里排行老三,所以村子里的人都叫他"权三儿"。权三儿的娘前前后后生了七个孩子，三个儿子四个闺女，除了权三儿唇红齿白之外，另外的六个一律矮冬瓜似的粗壮。家里孩子扎堆，爹妈的日子过得很吃力，权三儿的兄弟姐妹们大多小学都没读完就回家干活了。权三儿最受他爹娘宠爱，硬是让他读完了初中才回来学了个篾匠。早前，农村里的米箩、篮子、方筐、晒毯之类的物件都是竹制品，篾匠能接手的活计不断，虽挣不了什么大钱，好歹是个糊口的营生。

权三儿心灵手巧，篾匠的手艺学得很出色，别看他年纪轻轻的，可他做出来的篮子扎出来的筐子编出来的晒毯，看起来竟比几个老篾匠做出来的还要好看些。权三儿还有讨小孩子欢心的好能耐——用篾丝编出各种各样的小动物造型，比如蚂蚱、小蛇、兔子、小狗等，大小不一，惟妙惟肖。我们这一帮毛孩子特别眼馋权三儿用篾丝变出来的小玩意儿，只要权三儿不出门做工，他的家里总是挤满了叽里呱啦叫的孩子。

权三儿的手会变魔术，一根细长的篾丝到了他的指间就活了，左一转，右一拐，绕上去，撇下来，篾丝宛如灵动的蛇一般。小孩子们尚且看得云里雾里，权三儿的掌心已经多了一只可爱的小动物。倘若权三儿心情好，他还会给做出的小动物染上红红绿绿的颜色，这样一来，那些简单的动物们顿时漂亮了许多。权三儿脾气好，村子里的一干孩子基本上都得到过他馈赠的篾制小动物，虽然他已经二十出头了，但凭在孩子们心目中的威信，他无疑是我们村的孩子王。

没过多久，权三儿谈了个对象，女孩子长得很清秀，据说是权三儿的初中同学。权三儿带着她在村前的路上溜达，两个人看上去很般配。彼时男女青年谈恋爱还处于未开化的状态,权三儿和那大姑娘的散步显得中规中矩,手也不敢拉。不过权三儿那天是花了心思装扮自己的,三七开的小分头用头油抹得闪闪亮,估计苍蝇停在发梢上也要滑跤,白的确良衬衣,黑色的喇叭裤的裤中缝如刀砍过似的笔挺,鲜红领带外加二十世纪八十年代十分流行的尖头皮鞋。我们几个毛孩子促狭地跟在一对羞答答的青年后面瞎起哄:"权三儿高,权三儿帅,权三儿的老婆乐开怀!"女青年脸皮薄,吃不消孩子们的调笑,只一味地低着头瞄着地面。倒是权三儿心里的美藏不住,嘴巴漾漾地咧到耳根子,从头到尾开心得像个傻子。

不是我帮权三儿撑面子,在我们周边几个村子里,权三儿算是出挑的男孩了。皮相好,人活泛,手艺出众,为人处世很有分寸。可是这么实诚的男孩子最终还是没有进入那个女孩父母的法眼。村上的大人们背地里谈论这件事多少有些替权三儿惋惜,有人说那女孩子的父亲是乡里的什么小干部,他嫌两家门不当户不对,坚决不同意自己的女儿嫁给一个篾匠。说这说那的都有,估计权三儿的耳朵里也塞了个满满当当。不过权三儿不在意,女孩子的父母再怎么干涉全白搭,女孩子一心要跟权三儿过日子,不管不顾地带着个小包袱卷儿奔到权三儿家来了。女孩子私奔在早年可是件了不得的事,女孩子的家人肺都气炸了,带着一批亲亲眷眷来权三儿家围追堵截,想把伤风败俗的女儿抓回去。可每一次突袭抓捕,都被两个年轻人成功地逃脱了。几次折腾没结果,女孩子的父母无奈地松手了。风头平息了,权三儿带着那个女孩子在村前的路上踱来踱去,不再拘谨,像两只互相纠缠的螃蟹,得意扬扬地横着走。

权三儿的娘喜笑颜开地在河埠头上洗衣服,穷家飞来个美媳妇儿,还没花一分彩礼钱,这真是权三儿上辈子修来的福气。刚入秋,老太太就拎着两包红糖金枣去了上村的刘太公家掐日子。刘太公是我们这一带的风水先生,家家户户红白喜事、上梁进屋、小孩子办满月酒之类的日子通通由他定夺。权三儿的娘把儿子和那大姑娘的生辰八字一报,刘太公捋着山羊胡须坐在太师椅上眯着眼睛半晌儿没作声。红糖金枣刘太公硬是不收,他没给权三儿挑出好日子,他知会权三儿的娘,权三儿和那女孩水火相冲八字相克,两个人照命里来是不应该做夫妻的。

权三儿的娘在刘太公那儿找了个不舒畅,偏生不敢吐一字,刘太公素来是乡人心中的权威,他有他的根据,从不空口白话。权三儿的娘夹着两包红糖金枣怏怏不乐地回了家,找刘太公这事她本想和权三儿说道说道,可她睡了一宿后又把这话压到舌头下了。兴许,刘太公年纪大了,脑子昏糊了呢?他不是诸葛亮转世,能料事如神?

十月下旬,苏中地区一片忙碌景象,大片的晚稻垂下沉甸甸的脑袋等着被放倒,被脱粒。地是按人头划分的,权三儿家人口众多,他们的收割任务当然比别人家更艰巨。权三儿的哥哥姐姐多半去了苏南打工,爹娘年纪大,充其量是个帮手,出不了大劲儿,地里的所有稻子成了权三儿的定额任务。姑娘是新客,手脚嫩,干不了粗活儿,权三儿舍不得差使她。

收割稻子的那几天,权三儿铆足了劲在地里大干特干,本来白皙的脸被晒成了红油皮。好不容易把七亩地的稻子理侍完了，还没来得及喘口气。一天早上，权三儿的嘴巴突然毫无征兆地歪向了一边，歪了的嘴巴影响到右边的腮帮子，变形了的腮帮子又牵连到右眼睛，所以权三儿和别人说话的当儿，只能不停地抖着腮眨着眼，滑稽得像只调皮的猴子。

嘴巴一歪，日子跟着走样了。不晓得权三儿的对象脑子里哪根弦绷不住了，她居然不声不响地离开了倒霉的权三儿。当初哭着喊着要跟着权三儿的女人呢？说好的天长地久呢？所有的甜言蜜语敌不过一张破了相的脸。那个女人自私也现实，权三儿貌似前卫的爱情只不过是镜花水月一场，白白地成了村人茶余饭后的谈资。刘太公的话拐了个弯儿应验了！

队里的赤脚医生来给权三儿治疗歪嘴巴，有一个小小的黑盒子，盒子的一端连在自行车后轮的轴上，另一端是一根细细的金属线穿着的长针。当长针扎在权三儿的嘴巴上，赤脚医生就开始大力地摇着自行车的踏脚。自行车的轮子呼呼地转，小黑盒子发出密集的嗤嗤声，权三儿被长针刺着的脸扭曲得如同电视里的杂技小丑。我蹲在赤脚医生旁边，有点好奇，又有点不忍。等到一系列的治疗结束了，赤脚医生收拾好家伙准备离开，我小心翼翼地靠到满脸通红的权三儿旁边问他："三叔，你的嘴巴怎么会歪的？"权三儿摸摸我的脑门，眼神斜斜地飞到屋檐上："喏，给住在瓦片里的壁虎吹歪的。"我半信半疑，又不敢再深究，颠着小碎步一溜烟地跑回家向奶奶考证壁虎吹歪嘴的说辞。奶奶一本正经地回复："壁虎专门挑不听话的孩子的嘴巴吹哦。谁不乖了,壁虎知道了,晚上就会来的!"

不听话?不乖?可权三儿挺好挺和气的呀,壁虎为什么要吹歪他的嘴巴呢?每每想到这个问题,我就觉得权三儿特别冤枉。赤脚医生的长针毕竟能力有限,权三儿的嘴巴没有被纠正到原来的位置,一直到权三儿做新郎官的一天,他的嘴巴都是歪的。歪着嘴的权三儿三七分头、白衬衣黑裤子、红领带尖头皮鞋,脸上的表情很难分辨,像笑,又像哭。他的新娘子黑黑胖胖的,屁股圆成个大磨盘。村上的人闹哄哄地喝完喜酒后,把权三儿送上了接亲的拖拉机——权三儿倒插门去了别村。

拖拉机"突突突"发动后,权三儿的老娘坐在大灶边上哭得稀里哗啦的,几个女人争前恐后地去捂她的嘴,劝她:别哭别哭,娃听了心里不好受。在乡下,倒插门的女婿是比人矮三分的,权三儿的嘴要是不歪,又怎么会沦落到如此田地!我嘴里含着橘子味的喜糖,看着缓缓消失在黑夜中的拖拉机,再仰起头望望灰扑扑的屋檐,不晓得那一只吹歪了权三儿嘴巴的壁虎还住不住在原地。如果在,它听到了权三儿的娘的哭声,会不会后悔自己对权三儿的胡作非为。

成了家的权三儿很少回村子,他送给我的篾制的小兔子我一直挂在帐钩子上。偶尔我也会想起他,但他的影子后面无一例外地附着一只大壁虎。大人在我们犯错误的时候必定会适时地提起他:"小孩子要听话,不然壁虎要来吹歪嘴巴,变成权三儿那样就糟糕了!"

长大后,我看了些书,不再相信大人的胡诌,权三儿的脸是面瘫或者是别的什么毛病,绝对和壁虎不搭界。可等我自己做了母亲,在夏日的夜晚,我的儿子兴致勃勃地想去探察壁虎时,我一样会谨慎地叮嘱他一句:"别靠近,壁虎会吹歪你的嘴巴哦!"说完,甚觉自己可笑。大概是权三儿和壁虎的故事留在我脑海中的印记太深了,深得三十年乃至更长的时间也不能忘记。

权三儿是我养父的堂弟,他"出嫁"后改了行,不再做篾匠,而是跟着乡里的包工头去了上海做小工。很多年没见到他,不知道他的歪嘴恢复了没有。

乖孩子拉拉

三点四十的放学铃声一响起,校园里立马闹腾起来,蝗虫一样的孩子横冲直撞地从关了一天的笼子里迫不及待地飞了出来。我伸着脖子往校园里张望,希望能找出自己家的那一枚害虫,一点没注意到有个小小的人儿站在我的面前,低低地叫我:"妈妈!"

我一低头,是拉拉。细腻柔软的头发扎成稀松的马尾,衣襟敞开着,我揉揉她的小脑袋,问她:"爸爸没来接你?"拉拉的小手模糊地指指一个方向,咧嘴一笑:"我自己会去那边的托管。"我摸出钱在旁边的小摊子上买了一个巨大的棉花糖塞到她的手心。拉拉欢欢喜喜地握住,背着硕大的书包向马路对面跑去,走了几步,又停下,朝我挥手:"妈妈,再见!"

拉拉十岁了,脸模子长得越来越像她的妈妈沈雯了。沈雯是黑龙江人,结婚前在上海开理发店,那会儿拉拉父亲吴伟在上海灯具城租了间店铺做灯具生意,两个人经人介绍后相识相恋,结婚后吴伟索性关掉了一直不景气的店铺带沈雯回到了小镇。

沈雯初来乍到,语言不通,还没打算好做点什么工作就怀上了拉拉，日子就那么稀里糊涂地往前拖了两年。吴伟没找到合适的工作，暂且在自己姐姐的电料店里帮忙，收入不高。婆婆在镇上的菜市场做点小生意，脚不沾地地忙着，根本无暇帮沈雯搭把手照顾一下拉拉。

开始沈雯一门心思地想在镇上开间理发店，挣不了什么钱也没关系，至少经济上自由一些，可是两岁的拉拉却离不了人手。那些日子，沈雯很郁闷，时常抱着胖乎乎的拉拉到街上来瞎溜达，和我絮絮叨叨着各种不称心。我能理解沈雯，她目前的状态与她原先期待的生活相去甚远。同样作为外地媳妇，我们总能在情感上找到大大小小的共鸣。毕竟拉拉才两岁，我劝沈雯耐心些，和公公婆婆住在一起也算是大树底下乘着凉，先把眼前的日子过得太平点，挣钱的事慢慢来。沈雯性子急，眼睛瞪得圆溜溜的，叽叽喳喳地说得停不下来，说着说着就在拉拉的小屁股上不轻不重地拍打两下："你这个小坏蛋，怨你！"拉拉不晓得大人的烦躁，只当是妈妈在逗她玩，笑得两只眼睛眯成线。

到底我的劝说成了耳旁风，拉拉四岁的时候，沈雯回黑龙江后便再也没有回来。小小的拉拉不太懂什么，爷爷奶奶爸爸姑姑把拉拉保护得很好，所以小孩子也没觉得失去妈妈的日子有多难熬。只是有一回幼儿园的小朋友笑话拉拉是没妈妈的孩子后，拉拉哭得惊天动地，回到家揪着奶奶的衣服吵着要妈妈。奶奶的眼泪给拉拉吵出来了，没好气地骗拉拉说妈妈已经死了。拉拉不依不饶地要把死了的妈妈挖出来。

找妈妈事件,最后在大人们的集体谎言中收场,从那以后,拉拉明显地安静了许多。小小孩子缺的是心眼,但肯定不是傻瓜。拉拉七岁那年,吴伟迎娶了第二任妻子,本地人,人挺和气。爸爸结婚的那一天,一向不怎么说话的拉拉一语惊人,她和姑姑说:"爸爸结婚了,我又可以享受母爱了!"因为这句话,大人唏嘘不已;因为这句话,拉拉成了邻居眼中懂事的孩子。

拉拉和我儿子同年,又同校读书,我带着儿子去她家串了几回门,拉拉家可真热闹!拉拉的爷爷和姑父坐在桌子边上嗑瓜子摆龙门阵,拉拉的爸爸和新妈妈抱着几个月的小弟弟在院子里晒太阳,拉拉的奶奶和姑姑在厨房里忙碌着烧饭。拉拉多半是和比她小两岁的表弟扯皮,小表弟暴强,可着劲儿和拉拉作对,拉拉绷着小脸毫不退让。姑姑从灶边走过来,弹弹儿子的头皮,拍拍拉拉的小脸,各打五十大板地批评两个小鬼。拉拉的脸涨得通红,我家儿子猴子一样地蹦过去邀拉拉玩,总算凑巧化解了一场儿童危机。

拉拉的成绩不好,在班级里基本属于垫底的,家里人也没有辅导拉拉的能力,所以傍晚放学后拉拉就只能去托管了。饶是如此,拉拉的功课还是做得一塌糊涂。星期天,拉拉奶奶带着拉拉来街上买菜,看到我停下来说了几句话。都几年过去了,言语之间涉及沈雯的点滴依然有许多不甘。拉拉平静地坐在三轮车后面,小脸上波澜不惊。我从兜里摸出一块巧克力给她,她不声不响地接过去。拉拉的奶奶催她:"拉拉,谢谢阿姨!"拉拉低着头,薄薄的嘴唇抿成好看的弧形,依稀有沈雯的影子。我的心一动,捏捏她的小手:"拉拉,以后叫我妈妈好了!"

有一天下午,我有点事去拉拉家,正巧拉拉在写作业。她歪歪扭扭地趴在桌边,铅笔字写得虫子爬似的,字写了没几行又转而发呆了。拉拉的奶奶在旁边发脾气:"这个孩子,介木!介木!作业总是不肯做,做不好!""木"是小镇方言,代表着笨与蠢,以往老人家说起拉拉也是"木"不离口。可能拉拉对此有了免疫力,完全不来气,只是双眼茫然地盯着屋角的某一个点发呆。

我挪张凳子坐到拉拉旁边,握住她的小手纠正她的握笔姿势,尽量用不在意的口气调整她写字的笔画,间或表扬她几下,只是两张纸的作业,拉拉却费了好大的气力才完成。我和沈雯并没有深交,没有权利去评论她的做法,毕竟婚姻是双鞋,只有穿的那个人才知道脚的痛楚。我也不敢妄言一个母亲在孩子成长中的重要性,至少没有母亲的陪伴,拉拉的童年里缺失的东西远比有母亲在身边的小孩子多得多。作为一个女人,沈雯放弃过往想过自己满意的生活,这没有错;可作为一个母亲,抛弃了孩子不回头显得太过于自私了。没有了亲生母亲的呵护,拉拉幼小的心灵注定是不能完满的。拉拉的奶奶总是在批评拉拉的不上进,用得最多的词语就是"木",当然这不能怪老人心急。老人不明白,对一个十岁的孩子而言,夸奖永远比责怪更能让孩子士气大增。

也许是我那次简单的辅导给拉拉留下了几分好感,以后几次在街上遇到我,不用奶奶提醒,拉拉就欢欣地招呼我,声音脆脆的:"妈妈!"奶奶去市场里选购蔬菜,拉拉腻在我摊子旁边,我忙着做生意,也没机会和她说话,只是抽空摸摸她的小脸。她害羞地看着自己的脚尖,很不好意思的样子。等奶奶买好菜带拉拉回家,拉拉轻轻地与我说再见,小绵羊般地跟在奶奶身后。我扭头看着她离去,不经意间发现拉拉走路外八字很厉害。

一个星期六的下午,我去姆妈家盘点存货,顺道带上儿子。姆妈家周围有好几个年龄相仿的孩子,以前同儿子一起做过游戏。儿子出去溜了一圈后,几个熊孩子就跟蚂蚱似的跳到姆妈家院子里来了。拉拉也在其间,伙在几个男孩子后面跑得满头大汗,看到我,不跑了,倚在门边叫我:"妈妈!"我家儿子听到拉拉这样叫我,立马气呼呼地跑过来抱着我凶巴巴地对拉拉说:"这是我的妈妈,又不是你的妈妈!"拉拉被儿子吓得一愣,眨巴着眼睛不敢说话。我连忙把乱生气的儿子轰走,给拉拉拿了一包糖,东一搭西一搭地和她扯起小孩子可能感兴趣的话题。

拉拉开始还有些拘谨,我的话讲得多了,小姑娘活泼的天性就不自觉地流露出来,神情开朗了很多。我问她还记得自己的妈妈吗,拉拉轻轻地点点头。我说想不想妈妈,她还是点头不说话。我说,拉拉,你要记住自己的妈妈,妈妈一直是爱着拉拉的,等拉拉长大了妈妈肯定会来看望拉拉的。拉拉高高兴兴地点头,眼睛里满是喜悦:"我现在经常在微信里和妈妈说话,妈妈说我长得很漂亮嗳!妈妈今年还给我邮寄了新衣服呢!我很想念妈妈。"

真的很喜欢这样天真的拉拉,自动屏蔽掉了大人们都放不下的怨念,只看到、念到妈妈的好!远在黑龙江的沈雯不会知道她十岁的女儿与我有过这一下午的相处,假如拉拉告诉了她我说过的这些话,不知道她会不会后悔当年自己的选择。

差不多吃晚饭的时候,拉拉的爷爷寻过来叫拉拉回家。拉拉乖巧地和我道别:"妈妈,再见!"然后像只小兔子似的蹦蹦跳跳地走在爷爷身边,大概是走得急,外八字就没那么显眼了。

好的!孩子,谢谢你叫我一声"妈妈",这是你对我的尊重与信任,而我将好好地收藏这一声"妈妈",这代表着一个叫拉拉的乖孩子童年里的真诚。

丁 薇

认识丁薇的人都用"女战士"三个字来形容她。战士是上战场决斗的,丁薇的战场有很多个,从年轻时开始她就不断地用勇气和能量攻陷了若干个敌方高地和堡垒,顺便把躲在敌营里的方子夏给解救了回来。

方子夏皮肤白皙,鼻梁上架一金边眼镜,走路不紧不慢,偶尔抛出个冷笑话必能让身边围观的女人捂嘴一乐。方子夏和丁薇刚结婚时,不过是银行的小小业务员,但方子夏头脑活络,人际关系四通八达,一年到头的业绩好得让领导心满意足。有能力的人自然有高梯子可以爬,没费什么劲儿,方子夏就成了部门经理。

方子夏刚升职的那几年,应该是丁薇过得比较安稳的好时光。丁薇在税务部门上班,收入稳定福利好,方子夏的经理位子坐得很稳,深得领导的赏识,女儿方多雅活泼可爱。这样的三口之家,在丁薇的心里是恰到好处的温馨。

丁薇是个知足的女人,她从不期望方子夏能飞黄腾达栖高枝,她喜欢的是看得见、摸得到的幸福。可方子夏的脑袋里满满的都是积极向上的仕途正能量，三十多岁正好是创奇迹的黄金时段。男人嘛，尤其是自我感觉良好的男人，哪个不想爬得更高些。

按理说方子夏的踌躇满志应该让丁薇感到骄傲，可丁薇没有，她反而有点闹心。闹心的起点来自办公室同事开的玩笑："哎呀！丁薇，你们家方子夏可是个人见人爱的男人，可不能让他做官啊！不然得有多少女人看着他流哈喇子呀！"同事的玩笑或许是无心的，但丁薇的心里从此被这玩笑话掘了口暗井，不自觉间就渗出点凉丝丝的感觉。

没过多久，银行内部人事调整，新老交替，行长的位子上单等一个人去填缺呢！竞争的人有几个，论资历、论人脉、论业绩，方子夏的胜算最大。和丁薇交好的同事都替丁薇高兴，方子夏出息了，丁薇就跟着荣升为行长夫人啦！就在这当口，丁薇做了件让所有人掉下巴的事情，她去找银行领导，诚恳地表态：不希望方子夏升职，让方子夏老老实实地做个小经理就行了！

丁薇干涉夫君仕途的风声传出去后，最震惊的当然是方子夏了，这简直太反常了！眼下这世道还有阻止丈夫晋升的女人？自古而今，妻凭夫贵，他方子夏高升行长了，她丁薇为什么不乐意？这女人是哪根筋绷住了？这么一想，方子夏心里硬是憋出了一团火，但他终究是有头脑的男人，恼火归恼火，解决问题的思路还是清晰的。他和丁薇做了八年的夫妻，很清楚她的拧脾气，他没和妻子硬碰硬，转而向岳父岳母陈述自己的心态和现状。不得不说方子夏这步曲线救国的棋走得很高明，丁薇的父母素来看好方子夏，也希望他有朝一日飞黄腾达,现在女婿脚下的一条大道金光闪闪,怎能由着丁薇任性呢?

丁薇是孝女,父母的话再怎么不爱听,终究是不敢顶撞的。方子夏的官位只有内患没有外忧,丁薇不出面添乱了,行长的座椅最终被捂嘴偷笑的方子夏坐稳了。

做了行长的方子夏,应酬明显地多了,待在家里的时间越来越少,回家的时间也越来越晚。丁薇开始确实很心疼丈夫,但凡方子夏卷着一身酒气跟跄进门,总会有一碗热腾腾的解酒汤伺待着。可这样的日子多米诺骨牌般地倒下去又立起来,丁薇慢慢地觉得倦了,她开始怀念以前简单宁静的小日子。那会儿,方子夏不用赶什么饭局,一家三口有充足的时间待在一起,多雅最开心的事情就是星期天和爸爸妈妈一起去儿童乐园骑旋转木马。然而自从方子夏荣升为行长后,星期天的旋转木马上再也凑不齐三个人了。

有一天,多雅的小嘴噘得可以挂上三只油壶,眼圈红红的,嘀咕着要问爸爸到底是工作重要还是女儿重要。就这么个问题,多雅都逮不到机会和爸爸讨论一下。小孩子晚上睡觉时,方子夏还不知道坐在哪张圆桌上举杯;早上起床了吧,方子夏尚在宿醉里沉睡,丁薇怎么忍心让孩子去吵醒半夜才归家的丈夫?

孩子恼火,丁薇自己心里也空落落的,甚至觉得丈夫的官职成了一种让她生厌的负累。午夜梦回,方子夏刚刚满脸红光地摸进门,丁薇叹口气递给丈夫一杯水,顺便把多雅的不满转达给他。方子夏稀里糊涂地笑笑,丢给妻子一个后脑勺。他知晓丁薇的心思,这小女人不过是借用女儿的情绪来通告自己的立场,男人成就事业的雄心怎么会这么轻易就妥协？

　　一方面是丁薇的不望夫成龙，一方面是方子夏的勃勃雄心，冷处理之后的冲突显而易见。女人抓狂的具体表现为持久的唠叨，这恰恰是男人最避之不及的。原本两人现阶段相处的时间就少，偏偏少而又少的时间又被丁薇的唠叨全面占领了。方子夏的反感油然而生：世道险恶，人心叵测，他在外努力打拼得不到丁薇的支持倒也罢了，她反而铆着劲儿泄他的气，这算哪门子的事呀！

　　什么时候开始吵架的？什么时候方子夏开始变得不爱回家的？什么时候丁薇闻到了丈夫身上若有若无的香水味的？……问题有点散，但散成一片的问题归拢起来后看着就有点粗了。以前丁薇一直觉得男人出轨是别人家才有的狗血事件，可眼下方子夏身上表现出来的症状让丁薇的心轻颤了。她不想去怀疑什么，因为怀疑是有惯性的，当一个女人开始对身边的人动了怀疑的念头，再想恢复到原来的信任，那完全是天方夜谭。世上最难修复的是人心，是夫妻情，男人尚能不管不顾，女人又哪有那么坚强？

　　彼时多想的人确实是丁薇，其实方子夏的脚步压根就没跨出自家的屋门，但方子夏的心里满满的都是憋屈：工作忙，压力大，妻子不理解，也得不到精神上的支持，累得贼死回家后看到的一律是丁薇不阴不阳的神情，怎么就那么憋屈呢？

　　都是傲气的人，谁也不愿意先弯下腰去和对方说说心里话，心结一旦有了又没及时解开，便会越结越多。因为无端猜忌和疏离，丁薇和方子夏已是心有千千结。只不过这些结都是两个人自顾自打的，打得还挺牢靠,不用心去解还真解不开呢!

　　自古至今,只要有不用心的正室,就会有别有用心的小三。方子夏的单位有的是精明娇媚的美女,美女不可怕,可怕的是美女对别人家的男人有牵挂。一边是自家妻子苦大仇深的阶级批判,一边是娇滴滴女子纤指递来的橄榄枝,是个正常的男人都难免会纠结。历史上最知名的君子是柳下惠,正因为稀少、唯一,才彰显其伟大,凡人方子夏显然达不到令世人景仰的高度。

　　可惜这样的险境,丁薇后知后觉,等方子夏和程姓女子的桃色剧本更新到N个版本后她才依稀听到些风声。程姓女子是银行的柜员,样貌并不胜出丁薇多少,媚功甚是了得。据说上高中时就迷翻过一位年轻的物理老师,进入社会后更成为见神擒神、见鬼控鬼的狠角色。若不如此,单凭她读书时总垫底的成绩又怎么能轻松地在金融系统里混个饭碗?

　　大凡在男人堆里打过滚的女人要么不出手,出手了就不想空手而归。方子夏可是年轻有为的行长大人,捞上了手差不多等于捞到一世的安稳。程姓女子为了吊上方子夏的臂膀真是蛮拼的,懂内情的人一看就知道丁薇这一仗的胜算委实很小。

　　在经历了一系列的冷战和鸡飞狗跳的反小三谍战后,丁薇和方子夏的感情快速地降至冰点。男人的心若是脱离了婚姻的主干道,即便围城之外没有诱惑的手,家也成了可有可无的落脚点。幸好还有懂事的多雅维系在夫妻之间,丁薇才不至于溃不成军。

　　为了围追堵截方子夏的出墙行为,丁薇花费大力气考出驾驶证,为的就是在丈夫夜不归宿的非常时刻去查找,去战斗。早前的丁薇胆小,怕赶夜路,现在的丁薇还是胆小怕黑,奈何箭在弦上不得不发。某个夜晚获悉亲爱的丈夫正与某人缠绵在地段冷僻的度假村里,再怎么心惊胆寒也要全力出征。一个人的底气不旺啊!没办法了,随身带上小小的多雅。丁薇是有私心的:方子夏再怎样绝情,女儿总是他绕不过的软肋,有多雅压阵,她多少有些主动权。

三人对峙的场面不出意外地失控了,素来以冷静示人的丁薇在目睹了自己的丈夫与另一女子的卿卿我我后,自动开启了悍妇模式,又打,又骂,又踢,又咬。中招的人自然不是方子夏,而是一脸楚楚可怜的程姓女子。几乎所有被丈夫背叛的女人都会走入这样的误区:丈夫之所以出墙完全是中了狐狸精的毒,丈夫没错,该死的是妖精。盛怒中的丁薇也不例外,她甚至没有看方子夏一眼,直接施展近身肉搏的功力和狐媚子拉扯在一起。

打架的两个女人,丁薇理直气壮,程女士毫不示弱,方子夏似乎还念些夫妻情分,并没有伙着姓程的女子来个男女混合双打,单单扯着喉咙吆喝了几声就没了下文。倒是不谙世事的方多雅从来没有见过妈妈如此疯狂,被眼前乱七八糟的打斗局面吓得撕心裂肺地大哭起来。女儿的哭声让丁薇猛地一惊,瞬间从角斗场中退了出来,此时的方子夏已经无迹可寻。这个曾经挚爱的男人用无声的离场宣告了自己的立场,留给丁薇的只有黑暗中碎成一地的残局。

固执的丁薇认为这个残局必须打理好才会焕发出起死回生的可能性,故而在对战的次日,丁薇像一只愤怒的母狮子一样冲进了方子夏的单位。行长与下属的婚外情本是公开的秘密，但经过原配义正词严的当堂揭露，还是挑起了大众或真或假的鄙夷。迫于负面舆论与丁薇的不依不饶，方子夏被上级领导请去喝茶，灰头土脸自是不必说了，程姓女子亦被迫离职，貌似一桩孽缘到此为止了。

事情闹到这个份上，丁薇暗暗松了口气：狐媚子给赶走了，丈夫应该回头了吧！一切都会过去的，只要自己多用点心，比天高的坎，比海深的怨，都会在一个不起眼的时刻被瓦解的。

想象总是天真的，丁薇太爱方子夏，爱一个人就是无法不天真，悲剧的产生往往是因为女人把勇气用在男人最不想接受的地方。男人出轨有后遗症，要么像天花一样出一次而终身免疫，要么像病毒一样永远扎根胸腔生生不息。不幸的是方子夏属于第二种类型，或者说他的出轨是蓄意的报复，是用来挑衅既往丁薇与他的殊途不同归。程姓女子走了不足惜，李姓美女照样娉婷妖娆，不惧你丁薇三头六臂，来来来，大战三百回合吧！吵不完的架，发不完的神经，抓不完的女妖精，这三大主题成了丁薇、方子夏这桩婚姻的养料，捎带年幼的多雅也无法回避父母的漠漠无情。痛苦和煎熬?！谁说不是？

亲朋挚友看不下去了，委婉地劝丁薇："何必非要和自己和别人过不去呢？趁自己还年轻，重新来过，会有比方子夏更适合的人。"这样的话对丁薇发挥不了任何作用，即便矛盾旷日持久、夫妻情分奄奄一息，丁薇也完拒"离婚"这个词。理由只有一条：给多雅一个完整的家！孩子永远是婚姻的中心，丁薇的想法可以说是普天下所有爱着孩子的母亲最单纯的心愿。大人犯傻，孩子没错，家能撑着不散，孩子也就不会那么可怜。

岁月飞刀迎面过,莺莺燕燕穿梭忙,有关方子夏的粉红佳绩总是按下了葫芦浮起了瓢。最惨的一回,丁薇居然被暴怒的方子夏打断了三根肋骨,躺在病床上的丁薇犹自对着方子夏银牙紧咬:坚决!坚决!坚决不离!一根肋骨对应一个坚决,难得丁薇斗志昂扬,深入狐穴,勇斗各种不走正途的姐己,蛛网般错综复杂的纠葛生生地把她的青年、中年劈成了不倒正室的传奇,女战士的名号从此威震太太圈。

时光匆匆,该老的人在不知不觉间慢慢地变老,昔日风流倜傥的方大行长被长江里的后浪推向了二线。男人到了一定的年纪,又少了权力,泛起的浪花儿顶多成了一堆儿水泡泡,蹦跶了一圈的脚尖归根结底还是朝向了家的方向。

丁薇的背脊还是那么的挺,梳着一丝不苟的发髻,站在方子夏的身边,乍一见,恍若一对高水准的恩爱夫妻。时至今日,爱与恨已经不重要了,生活就是这样子,好像掉进了水里,唯有不停地向前游才不至于溺水。丁薇觉得自己这辈子最得意的事就是没有被淹死在婚姻里,胜利一直用华丽的舞步在身边盘旋多年。最接地气的婚姻是什么?大概是浴血死磕了大半辈子还能死守吧!总而言之,丁薇自感没有败给方子夏。

唯一不能让丁薇安心的是多雅,快三十的姑娘了,要相貌有相貌,要学识有学识,留美归来后任职于著名外企,不折不扣的金领,追求者虽不计其数,但多雅却视男人如无物。丁薇明里暗里旁敲侧击多次,希望美丽能干的女儿能早日跨进婚姻的殿堂。方多雅起初还装聋作哑,被母亲盯的次数多了,脾气爆发,对着母亲冷哼:"实在没办法忘记小时候尾随在你身后去斗小三的日子,如果我也遇上爸爸那样的男人,难道要以你为榜样,女战士般地活着?!这辈子我将一个人过下去,永不、永不、永不结婚!"

　　女儿幽怨的眼神让丁薇不由自主地打起了哆嗦:三个"永不",与三个"坚决"有关联吗?难道我这么多年的坚持真的错了吗?

旧　友

有个成语，叫"父债子偿"；而摊在徐叔叔头上，这个成语得掉个头，叫"子债父偿"！徐叔叔是我父亲的好朋友，他真名叫徐建飞或徐建卫。在如皋方言里，"飞"和"卫"的发音相近，不容易分辨。原先是我们市公安局的首席法医，专业技术过硬，人生得英俊威武。我十来岁的时候，每逢新年的正月初二父亲总要邀他来我家吃饭，他的酒量很大，作陪的好几个人没一个喝得过他的。酒喝多了，平日里很严肃的人也忍不住成了话痨。

家中待客，小孩子是不能上桌的，我坐在房间里一边心不在焉地看着书，一边竖起耳朵听着爸爸和徐叔叔忆苦思甜。都是当过兵的中年人，再以酒佐情，很容易就能掏着心窝子说话。

一餐饭吃了良久，父亲迈着踉踉跄跄的步子送走客人，回头拿迷蒙的醉眼看看我们："你们……要感谢徐叔叔啊！不是他……你们还得待在农村里读书呢！"我并不明白父亲所说为何事，后来母亲给我们解释了事情的因由：早年父亲刚刚从部队转业到小县城，人生地不熟，为了把母亲以及我们几个孩子的户口农转非，托了很多人都未能办妥,苦恼之际机缘巧合碰到在公安局任职的徐叔叔。徐叔叔了解到父亲的窘境,热心地帮我父亲找关系、跑腿,最终解决了父亲的大难题。其时,徐叔叔还只是公安局的小小办事员,并没有什么背景与实力,完全靠厚起脸皮去求人,确实是大费周章了一番。

二十世纪八十年代,城镇户口是个坎儿,农村的孩子要到县城上学,户口不落在学区的话就免谈。大姐红梅早已过了读书的年龄,因为农转非,她顺利地进了国营的玻璃厂,从农民变成工人。二姐和小弟原先在乡下读书,一换上新的户口本,立马就被父亲安排进了单位附近的小学。可以这么说,如果不是得益于徐叔叔的援手,父亲要把家属的户口安置好得多绕多少个圈子呐!父亲和徐叔叔因这件事相识、相知,乃至成为无话不谈的朋友。

慢慢地,父亲的路越走越顺,良好的人际关系让父亲的工作环境变得更好。而徐叔叔也被单位选送去军医大学委培,学成归来后从办事员变成一名出色的法医,唯一不变的是这两个男人之间简单而真诚的友谊。

小县城的法医很吃香,交通事故、刑事定性以及伤残评估之类的都属于法医管辖的范畴。成了法医之后的徐叔叔家渐渐地变得很热闹,求他办事的人多了,和他称兄道弟的人排成了队。正月初二的酒桌上,他倒是不缺席,可我始终觉得他的表情与以往有了说不出的不同。

一晃多年过去,等我上高中后,我变得不太喜欢徐叔叔的大嗓门,他来我家,我就赖在房间里不出来,尽量不和他打照面。有一天傍晚放学回家,看到父亲面色凝重地在和母亲谈论什么。一问才知道,徐叔叔的儿子海涛闯了大祸,不晓得是好赌欠下高利贷还是别的什么犯浑的原因,二十五岁的徐海涛竟然伙同两个外地无业人员绑架且撕票了当地最大的建筑商的独生女及外孙。撕票的事做得太丧心病狂了,在小县城激起了民愤。公安局神速破案,因为是主谋,徐海涛立刻被缉拿归案,最终判了死刑,没过多久就被处决了。父亲在公安系统大名鼎鼎,儿子的罪行臭名昭著,这是多么两相矛盾的事情啊!那个阶段,父亲总是叹气,毕竟是多年的好朋友,他真心为徐叔叔惋惜与担忧。其实,徐叔叔对儿子管教还是挺严的,据父亲说,海涛从小就淘气,徐叔叔一般以棍棒教育为主,且打起儿子来一点不手软。有一次因为海涛犯了一点错误,徐叔叔竟然把他吊起来抽,抽到最后把一根皮带都抽断了。自古棍棒底下出孝子,这话到了海涛这里没有应验,海涛反而成了败子,又是谁的错?

本来,这事到徐海涛被枪毙后也就差不多了,可痛失至亲的建筑商铁着心要把大仇报到底,他出高价四处打探徐叔叔在职的工作内幕,收集了一批他认为有价值的资料后直接把举报信送到了相关部门。多年前的社会风气还是比较靠谱的,徐叔叔又是性情中人,从不以职务之便要挟他人,小县城的法医能有多晦暗呢?最多不过收了点鸡蛋、大米、食用油、水果之类的零碎东西,以国人的角度归拢他的这些事真是社会的常态。可是,在他所处的位子上,如果有人处心积虑地要把他推倒在地的话,确实不是什么难事。

最终的结果很悲哀,徐叔叔被开除公职,判刑三年。儿子的罪孽成了老子的报应,昔日威风凛凛的公安法医转眼沦为神情憔悴的阶下囚,老天爷的玩笑开得太残忍!

现在,我们开玩笑时总喜欢说一句网络用语:"坑爹呀!"徐海涛真的是坑爹,而且还是实力坑爹!

审判结束后,徐叔叔被押解到离县城三百多公里外的劳改农场去服刑。在他服刑的三年里,父亲每年去探望他一次,见面了,不多说什么,只是默默地递上从县城最有名的包子铺定做的两只蟹黄肉包。蟹黄包原先是徐叔叔的心头好,别人不见得知道,我父亲却记得牢牢的。

徐叔叔一边吃着包子,一边流泪,父亲扛着自己的心酸劝他几句,回家后好几天都怏怏不乐。自打徐叔叔坐牢后,正月初二的家宴就自动取消了。吃饭的人没有了,取而代之的是父亲的唠叨,唠叨被枪毙的海涛,唠叨被牵连的徐叔叔,唠叨着变幻莫测的人生。

唠叨了几次,徐叔叔的刑期满了。出狱后的徐叔叔变化挺大,以前他走路时腰杆直直的,谈吐间意气风发,现在的他整个人柔和得有些谦卑。他带着海涛的妈妈来我家串门,轻言细语地和我父亲唠家常。母亲包了拿手的猪肉白菜馅水饺留他们两人吃饭,饭桌上徐叔叔端着酒杯敬我父亲:"坐了三年牢,原来那么多的朋友也只有你一个人来看望我,多谢了!"一句"多谢了"包含着多少唏嘘,恐怕只有看透世情的徐叔叔心知肚明吧!

我与父亲秉性相似,父女二人聊天历来不会超过十句便成两只翎毛倒竖的斗鸡,唯有在徐叔叔的话题上我从不反驳他,心平气和地听他场场碎语。

世事沧桑,若历经变故还有旧友相随,何尝不是一种幸运?

潘　琴

我写潘琴是因为五十元钱——借而不还的五十元钱。放在菜市场，五十元钱实在是个小数目，连一斤本地的山羊肉都买不到。从去年夏天开始，镇上自产的熟羊肉就已经卖到六十五元一斤了。

借钱的事发生在两个月前的某个早上，五点半之前，天还不怎么亮，街上的人稀稀疏疏的。我的摊子摆在面店旁边，面店的老板阿权哥眯缝着眼睛坐在货架前打盹儿。我看暂时也没有人来光顾我的生意，就捎带着帮阿权哥管着门脸儿卖卖面条。

混菜市场十年了，别的内情我懒得打探，小本生意人的艰辛我是看得一清二楚的。比如阿权哥，别看他的店里只卖两种面条：蒸面和生面，可他们夫妻两个哪天不是半夜十一点就撑着眼皮从床上爬起来做面条，做好的面条要卖新鲜的、要晒成干面、要包装，间或还要送货上门，方方面面的活儿全赖在两双手上，挣点钱苦着呢。这不，大清早的瞌睡打得跟小鸡啄米似的投入，连来买面的人看了都忍不住直乐。

卖了几客面条后，我正打算叫醒阿权哥，这时一辆红色的电瓶车停在了面摊前。骑车的是个四十多岁的妇人,身材匀称,利落的短发焗了点葡萄红色。车的踏板上站着个三岁左右的男娃,拖着鼻涕水,衣服脏兮兮的,人小,安全意识倒是蛮强的,两只小手牢牢地吊在后视镜的杆子上防止摔倒。我对着妇人点点头:"买面?"她摇头,笑了笑,一颗大大的龅牙立马暴露在上唇边:"我是来买菜的,走得急,钱包忘家里了!"

她的话听着很正常,女人打四十岁后记忆力开始退步,生活中丢三落四的事特别多,光是今年我就碰到两三个健忘的马大嫂从我兜里借了钱去买菜。虽然和她们仅仅是个熟脸,名字都不见得叫得出,家住哪儿更不知道,可人家真挺守信的,隔日就"谢谢"一连串地来街上把钱还给了我。予人方便于己无害,一借一还之间反而催生出几分客气了,我觉得是挺好的事儿!

眼前的妇人望望我,欲言又止的样子,我也没多想,摸出包里的几张零钱递给她:"你带着小孩再返家取钱也不便,要不我这儿先拿五十元去买菜吧!你下次来街上再还我就行了!"或许她想要借钱的心思还盘旋在心里没来得及张口,我这厢已主动地把钱拿了出来,她显然有些惊讶,顺手接过钱,眼里有亮光一闪:"五十块不太够,最好能借我两百块。"

说实话,她这话一出口,我心里有点不太舒服,我根本不认识她,之所以愿意借钱给她,原因有二。首先是因为她带着的那个小孩子,估摸着是她的孙子,照我的思维推断:一个女人活到奶奶辈儿上了,十之八九应该是个靠谱的人。其次是我前几天刚和她打过交道,当时她在我的小摊上买过一只板刷，没付钱，理由和今天的相同：来得急，忘记带钱包了。也就两块钱的小事儿，我毫不介意，手挥挥："你先拿回去用吧！什么时候遇到我了再给就行了！"隔了一天她在菜市场偏门那儿瞅见我，立马笑嘻嘻地还了我两块钱。她不笑还好，一笑，我就记住她了——她有一颗异军突起的大龅牙。通过一只板刷的来往，我对她的初步印象颇佳，五十元钱才掏得特别爽快。她从陌生人这里借到了钱不立即去买菜，反而有些得寸进尺的架势，总归不太合理。

我的手在口袋里捏了捏两百元，最终没掏出来给她，她定在我面前不走，嘴巴里继续小声地念叨："最好能借我两百块，我明天就来还你。"我抿抿嘴："没事，你什么时候方便什么时候还我吧！假如你来街上看不到我，就把钱放在阿权哥的手上让他转交给我也行。"她看借两百元钱无望，不再坚持了，调转电瓶车，加大油门匆匆地消失在大路的尽头。

钱借出去了，我也没往心里去，这几年我的精力差，不爱记事了，再后来又连下了两天的雨，我待在家没去练摊。大概十天后，我站在阿权面摊旁边时突然想起来这茬，问他："阿权哥，我不在的时候有女人来你这儿寻过我吗？"阿权哥眨巴着瞌睡眼，稀里糊涂地反问我："人家寻你做啥？"我说还我的钱啊，她前不久从我这儿借走了五十元呢！提到"借钱"两字，阿权哥的小眼睛顿时瞪大了："你认识那个女人？"我摇摇头，阿权哥拿手指戳戳我："你脑子介简单啊！自己挣的是零碎，平白无故地借钱给生人学雷锋啊！那个女人的样貌你还记得吗?"我努力地想了想,摇头:"长什么样我讲不出了,我就记得她短头发,本地口音,笑起来有颗大龅牙。""大龅牙!"阿权哥一激动,音调拔高了八个点:"大龅牙在右边是吧?"现在轮到我小鸡啄米了:"是啊!是啊!她来过了?"阿权哥脸一板:"来个鬼!你那五十块钱一准打水漂了,你说的这个女人是专门借钱不还的。我老婆去年也被她骗走了五十块,一直到今年也没出现过。你一说龅牙我心里就有数了!"我悻悻然:"她长得清清秀秀的,笑起来蛮漂亮的,不像骗子啊!"阿权哥翻个饱满的大白眼给我:"死笨!非要人家脑门上写上骗子两个大字,你才相信?"

想想也是,以往跟我借钱的人还钱速度倍儿快,至多三天,就这个女人特例,快半个月了还不见人影。阿权哥心直口快,利索地数落了我一顿后,反过来又开导我:"算了,五十元而已,就当拿钱买个教训,下次别再轻易相信别人了。万一这个女人让我碰上了,我不仅要讨回我家的钱,你的钱也一并帮你拿到手。"

钱的数额这么小,毕竟是不值得纠结的事儿,我心里当时就泛起了几分好奇:这个女人是哪里的?做什么工作的?为什么要骗钱呢?

后来的几天,我陆陆续续地问询过菜市场几个摆摊的友人,得到的回复和阿权哥的说法大同小异:卖蔬菜的阿菲被龅牙妇(姑且这样称呼她)借走三十元,卖海产品的老张被龅牙妇借走五十元,南北货摊位的阿桥被借走五十元,卖肉的……菜市场的生意人多数性格大大咧咧的,那妇人借的钱数目极小,理由非常贴近生活——忘带钱包或包里的钱不够了,谁还会为这几十块钱和她喋喋不休?便都干干脆脆地借给她了。借了等于白送，肉包子打狗——一去不返，压根见不到她的人影了，或者说，时间长了，她的外貌早模糊不清了。龅牙确实是个标志性的特征，可几十天乃至一两年的时间一晃悠，谁还会惦记那一颗龅牙那几十块钱呢？借钱的事就算单方面完结了。

既然大家的描述是一致的，集中在龅牙妇身上的一点就非常明确了——十足的小骗子。大额的钱、强悍的主儿她骗不了或不敢骗，专门骗小老百姓的辛苦钱，这女人还真不地道！她不还众人的钱也罢了，但她是个什么样的人我坚决地想弄个明白，我每天站在街上，镇上的人我大多是熟识的，多打听几次定会有收获的。

抱着这个念头，我仿若福尔摩斯附体，但凡让我觉得亲切的人来光顾我的生意，我总要深沉地追问一句："你见过一个高个子的龅牙妇女吗？"问来又问去，谜底终于误打误撞地被我揭开了。半山村子一位五十多岁的大叔义务地给我讲解了一遍那妇人的悲催事迹。通过他的讲解我知道了那妇人叫潘琴，四十七岁，早前挺老实的，无奈家中的男人吃喝嫖赌不务正业，就连老房子也被他脑子一热押宝输掉了。住的地方没了，四处租房，房租付不起，被房东撵来撵去，一年换几个住地是常态。没钱了就向老婆伸手，潘琴拿不出钱来势必会被他揍得鼻青脸肿。没办法，潘琴跑出去好几回，又因放心不下年幼的儿子再甘愿返回苦牢。儿子慢慢地长大了，本以为日子会过得舒心些，偏偏儿子没志气，小小年龄不思进取，天天蜷在家里玩电脑游戏玩成了痴，一场乱七八糟的网恋卷了个二十岁还不到的女孩子进门，一年后，孙子呱呱落地了。一家五个人，三个大懒汉加一个娃儿挂在潘琴身上混日子。潘琴起初在镇上的农家乐做帮工,不多的收入勉强维持着家中的生活。不想儿子媳妇一头扎进游戏世界里,连刚出生的孩子也撒手不管了,烂摊子直接甩给了潘琴,潘琴成了专职老妈子。被孙子拖住了脚后跟,农家乐的工作自然干不成了,一家老小的嘴巴张着怎么填满呢?四十多岁的潘琴开始走歪路——能骗就骗,逮着谁都能张口借钱,跟她沾点边的人被借遍了,钱借到手就躲避不碰面,实在没地方可借了,就接一票老男人的"工作"挣点钱糊糊日子。"工作"是什么性质?大叔有所顾忌,没挑明,不过,从他脸上泄露出的几丝古怪神情,我就是用脚趾头想想也能明白这"工作"的含义,那恐怕是一个年老色衰的妇人最后的本钱了。

　　潘琴的背景被扒到这份上,我反而对这个可怜可悲的女人恼火不起来了,取而代之的是叹息:像她这样糟糕的处境,骗点钱似乎情有可原了。唉!难怪她要赶早来菜市场,原来是刻意地避开潜在的一大群债主啊!从那一刻开始,作为她的广大债主之一,我自动弃权,不想追究她了。

　　有道是"有心栽花花不开,无心插柳柳成荫",在我处心积虑地查询潘琴时她从未现身菜市场,等到我丢下借钱这码事后,无意间竟然看到她就站在路边的小杂货店前。我推着车子从她旁边慢慢走过,她应该是认出了我,表情有点僵,想逃离杂货店已经来不及了,只好迅速地转过身,假装看不见我。我扯扯嘴角,淡淡一笑,不知道是对自己还是对她。笑过,又自嘲地摇摇头,尽量保持目不斜视的姿态前进。

走下去三四十米后，我忍不住扭头望了一下，潘琴的动作果然和我猜测的完全吻合：她正伸长了脖子紧张地看着我！可能她怕我突然回过身去讨债，所以才会小心翼翼地观察情况，也可能她在暗自高兴，庆幸我忘记了她这个人和她曾经向我借过的钱。

倘若后面一个"可能性"确实成立，那无疑是个尽善尽美的结局——她以后再看到我就不需要绕道而行了，而我的那五十元钱，至少可以给她的小孙子买些水果零食吧！

梅 朵

午觉睡得迷迷糊糊中,听到阿姨在堂屋里接电话。少顷,她推门进来,笑眯眯地和我分享电话内容:"梅朵今天中午剖腹生了个男娃娃,胖乎乎的,七斤一两呢。"这实在是个大喜讯!我的睡意一下子飞到爪哇国去了,真心地为刚晋升为母亲的梅朵高兴起来。

梅朵是姨父的外甥女,与我同岁,今年三十八。以前她的母亲到街上来凑巧碰到跟在我身后的儿子,眼里总有几分失落,翻来覆去地念叨一句话:"还是你运气好,梅朵都三十好几了,孩子还不知道在哪儿呢!"我被她这么一说,心里也酸酸的,一时间想不出合适的话去安慰她,只得闷声不响。

梅朵是家中的独生女,父母的掌上明珠,打小没受过丁点儿的苦,也没经历过什么挫折,初中毕业后在市区的一家小厂里上班,日子过得舒心惬意。在这样风平浪静度日的前提下,长大的梅朵个性单纯,大大咧咧的没心眼。其实她的生日比我还要大两个月,但是她和我站一块儿,她妈妈非要梅朵叫我姐姐。为这事儿,我在阿姨面前颇有微词:"明明我比梅朵小嘛!怎么能做姐姐,显得我有多老气似的。"

梅朵

我来镇上的第一年和梅朵相识,一开始并不熟,只是在阿姨家和她打过照面,话都没讲过。她那会儿很忙碌,据说快要结婚了。夫家是市区的,方方面面的条件挺不错,两个人在一起快两年了,就差个结婚仪式。2003年的五一节是个黄道吉日,梅朵的婚期就定在那天。为了体面地把唯一的女儿嫁出去,梅朵的母亲置办了阵容强大的嫁妆,订下了镇上最好的酒店。四个舅舅早早地就把厚实的结婚礼送到了梅朵的手里,就连九十岁的外公也颤颤巍巍地跑到镇上亲自给梅朵挑选了两条新被子。该做的事长辈们都做齐了,该发出的喜帖全发出去了,单等大喜的日子到了,梅朵漂漂亮亮地做新娘,真正是万事俱备,只欠东风。可是到最后,梅朵却没能嫁出去。

问题出在婚前体检这道关口上。5月1日办婚宴,4月28日梅朵和未婚夫去做婚检。血一抽,梅朵乙肝小三阳,并伴有转氨酶小幅度上升,医生建议她做适当的治疗以防病情加重。同去的准新郎当时什么也没说,怏怏不乐地拉着梅朵打道回府。虽然医生说过只要两个人相处的过程中采取恰当的措施,梅朵的情况完全可以结婚,但新郎一家还是当机立断让媒人来转达了梅朵最不想听的话:婚礼先取消,一切从长计议。

本该欢聚一堂的婚宴被男方叫停,梅朵家居然毫无办法。所有的陪嫁物品早在28号之前就搬进了新郎家,原先新郎家下聘来的8.8万元彩礼钱梅朵的父母一分没拿,反而还凑齐了10.8万元交还到新女婿的手上,说是留着小两口以后过日子用。十多年前的十万元不是个小数目。说实在的,婚姻大事谈钱财有点俗气,可是在某些非常时刻，物质和金钱恰恰是人与人之间最可靠的屏障。倘若当时那十万元还捏在梅朵手里，一应的嫁妆还没有发过去，那么男方的反应大概不会那么绝情，就是看在一笔钱的份儿上，至少不敢明目张胆地绝情。

最难过的还是梅朵本人，忙着打针吃药看医生不说，几天前还浓情蜜意的准丈夫拎了点水果来了一趟后就再也没有露面。包括我姨父在内的几个亲戚很是气愤，商量着要去男方家里讨个公道或者运用法律手段让薄情的男子得点教训之类的。几种设想经集体编排与权衡后，被梅朵的父母全盘否定。梅朵脚下的路暂时是走断了，可是她以后的路还很长，如果现在不计后果地去男方家里大闹一场，那损失最大的其实还是梅朵的声誉，一个患过传染病的大姑娘又能找到什么好归宿？

梅朵在家养病的那段时间，阿姨带着我去探望了她一次。梅朵躺在床上看电视，看不出明显的悲伤。阿姨轻言细语地和梅朵说着话，无非是叫她好好养身体不要想太多一类的宽心话。我悄悄地打量了一下梅朵的房间，竟然发现几帧装裱得很考究的婚纱照还摆放在床前，照片上的一对男女上着精致的妆容，头挨着头笑得很幸福。不知道是舍不得，还是放不下既往的美好片段，如今形同陌路的两个人只能执手在美轮美奂的婚纱照上。或者，梅朵潜意识里还抱有几分幻想，希望自己康复了还能和那个男人走到一起。女人和男人不一样，在厘清一段失败的感情的同时多数心存侥幸，以为曾经的山盟海誓是不褪色的经典，还能有重新大放异彩的机会，可是这也仅仅是女人一厢情愿的想象而已。

婚事正式告吹在一个月后,怒气冲冲的梅朵砸烂了所有的婚纱照,一个人去了男友的家中把负心鬼狠狠地指责了一顿。梅朵生病是天灾,无从反驳;男人悔婚是人祸,难免心虚,那个男人任凭梅朵骂了个畅快而不敢置一词。好聚了一场,最后没有好散,红尘之事真如河上失控的船,即使全心掌舵,也不见得谁能做得了生活的主。

因为心疼梅朵,阿姨把她接来小住,一来担心梅朵闷在家里心堵,二来好和我做个伴,让我开导开导她。事实上,阿姨的安排完全没有必要,和梅朵同处一室的几日里我丝毫没察觉到梅朵的心里有啥过不去的坎儿。白天她乐呵呵地看电视,我一个人在楼下的厨房里烟熏火燎地烧饭,到了饭点她咚咚地下楼吃好饭继续与电视里的人物去相会。晚上电视亦是看得很晚,阿姨唯恐她累着眼睛,要来催促好几次她才肯睡觉。住了三四天,她反而觉得不自由,夹着自己的小包裹打道回府了。

治疗了一个段落,市一院的西医治疗与梅朵的病症不对付,指标依然超出正常值,梅朵又被她父亲押到地级医院去住了半个月的院,钱花了不少,病情照旧。刚巧我那几天准备回江苏,在和梅朵的父母告别时提及江苏滨海的一位老中医对乙肝的治疗很在行,这条信息似乎让焦灼的梅朵父母看到了曙光。于是梅朵的父亲毫不犹豫地把梅朵托付给我,让我带着梅朵去千里之外的滨海求良医。临行前,梅朵的母亲拉着我的手,再三嘱托:"三三,你是姐姐,梅朵在路上全靠你照顾了。"我咧咧嘴,终究没有辩驳。

时值隆冬,我和梅朵拎着简单的行李上路。在来浙江之前,我一直足不出户,而与梅朵有了交集之后,我的潜能爆发,转瞬间能潇洒千里。上车,下车,转车,长途车的龟速以及人生地不熟的摸索,到达滨海时已经是第二天的清早,我撑着兔子眼马不停蹄地给她找医院问诊,她轻轻松松地跟在我后面东张西望,等我把所有的事全打点好,还拖着她在滨海小县城的馆子里吃了顿特色饺子才登上回如皋的公共汽车。

那一回,梅朵在我家做了几天客,我妈妈对梅朵印象不错,说梅朵的话音很软,一副笑眯眯的好表情。我都二十五岁了,还要被妈妈参照"别人家的孩子"做点评,好不带劲!妈妈这边说,我那边对着天花板抛一飞冲天的大白眼。不过这段小插曲梅朵并没听到,她一个人待在房间里乐滋滋地看电视。真的挺羡慕她随遇而安的好心态,不管到哪里,只要抱住了电视,眼睛里再装不下别的内容。

滨海之行的效果明显,梅朵吃了两个疗程的中药后病况渐趋好转,生活慢慢地步入了正轨。梅朵的父母感激我对梅朵的帮助,言语之间对我很是客气,梅朵源于和我的短暂相处也与我热络了不少。病情稳定后的梅朵离开了原来的工厂,在他父亲的一个旧友的举荐下顺利地进入某个银行做出纳。身体恢复了,换了全新的工作环境,尴尬的一页就这样不经意地翻过了。

转眼间三年过去了,春暖花开之际梅朵嫁人了。老公是邻镇人,长相清秀,戴着金丝眼镜,虽然自小丧母,但家教还不错,婚礼上表现得极为得体。所有知道内情的人都暗暗地为梅朵高兴,推迟了三年的婚礼总算办好了,新郎比原来的那个也不差。我仰脖喝下梅朵夫妻敬上的酒,真诚地祝福梅朵夫妇永结同心。

嫁为人妻的梅朵很少回镇上来,有关于她的点点滴滴我也是从阿姨那里获知的:梅朵怀孕了,梅朵不慎流产了,梅朵的家中多了一个年轻的继婆婆,梅朵夫妻为了再怀上孩子去了好几个大医院治疗等等。我和梅朵算不上什么好朋友,不过我还是挺喜欢她身上透明的性格,和简单的人相处不需要花费太大的心思,比较能让人放松。奈何简单的人置身于强势的公公、心中有如意算盘的继婆婆与对父亲唯命是从的丈夫之间,招架之功和还手之力尤为重要。很可惜,梅朵没有这一立足的要素。

没有,就意味着失败!

两年的婚姻又一次画上了感叹号,感叹号的背后紧接着的是省略号与破折号。一桩隐藏着诸多躁动因素的婚姻最后谢幕的方式肯定不怎么优雅,两方的人为了财产和房产进行了粗暴的大战。男方自身也不是什么清纯好男儿,却阴险地查找出了梅朵的前尘旧事作为攻击的武器并大加渲染。有道是,一日夫妻百日恩,然临到恶脸相向的地步,哪个还有闲情去回忆过去的种种爱恋?离场婚,扒张皮,半斤八两,谁也好过不到哪儿去!

离婚后的梅朵飞速地瘦了下去,一直婴儿肥的脸蛋削成了鹅蛋脸,反而好看了许多。休息天,她来阿姨家串门,温言软语地和阿姨话家常,大大的眼眸清澈见底,完全看不出波澜。送她出门后,阿姨摇头:"梅朵真可怜,怎么总是遇不上良人?"我回答不出阿姨的问题,只是长长地叹息了一声。人人都活在水里,好运的人伸手就能捞到浮木借力上岸。梅朵没遇到浮木,只捞到了稻草,白费力一场,还得继续在浑水里扑腾下去。

之后的好几年,我都没有听到关于梅朵的讯息,她住在娘家,早出晚归,像个大龄的姑娘一样被父母宠着。女人的身边最伟大的就是父母,即使全世界的人都抛弃自己的孩子,父母永远是孩子避难的港口。梅朵的不幸在于她遇到的是渣男,幸运的是她受苦受难的这些年,父母一直站在她的身边为她分担苦难。从二十五岁到三十五岁,十年的时间,梅朵所承受的可能是有些人一辈子也不会经历的事情,家族里所有的亲人谈及她无不悄悄地为她捏把汗。

梅朵三十六岁那年,属于她的真命天子终于踩着祥云来到她的身边。男人比她大了好几岁,离异后女儿随了前妻,人长得还算周正,对梅朵体贴得不得了。偶尔来街上买菜,提着大包小包的必定是他,而梅朵两手插在口袋里优哉游哉。这一桩婚姻梅朵家处理得很低调,没有惊动亲戚,只是和亲家聚在一起吃了顿便饭,梅朵和先生登记了一下就成了。仪式虽精简,内容却一点不含糊,男人为了表示自己善待梅朵的决心,登记前夕就在自己的房产证上加上了梅朵的大名。在如今的社会,什么金光四射的誓言都不能与这实打实的行动媲美了。

梅朵的先生与我打过照面,十分聪明的男人,言语内敛而周全,这种人在世情中浸泡多年,早已炼成火眼金睛,恰好的时机经过单纯的梅朵身边,并顺势牵起她的手。于他,是完整;于她,是完美。老天是公平的，他从一个人那里拿走些什么，总会记得还回来一些更好的。苦难皆有其意义，生活本身是柔软的，当它被击碎了，才会有重新塑造的可能。十年的时间不算长，该来的一下子就来了：家庭、伴侣，还有一个胖乎乎的小宝贝。

山会崩，路会断，渡你的人再久也会来。

刘大胖子

我留意到刘大胖子有句使用率达到百分之一百的口头禅。真的！不管何时、何地，和任何人说任何事，他的结束语必定是那句口头禅："世上什么东西都是假的，只有吃到自己肚子里的东西才是真的！"刘大胖子说这话的时候，脸上的横肉明明绷得像一块半旧不新的竹砧板，但他那呈几何形的小眼睛里透露出的却是一片与他气质完全不相符的山光水色。

话糙理不糙，听在耳朵里有点儿像千年牢骚，仔细想想刘大胖子这个人，好像也不是全无道理。刘大胖子个子不高，身板厚实，走起路来两臂摆得虎虎生威，猛一看，颇有几分媲美杀猪匠的彪悍气质。和他处久了后，你会发现他厚皮黑肉的外表下其实住着许多个慈眉善目的好好菩萨。他来街上买菜，但凡碰到四肢不全、袒胸露背、口斜眼歪的乞讨者，二话不说，立马掏兜，一把皱巴巴的票子摸出来，彩票呀纸币呀乱七八糟地混在一起。彩票和零碎的纸币先塞回口袋，独独留一张红色的毛爷爷在指尖，头一摇，手一挥，毛爷爷便晃晃悠悠地坐进了乞讨者的小脸盆。那个瞬间的刘大胖子，有超凡的功力，

刘大胖子

有悲悯的神情,有脱俗的气势,恍如通体环绕金光与仙气的侠士踩着祥云从远古时代穿越而来。

有人对他的慷慨行为嗤之以鼻,说刘大胖子天生爱装逼,人一多,自带人来疯以博眼球。也有人觉得刘大胖子给乞丐投钱是脑子里缺根筋,犯了傻,于是适时地点拨他:"大刘,报纸上早登过文章了,说这些要饭的是职业乞讨者,挣的钱指不定比咱们要多几十倍呢!你这一百块还是省省吧,自个儿不好买点好肉好菜的下酒?"刘大胖子眉头一拧,铿锵有力地回人家一段儿:"他们钱再多是他们的事,我就见不得他们的罪过样儿。要不你哪一天来学学他们,缺胳膊少腿儿的试试看,我每天发你一百块,你乐意不?世上什么东西都是假的,只有吃到自己肚子里的东西才是真的!"

提醒刘大胖子的人本无恶意,不过是随口说说,没料到自己居然被刘大胖子调转枪头噎了一顿,多少有些气结,一时间倒也想不出高效的言语来封住罩门,只得讪讪地目送刘大胖子像个球似的飘然滚去。

刘大胖子的真名我不知道,反正我认识他的时候他就叫刘大胖子。胖子一般都有一张馋嘴,刘大胖子自然也不例外。他的馋是经济而讲究的馋,菜市场出售的熟食和包装食品很难入他的法眼,他馋四季的时兴货,馋自己做的菜。单为这一条,他每天都得来菜市场转悠,像上班族一样勤勉地买买买。他买东西全凭兴致,凡是他中意的东西,价钱不是问题,买到手是最终目的。我的小摊子是他经常光顾的地方。一来,吃货的厨房里离不开七七八八的日用品;二来,他闲着我空着，两个人侃侃《山海经》《聊斋》之类的图个乐子。他喜欢看人下棋，夏天的早上，马路牙子上总有几个退休的老先生聚在一起下象棋，刘大胖子拎着菜篮子站在人家旁边，歪着个大脑袋看得津津有味。他平日里废话多，看棋却很有棋品，从不假装行家指手画脚。看到兴头上，怕下棋的老头儿们解散，还乐颠颠地从自己家里搬来热水瓶、茶杯、茶叶，免费给人家提供茶水。

刘大胖子的家在离菜市场不远的老弄堂里，他一个人拥有偌大的一个院子，院子里有一排大屋两间小屋。大屋石墙青瓦，古色古香，小屋的窗户边长着一株端庄大气的石榴树，据说是刘大胖子的母亲在世时亲手栽下的。两间小屋刘大胖子自己住，一间睡觉一间烧饭，收拾得井井有条。大屋租给了来镇上打工的几户外地人，租金不高，最起码的生活保障是有了。用刘大胖子的话讲，天晴下雨都不怕，饿不死了。

有了"饿不死"打底，刘大胖子就没有好好上班的心思了，大部分时间他优哉游哉地东游西荡，有干劲有想法了便去做点短工挣几个额外的零花钱。他烟酒不沾，不赌，爱买彩票，但买得很理性，每天固定地投资几注，贵在坚持，偶尔会摸去隐藏在夜幕下的粉色门脸儿里求个小安慰。关于刘大胖子嫖的片段，镇上的人明里暗里听到了一些，说是某年某月某一天，刘大胖子到发廊里去"那个"，接待刘大胖子的是小个子的姑娘。刘大胖子半个雅人，做事比较有格调，一点不猴急，先亲切地拉着人家姑娘的小手话家常。话不说还好，一说，姑娘的鼻涕呀眼泪呀跟破了闸的大坝似的翻涌不息了，内容不外乎家贫、父亡、母病、嫂恶、上不起学的苦命事,把刘大胖子听得耳目轰鸣,托着一颗柔善的胖心陪着姑娘好一顿唏嘘。

风月场上的女人讲出的话有几分可信度?百分百的水分也说不定,一般人听了顶多当传说"呵呵呵"几声就算了。可刘大胖子偏偏无条件地相信了,到最后,愣是不碰人家姑娘一根毫毛,还很大方地把兜里所有的钱全送给了人家。而后这件事不知怎的在镇上传开了,熟悉刘大胖子的人也就暗戳戳地摇了摇头,并不去笑话他。刘大胖子早年结过婚,是奉父母之命,他和他的妻子在结婚前只见了两回面。第一回是介绍人领着个姑娘来他们家坐了一会儿,他当时并不知情,并没有往找对象这方面想,所以也就没抬眼看姑娘长什么样。第二回是结婚的当天,他还在外地打工,他父亲一个电话把他召回家:"你妈生病了,快不行了,你赶紧地回来。"刘大胖子是独子,他妈妈脑子虽然有些迟钝,反应异于常人,对儿子的好还是绝对的巴心巴肺,娘儿俩的感情特深厚。刘大胖子初中毕业后一直跟在做建筑业的远房表哥后面做事,挣不了什么大钱,也没有什么压力,只是业务忙的时候一年到头不着家。父亲的电话让刘大胖子丢了魂,仿佛天"喀啦"一声塌下了大半,立即启程,一路上那个心急火燎啊后悔莫及啊涕泪交加啊全齐活了。下了车,刮风似的冲回家,推开院门一看,父亲正一脸喜气地拾掇院子的角角落落,母亲穿戴整齐坐在屋前晒太阳。刘大胖子一现身,两个老人齐齐笑开颜:"啊呀!路上累坏了吧。你先歇着,反正结婚的事在三天后呢,不急。"

三天后,刘大胖子果然见到了自己的新娘子。矮矮的,黑黑的,长相勉强及格,娘家在五十多里外的山区。对于结婚这件事,刘大胖子的父亲如是说:他们老两口年纪大了,希望有生之年能抱上孙子,但凭自家的条件和刘大胖子的料子,要想在当地找个合适的对象那是不可能的。刘大胖子三十岁了,媳妇儿的娘家讨的彩礼又不多,还不到十万块,他们老两口觉得为儿子找个老婆花这些钱挺划算的,婚事就这么定下了。刘大胖子听父亲一说,简直是哭笑不得,哭的是父母大人卑微的自知之明,笑的是自己结婚纯属话剧,都哪儿跟哪儿呀!父母一手编导好剧情才把他这个男主角设计了回来,这老两口为了老刘家的香火不灭也真是蛮拼的。用上了"划算"两个字——结婚真成了一桩生意吗?

婚顺顺当当地结了,刘大胖子是孝子,父母的钱花了,亲戚们全收到请帖了,不结婚还能蹿上天?再则,刘大胖子有点儿小不在乎,和谁结不是结?用他结婚换年迈父母的安心,不亏本儿。结完婚没几天,表哥打电话来催,他接手了云南的一个大工程,让刘大胖子赶紧返工。没办法呀!不去吧,表兄不答应,去吧,这一走又是七八个月挨不着家了。幸亏新婚的妻子通情理,不仅不生气,还一个劲儿地催促刘大胖子早些上工去,家里的两个老人她会照顾好,要刘大胖子尽管放心。

刘大胖子第三次见到自己老婆时有了惊喜:老婆给他生了个细皮嫩肉的女儿。老婆说是早产,但小家伙看起来挺健康的,一点儿不像不足月的孩子。有了女儿等于有了盼头,刘大胖子心里贼高兴,挣钱养家的责任心前所未有的爆棚,待在工地上一年到头省吃俭用,一门心思地赚钱往家里汇。人不回，钱回，大后方有老婆坐镇，刘大胖子从未觉得有什么不妥。几年间，父母一前一后地去了，抱在手上的奶娃娃背着书包进了学堂。刘大胖子辞了表兄的工返回家中，眼看着日子挺正常的，不提防老婆凄楚决绝地向刘大胖子摊牌了："咱们离婚吧！当年我嫁给你是没办法，我妈肚子里长了个大瘤子，等你家的彩礼钱去做手术。这么多年你不在家，我把公公婆婆当自个儿的爹妈侍奉，欠你们家的情我差不多还完了。我心里有别人，这日子即使过下去，一辈子也过不出个好样子，还是早些离了吧。"

讲真，这话杀伤力够强的，对男人而言堪比北斗卫星加十颗核弹头，要是搁别人那儿不闹个翻天覆地、惊涛骇浪的才怪！刘大胖子呢？不吵不闹地同意了老婆的要求。两人离婚后，前妻搬到十来里开外的村庄去住了，女儿愿意和妈妈一起生活，刘大胖子大度地成全了孩子，每个月的一号准时发放九百元抚养费给前妻。抚养费是刘大胖子亲自送过去给前妻的，钱揣在兜里，两只手更不空着，总要给女儿拎点水果啊饼干啊什么的零食。他去看女儿，穿得整整齐齐的，平日里乱糟糟的头发梳成三七开，白衬衣的扣子一直扣到领口，把脖子捂得严严实实的，好像衣服里捂着什么了不起的秘密。

九百块钱送了一年突然不送了，不是刘大胖子赖账，而是刘大胖子女儿的身世有了反转。正月里，刘大胖子的表兄来镇上看望他，两兄弟在饭店里喝酒叙旧：说过去，说现在，说来说去扯到了前妻和女儿那条线上了。表兄毕竟是做生意的，精明谨慎，耳朵里灌进去的话在胸脯里绕了一圈后有了化学反应："大刘，不是我挑唆啊！你算算看,你和你老婆结婚时待一起没几天就外出了,九个月之后你女儿出世,这时间对不上号啊。该不会这孩子不是你老刘家的种吧?"刘大胖子眼睛眨巴半天说不出话,表兄接着说:"按理,做父亲的出抚养费给女儿是应该的,不过,要是不明不白地帮别人养女儿,那不是好人,是蠢人。"

酒精的作用再加上了"蠢人"两个字,构成了一股打通任督二脉的冲击波,驱使刘大胖子歪歪斜斜地迈向了前妻的家。真相在一问一答间起了底:女儿的父亲确实另有其人!刘大胖子不气吗?那怎么可能!是个男人都必须非常非常非常生气,他想不通老实巴交的前妻竟然还跟他玩阴的,要不是表哥的提醒,别人家的女儿就成了他这辈子最大的债主了!刘大胖子越想越气,越想越气,气到最后,这事儿又不了了之了。不是刘大胖子窝囊无能,怪只怪刘大胖子心太软。他和表兄说:"前妻不容易,以前她喜欢的那个男人现在有了别的女人,不要她了,她拖着个女儿过得苦巴巴的。虽说我和她没什么感情,可一日夫妻百日恩,我哪里横得下心再去逼她。算了吧!"

男女之间的账,分手见人品。"算了吧"三个字听起来轻飘飘,要心甘情愿地从唇齿间吐出来,得有多大的气量?就冲这份气量,我自发地对刘大胖子刮目相看了。也就是从那时起,刘大胖子似乎看破红尘,属于他的这一句口头禅鲜活地诞生了。他不用把从牙缝里挤出来的九百元送去给"女儿"了,生活水平随之上浮。他把大部分的精力投入到噼里啪啦的煎炒油炸当中去,且乐此不疲,光棍的小日子过得舒舒坦坦。为了吃,他慢慢地发掘着自身的潜能,无师自通

刘大胖子

地摸索出许多简单可行的门路,他有的是闲心闲情嘛!春天,他背着一只蛇皮袋去山里转悠,天可怜见他的一身胖肉,真不知道他是费了多少牛劲儿才拗回一大袋子野山笋。夏天,他为了吃上野生的小鱼,居然勇敢地在背上装了个电瓶蹚在小溪里电鱼,附近大大小小的小溪都给他电了个遍,电到我们家门前的溪流里,我扯着喉咙和他打招呼,他喜滋滋地向我展示竹篓里的战果:十来条小拇指粗细的鱼儿,一把黑乎乎的螺蛳。头顶太阳暴晒了一场,就落得这点小意思,他还挺满意的。我伸出手指给他算账:一套电鱼的工具多少钱?一斤小鱼多少钱?一斤螺蛳多少钱?自己累死累活地在小溪里折腾,还不如拿添置工具的钱买着吃呢。他丢个大白眼给我,不理会我的账目:"你懂个屁!吃鱼没有捕鱼乐,我乐意!"好吧,这世上,千金难买我乐意!刘大胖子,你行!你是个人才!将心比心,一个草根胖子在跳过了生活中的沟沟坎坎后,依旧能把日子过出几丝喷喷香的禅意来,不服不行啊!

秋冬交接之际,刘大胖子开始忙碌起来,不知道他打哪儿勾来的门路,手里捏上了一笔做熟了的业务——拾掇行道树。镇上的行道树是法国梧桐,每年的深秋时节必须给几十棵树做一次小规模的修剪维护。梧桐树不高,树冠蓬蓬松松的,刘大胖子先是站在梯子上锯,高处的锯不了,他就爬上树去。别看他长得胖,爬树倒是蛮利索,比起《动物世界》里的大棕熊毫不逊色。有一日中午,我收摊回去的路上,看到他正骑在一棵Y形的大树上使劲儿拉锯子,不免替他担心:"刘大胖子,你可千万别把树压倒啊!"他听出我的声音,高高兴兴地把胖脸从枝杈间移出来和我说话："树要是倒了，是我运气不佳，不怨树的。"我有些幸灾乐祸地取笑他："万一你掉下来，也得第一时间保护好你的嘴，不然的话，以后就不能吃好东西了。"

一提到"吃"，骑在树上的刘大胖子来了劲儿，随手在自己的兜里一掏，居然掏出了一大把白胖的虫子："喏，三三，看到了没，好东西啊！"我一惊，只当他说笑："你个馋货，弄些虫子来唬我，我才不相信你会吃它们呢。"刘大胖子咧嘴一笑，得意扬扬地把玩起那些软乎乎的家伙："你是不知道这梧桐树虫子的美味儿，油锅里炸得酥酥的，撒点椒盐，吃得人要上瘾的。"他讲得兴起，突然间作势扬起手："来来来，你站着别动啊，我扔一把给你回去试试，保证好吃。"我生怕他真的给我下一场劈头盖脸的恐怖虫子雨，尖叫了一声，匆匆地推着我的小摊子挪到五米开外的地方："你个死胖子，再吃虫子的话，你马上变得比虫子还要丑了！"他半点儿不生气，继续呼啦呼啦地拉锯子，一边拉，一边回我："世上什么东西都是假的，只有吃到自己肚子里的东西才是真的！"

隔天，他来菜市场，我没压得住自己的好奇心，嬉皮笑脸地向他打探梧桐树虫子的下场。他眼珠一瞪："昨晚我用猪油煎透下酒了。"我撇撇嘴，他看得出我的怀疑，悠悠儿地抖出了个秘密："三三，你不知道吧，那梧桐树上的虫子不单是我一个人吃的，街上卖斗米虫的贩子也拿它们当斗米虫卖呢，不知情的人还不是一样在吃。"

斗米虫生在山区一种长倒刺的灌木中，要想抓到它们，砍断躲着虫子的灌木是唯一的手段。斗米虫跟梧桐树洞中掏出来的虫子体型相差无几,全身乳黄色,本地人坚信斗米虫有利于消化,能提高免疫力,治疗小儿厌食症尤好。近年来,由于市场的需求量大,加上乱砍滥伐,长倒刺的灌木渐渐稀少。树没了,虫子跟着没了,物以稀为贵,一条小小的虫子最高能卖到一百元。小贩子在高利益的引诱下常常另辟蹊径,鱼目混珠,而外行人多半是不晓得其中奥妙的。经刘大胖子一扒底儿,我这个日日在菜市场混生活的小贩子才长知识了。我撺掇刘大胖子:"人家卖虫子一挣好几百,轻轻松松地,你学学他们好了,反正你锯梧桐树有的是虫子,搞几根灌木装装样子,还愁没销路?"刘大胖子斜眼瞪我:"三三,看不出你的花花肠子还不短呢!你知不知现在买虫子的人中有一部分人是做了化疗的癌症患者,人家拿钱换虫子求续命,我拿假虫子骗人,不伤德行吗?"我被他叽里呱啦地教训了一顿,心虚了:"你不卖,别人在卖,还不是一样。"刘大胖子傲然一笑:"别人是别人,我是我。"不可否认,刘大胖子配合着这句话的神情牛掰极了,不做作、不虚伪、不煽情,似乎他胖脸上的每个毛孔都在哗哗地往外涌着热气腾腾的正能量。

我在饭桌上和万先生讲刘大胖子,万先生是彩票店的常客,对刘大胖子的威名早有耳闻:"呦,你说那个胖子啊,回回在彩票店里吹牛皮,人家当面挖苦他他也不恼,过得乐呵呵的。"我问万先生:"胖子中过什么奖没?"万先生摇摇头:"好像没有听说过,奖有那么容易中的吗?那么傻乎乎的一个人。"中不中奖,跟傻乎乎有关系吗?

差不多是我和万先生说事的一个多月之后,镇上的彩票店噼里啪啦放了一场炮仗报喜:有人中了五十万的大奖。五十万说多不多，说少不少，搁普通老百姓头上，它就是个能把日子过滋润了的大数目。可中奖的人是谁呢？无论平日里挤在彩票店的一伙彩民怎样削尖了脑袋查询有关中奖人的蛛丝马迹，彩票店的老板始终三缄其口。人家做这一行有规定的，能随随便便地坏了规矩泄露幸运者的名字？也就在这个紧要当口上，向来高调进出彩票店的刘大胖子却悄无声息地消失了。众人不由得恍然大悟，进而羡慕嫉妒恨：五十万呐，凭什么被一个傻不愣登的胖子搂跑了？

有关刘大胖子携款逃跑的版本，在镇上流传了个把月，许多人对刘大胖子的幸运深信不疑。刘大胖子热衷于买彩票大家有目共睹，开奖后隐身的不是别人，独独是刘大胖子，五十万不是刘大胖子领走的，还会是谁？以前，大家都觉得刘大胖子不聪明，眼下，大家伙儿的口径不约而同地改了：刘大胖子真人不露相，肚子里有货啊！知道手里多了一大笔钱不安全，挑了个地方躲起来大大方方地花，谁也占不到他的便宜。

那几天，我站在菜市场里，耳朵里塞满了杂七杂八的小道消息，心里暗暗地为刘大胖子高兴：他是个善人、老实人、真诚的人，不折不扣的好人，老天爷奖赏他五十万没错儿，他该得。只不过他大手大脚惯了，五十万架得住他花多少日子真是个问题。一年？两年？三年五年？

一年我都说多了，两个月不到，刘大胖子突然胡子拉碴地出现在众人的视野中。一波未平一波又起，中奖的热度尚且没完全褪尽，话题中心的刘大胖子再一次成了焦点。刘大胖子走在街上，不出意外地受到了四面八方的亲切问候:"大刘,五十万用完了?"奇怪的是刘大胖子对"五十万"这三个字没反应,一脸的无动于衷。或许这人庞大的身体里确实藏着很多让人看不透的东西吧!

刘大胖子和往常一样到我摊子上来摆龙门阵,买了超量的肉啊鱼啊什么的,有大摆筵席的嫌疑。我半真半假地和他说五十万:"胖子,你买彩票中的五十万呢?吃满汉全席用完了?"刘大胖子嘟着厚嘴唇,略有不满:"你也给我戴高帽子!谁看到我中了五十万呀?"我反问他:"没中五十万,你躲起来干吗?"刘大胖子委屈地摆摆手:"我躲什么躲呀!你是不知道,我这些日子是被老同学骗到外地的一个传销组织里关起来,好几个人管着我给我洗脑,不给我吃东西,我差点儿被坏人扒掉一层皮,还中奖嘞!我能活着逃回来是我爹妈显灵了。嗯,是中了大奖!为了庆祝中大奖,我得大吃几天,把挨饿受难的损失补回来。"他说话的语气和神态看上去十分自然,以我和他多年的交情,完全不像在编谎给我听。我盯着他看了又看,他似乎真的比两个月前要憔悴了一些:中了五十万的人不胖反瘦,说不通啊!不过,他是怎样从危险的地方脱身而出的呢?这个,刘大胖子忸忸怩怩地不愿意说。

不说归不说,纸里还能包得了火?如今的刘大胖子来街上买菜不是一个人了,他的身边多了个娇小玲珑的女人。刘大胖子给我介绍:"我女朋友,传销组织里一起逃出来的,两个人黑灯瞎火地在深山老林里瞎走了两天,饿了个半死。我的脚崴了走不动了,她把我藏了起来先走了,就在我以为自己没人管了,要死在没人发现的地方时,她搬来救兵把我救出了绝境。如果不是她,世上怕是少了一个胖子喽!"

女人的右手拉着刘大胖子的左手,静静地望着刘大胖子,眼神清澈宁静。男人和女人之间,最默契的不是言辞,而是下意识的动作。是不是他拉着她的手奔逃在黑漆漆的树林中的一瞬间,她的心被这个憨厚的胖子打动了呢?于是芳心暗许不离不弃。

想想,那该是多么紧张多么诗意的夜晚啊!

关红豆什么事

"应该是1962年的事情吧!"说这话的时候,母亲拿着锅铲的手不由自主地定了一下,煤气灶上的一锅鸭肉已经被酱油红糖煨成诱人的模样,小小的厨房里填满了让人垂涎欲滴的香气。

我一边吸溜着鸭肉的香味,一边刨根问底:"你怎么就可以肯定是1962年呢?"母亲继续煸炒着红彤彤的鸭肉,轻轻地,仿佛是在拿捏着合适的劲儿翻动一锅尘封多年的旧事:"我当时十六岁,正好是你外婆卧病在床的第三年呀,顿顿吃不饱,我当然记得很清楚了!"

"吃不饱"是滞留在母亲脑海里最深刻、最不能撼动的记忆,从她懂世事的第一天开始,她就发现,几乎身边所有的人都在困苦与饥饿中苦苦挣扎。外公外婆的一生里共孕育七个儿女,我的母亲是老大,在她之后陆陆续续地又有三个弟弟三个妹妹,加上年迈的奶奶,大大小小十张嘴,在当时那种全国性大饥荒的情况下,日子的艰难可想而知。

家里的大灶只是个摆设,两口大铁锅早就响应国家的号召上交给集体了,只留下两只笨重的木头锅盖。吃饭是统一活动,到了饭点,我的母亲就和她的大弟抬着一只黑乎乎的铁皮桶去村里的食堂打饭。按照每户每人的劳力标准,两个半大的孩子每次都能领取到大半桶的食物,食物的种类根据季节而定,有时是清汤寡水的稀饭,有时是红薯秆子加麸皮,有时是胡萝卜菜叶汤,有时是玉米皮的糊糊。

稀饭真的是稀,舀一碗捧在手里,人在喝,稀饭里的倒影跟着喝,所以我大舅给稀饭取了个别扭的名称"人头泡稀饭"。可就是这样的稀饭,也不是能随心所欲喝个饱的。家里的孩子多,为了尽可能地让孩子多吃一点,外公外婆常常忍着饥饿把自己的那两份平均地分给面黄肌瘦的孩子们。

饭吃不上,村里的工分依旧要去挣,外婆的身体本来就羸弱,苦苦支撑了几年后整个人终于垮掉了,在我母亲十四岁那年的秋天病得七荤八素,从此卧床不起。

外婆不能上工了,家中的主劳力少了一个,这直接影响到每天领取的三餐定量。大一点的几个孩子尚且知道勒住裤腰带忍着不吭声,最小的舅舅和阿姨才四五岁,吃不饱的孩子特别会吵、会生病,一天到晚叽叽歪歪地闹个不休,把躺在病榻上的外婆的心都揉碎了。

彼时,外公在村里的饲养场干活,侍弄着饲养场里的几头大黄牛。和牛打交道,脏是脏了些,好歹还有些实惠——家里的孩子们隔三岔五地可以享受一点外公从牛嘴边偷偷挪出的糠皮。我的外公很老实,不敢贪心,只是在每次喂牛的当儿悄悄地抓一把糠皮塞在裤兜里等到放工后带回家。零零碎碎的糠皮积攒在一只大肚子陶罐里藏在灶膛中,用黑乎乎的锅盖掩护着,外人来串门完全看不出有什么异样。

等到糠皮攒到半罐,挑个夜深人静的晚上,我的母亲就在我外婆的指导下,往糠皮里拌上筛过的观音土做成窝窝头烤熟分给弟弟妹妹们充饥。放在眼下,糠皮观音土窝窝头恐怕连猪都不愿吃,然而在缺粮少食的岁月里,这却是不可多得的好货色,多多少少充实了孩子们干瘪的肠胃。

饲养场里有一个小型仓库,每年七八月份,集体收获的黄豆和红豆会暂时堆放在仓库里,等待后期的分配。饲养场里干活的男男女女,不管年纪轻的还是年纪老的,全饿成了大风一吹就能飞上天的可怜相,眼瞅着黄豆和红豆摆在眼皮底下,有几个能熬得住不动歪心思?

偷偷拿些豆子是饲养员之间心照不宣的秘密,别的人多半拿黄豆,外公偏偏中意红豆。他从一本古旧的医书上得知红豆有补血的功效,他满心希望可以给缠绵病榻的外婆增添些营养,让外婆的身体有些转机。那样的一个家,大大小小七个孩子,怎么可以少得了母亲的操持!

毕竟是件要避人耳目的事情,外公每次拿红豆时都小心翼翼地,只是一点点,灌在鞋子里带回家倒进灶膛里的陶罐中。陶罐没有保险箱的性能,红豆放在里面没几天居然招来了老鼠,人还没有尝到红豆的味道,老鼠已经迫不及待地把红豆往自己的窝里拖。有好几个深夜,我的母亲因饥饿而无法入睡,她捂着肚子蜷缩在床角细听着老鼠搬动红豆时发出的窸窸窣窣的声音,心里既悲哀又无奈。

那年冬天到来之前,饲养场里出事了——仓库里少了一袋子黄豆,被上头来检查工作的一个组长看出了端倪。于是,在相关人员的指示下,轰轰烈烈的整风运动在村里展开了,村长王金发带着一队民兵挨家挨户地搜查失窃的黄豆。其实王金发是清楚的,自从黄豆被带出饲养场之后,基本上就已经被饥饿的肚腹消化掉了,就是把整个村子翻个底朝天也找不出来。王金发是个敦厚的人,他的本意是不为难劳苦的乡亲们,可上头的命令又不能不服从,不管心里怎样不情愿,搜查的形式还是不能不做的。

搜查队涌进外公家的院子里时,外公并不知晓,他依然在饲养场里喂牛。一行人里里外外一顿翻找,灶膛原本不是隐蔽的地方,藏着的陶罐轻而易举地被捧了出来——里面有半罐子的红豆。外公拿回家后,除了被老鼠吃掉了一点,外婆一颗也没舍得吃,说是留到大年三十给孩子们炖锅红豆汤喝喝驱寒。

我的母亲抱着我那虚弱的外婆靠在床头惊恐地看着那只暴露在众人面前的陶罐,不晓得罐底的红豆会给这个贫困交加的家庭带来怎样可怕的冲击。也许是游行批斗,也许是取消外公社员的资格,也许是罚款,甚至还会抓去坐牢,那样的时代,那样的氛围下,一切似乎都有可能。

七八双眼睛齐刷刷地盯着王金发,等待他的决断。集体的红豆明明白白地摆在众人面前,只要他一声令下,我的外公绝对难逃责难。王金发探头看了看院子里呆立的几个半大孩子,再探头望望床边上无助偎依着的娘儿俩,他犹豫了一会儿,终于开口了:"我们走吧!上头交代我们来追查黄豆,关红豆什么事?"

一句"关红豆什么事"改变了整件事情的结局,也让我年幼的母亲记住了那个黝黑精瘦的中年人,记住了不堪生活中那可贵的善良之心。

于 卫

现在想起来，我对于卫的第一印象实在是很不好。乞讨就乞讨呗，那么大的一坨肥肉大大咧咧地堵在路中间，使得过往的行人都要绕着他走；霸着路心不动窝也就罢了，偏偏嘴上还叼着一支烟，一副心安理得的样子。

我的摊子放在他的旁边，没有顾客时我就歪着脑袋斜视他，他穿一件大红色的广告衫，因为汗水和污渍，那红色的衣服上布满了大大小小的抽象画。也许他察觉到我的目光里有些鄙夷的味道，有些讪讪然地扔掉香烟屁股，冲着我讨好地一笑，两颗大门牙像成熟了的老玉米那样黄灿灿的。我撇撇嘴，没搭理他。

小镇的菜市场素来不缺乞讨者，大多是年迈体弱或缺胳膊少腿的，像他这般四肢健全的大男人赖在地上还是极少见的。整个上午，他的收益甚微，面前的一只用来讨钱的小塑料盆里只有少少的几张小额纸币和零星的钢镚。他的人虽然盘着腿不动弹，嘴皮子还是挺勤快的，大爷大姐阿姨小妹阿婆之类的称谓，流畅地从他的牙缝里蹦出来。但愿意拿正眼瞧他的人几乎没有，偶尔有匆匆而过的善心人，手一挥,几块零钱"铛"的一声跳落在他的钱盆里,这足以让他感激地回赠若干个"谢谢"了。可是,又有谁会真正地在意一个脏兮兮的外地乞讨者的谢意呢?

临近中午的时候,来菜市场的人渐渐地稀少下去,我准备收摊回家,他见状,觍着脸叫我:"美女!这附近还有可以讨钱的地方吗?"到底是混江湖饭的,"美女"这么时髦的词张口就来,我板着脸,没好气地回一句:"不知道!"他碰了一鼻子灰,竟也不恼,低着头把塑料盆里的钱小心地整理好后放进了荡在胸前的一只褐色布包里。

钱收好了,他开始活动手脚,我先前没留意到他的右手边还放着一根拐杖,他借着拐杖努力挣扎了好几下,脸也涨得通红,总算从地上爬了起来。等他站稳了,我才发现了他整个人的蹊跷之处。粗粗一看,貌似正常,再细看第二眼,他的两条细细的胳膊和他壮硕的身板很不配套,腹部凸出,犹如在汗衫里藏了只吹了气的皮球。他拉了拉胸前的布包开步向前,走姿特别地别扭,左一颠,右一晃,要不是有拐杖的支撑,说不定连蹒跚学步的孩子都比他走得利索几分。

六月的太阳很猛,这一套简单的动作做下来,他的广告衫后背上立刻印出了一大块汗斑。我有些不忍,也为起初鲁莽的判断脸红,遂跑到就近的小卖部里买了一瓶矿泉水拿去给他。他有点意外,油光光的脸上浮起似是而非的模糊表情。我问他:"你打算去哪里?"他擦擦汗:"先在镇上溜一圈吧!这地方我还是第一次来呢,看看情况再说。"一个"溜"字听上去蛮轻松的,但就他的状况,实施起来怕是难度不小啊!

第二天我去摆摊，居然还在老地方见到了他，大概是因为昨天的一瓶矿泉水，他便自来熟地操着变腔的普通话和我打招呼。趁着生意的空档，我好心地点拨他："你今天不应该还待在这块儿，昨天要给你钱的人已经给了，不会给你钱的人反而要怪你不识相，最起码你应该隔上半个月再来，要钱最好别变成熟脸，不然这镇上你是要不到钱的。"我的一席话完全是站在他的角度考虑的，不带半点戏弄他的意思，他边听边点头："我知道了，不过我来一趟的确很难，就是乘个公交车也吃了别人老多的白眼，只好在这里讨一天算一天了！"

想来他说的必定是实话。炎炎夏日，他白日里坐在大太阳下接受骄阳的洗礼，晚上不晓得睡在哪个旮旯里，洗澡更是完全不可能的事儿。饶是我站在离他一米开外的地方也能闻到他身上散发出的浓浓怪味，在封闭的公交车里，怎么能不讨人嫌弃呢？我一时间无话可讲，扭头之际又瞟到他唇间的香烟，忍不住说道："你讨钱最好专心些，坐在这儿大老爷似的叼着烟，多叫人看不顺眼。"他嘿嘿地笑笑："管它呢！我心里憋得慌，叼根烟解解烦！"

或许他在异地乞讨的这段时间里，我是为数不多的愿意和他交流且不属于他那个圈子里的人。没等我开口询问，他便不紧不慢地把自己的身世背景铺展了开来。

他叫于卫，来自安徽阜阳的某个小村庄，家中的独子，打小聪明健康，转折发生在高三那年，他开始不间断地摔跤，平地上走得好好的人也会在一瞬间腿软跌倒。家里的人谁也没在意这大病的前兆，只当是学习紧张累得慌，以为多休息休息会改善的。慢慢地，他摔跤的频率越来越高，父母有些担心了，在村医的指点下去了县城医院。县城里的医生一诊断，问题挺复杂，说不出个所以然来，又让他们再到省城医院去确诊。转了两个圈，几个专家一会诊——慢性进行性肌无力。

听着这词新鲜且不凶猛，没有癌症那么赤裸裸的吓人，细细向医生打听了一番才明白，这病比癌症好不到哪儿去。癌症还有新研究出的药缓解续命，慢性进行性肌无力是世界医学难题，目前尚无药可解。确诊的那一刻就意味着于卫的人生自此刷上灰黑色，他将从一个能勉强走路的人渐变成一个走不了路的人，再渐变成一个卧床等死的人。

十几岁的大男孩什么都懂，再上学也没多大意义了，何况他经常跌得晕头转向的，只能退学。父母爱惜唯一的儿子，卖掉了家里所有值钱的东西带着他南来北往地求医，几年下来，能借的钱全借遍了，该做的治疗全做了，病情却没有一点起色。二十来岁的于卫不忍再看窘迫的父母为自己四处奔波，在老家找了个老中医，喝些汤药聊以自慰。既然瘫痪是早晚的事，还不如趁现在还没倒下，安安心心地陪在父母身边，为他们做些力所能及的小事，也不枉费父母生他养他一场。

然而命运真的就是这么不近人情，连于卫心中最简单的愿望都不肯成全。这边于卫的病还是一团乱麻，那边父亲心脏突然出了大问题——心肌梗死，必须及早给心脏动手术，不然性命堪忧。手术费加预后治疗需要七八万，可于卫家连七八千块也拿不出。借钱这条路行不通了,旧债还没还上,谁会愿意把钱再放进于家这个无底洞里来?

于卫心如刀绞,难道眼睁睁地陪着父亲等死?父亲五十岁还不到啊!自己的身体不争气,何以救父亲于水深火热之中?钱、钱、钱……当下最迫切的是如何筹集到钱。有一天,满脑子想钱的于卫灵光一现:既然靠劳力挣钱不可能,靠厚脸皮去讨钱总可以吧!他把自己的思路和母亲一说,母亲泪水直流,她舍不得儿子去风餐露宿地乞讨,但别的出路实在没有啊!千叮嘱万叮嘱之后,母亲哭着把于卫送到村前的大路上。

就这样,走路摇摇晃晃的于卫背着母亲缝制的一只大布包乘着火车从阜阳出发,一路乞讨到了浙江。为什么到浙江来呢?于卫说浙江经济条件相对好一些,以为伸手要钱会更容易一些。事实呢?像于卫这样身患隐疾的男人想讨点钱绝非易事,他有手有脚还不聋不盲不哑又没破相,手伸到别人面前去,托回来的多是白眼,被唾沫星子呸一口更属正常。有好多次,于卫看着马路上川流不息的汽车,想着一头撞上去就一了百了,再想想,万一死在异乡的马路上了,等着做手术的父亲怎么办?倚门望归的母亲怎么办?

不能死,只好活下去,活下去,家里就有救。凭着这个信念,于卫在三年多的时间里踏遍了浙江省大大小小二十几个城镇,省吃俭用陆陆续续地给家里汇去了父亲的救命钱。再努力一把,父亲做手术的前期费用就差不多了。

一个行动不便的年轻人在一千多个颠沛流离的日子有多少个让

人难堪的片段？有多少次备感凄凉的瞬间？于卫寥寥数语带过，平静得仿佛述说别人的故事。

眼前这个席地而坐的青年，如果不是身患恶疾，他这个年龄也该成家了吧！有个娇美的妻子，踏着快乐的节奏，过着自己想要的生活吧！"如果"于他而言只是个美好的设想，而他似乎永远也没有可能走到这个设想当中来，他残缺的一生中所有的精力都必须用来奋力生存，为自己，为家人！

于卫在小镇的第二轮乞讨不太理想，一个上午只收获了三十多元。太阳那么大，继续待下去也没意思了，他决定去别的地方碰碰运气。他走的时候，我给他买了一份点心外加两元钱，这是我对来镇上乞讨的残疾人一贯的待遇。在菜市场摆摊多年，凡是看到真正残疾的乞讨者，我总要尽个微薄的心意，钱很少，但每次看到都要给——蹲下身给。有刻薄的人看到我这样做，颇为不屑："三三，你好多事！这些残疾人是国家照顾的，每个月会发钱给他们，他们日子过得不要太好哟！"

谈及这个话题，于卫在布包里掏了一本绿色的残疾证出来，我一看：二级残疾。于卫说每个月救助的明明白白的两百多元在这儿，但他家的情况能坐在家中守着救助金度日吗？

也是！参照眼下的生活标准，两百来块钱顶个嘛事？烧饼1.5元一只，于卫一日三餐吃烧饼喝凉开水也得一百来块钱呀！父亲还救不救了？这话于卫边向我说明边摇头，没有抱怨，只有无奈。人活到这刀口上了，瞎蹦乱跳有啥用？看开了，认命！

下一站要去哪里，于卫当时没说，反正那次以后我再也没有在小镇上看到过他。一晃两年过去了，就在我快要忘记这个人的时候，他又出现了。两年未见，他浮肿了许多，头发油腻腻的，脸色黄中带青。我在他身边停下脚步，照例递上两元钱，问他："你父亲怎么样了？"他不肯接我的钱："你做点小生意也不容易，别给了。我父亲今年春上做了心脏搭桥手术，恢复挺好的！"我把钱放到他的小盆里，他"嘿嘿"笑了几声，没再推辞。

我真心为他高兴，多不容易的事啊！这么个东倒西歪的人，在贫困交加的现状中竭尽所能地把自己的父亲从死亡线扯了回来，就是身体健康的人都不见得比他做得强！

他那天的运气不佳，在他的对面还跪着个要钱的年轻女孩子，面前摆着张简介，上书家穷、人苦、上不起学之类的可怜话。女孩子长得乖巧又会即兴表演哀声哭泣，善良人的眼球呼啦啦地被她吸引了一大片，不多会儿她的膝盖边便散满了钱币，估计有个四五百元。

跪着乞讨的女孩子是职业骗子，以前也来过，全靠临场发挥眼泪攻势打动人心。于卫完全不是她的对手，枯坐了半天，讨的钱还没人家的零头多。于卫生气得不得了，点了支烟叼在嘴角，指着那女孩对我说："她是个身体健康的人，居然不愿意靠劳动挣钱，好吃懒做以骗为业，太恶心了！反而像我这种真正走投无路的人没人来相信啊！"

一席话，带着些怨气与愤慨，听了真是心酸，我对天翻个白眼，逗他："谁让你没人家长得好！别人施舍也要看脸的，女骗子当然比你吃香。你还抽着烟，人家更不待见你！"他慢吞吞地把有限的几个钱归拢好，猛吸一口烟："我整个儿一废人，心里堵啊！我抽的全是最便宜的烟，抽着心里好受点！"

一支烟抽好，于卫拄着拐杖巍巍颤颤地从地上爬起来，龇着牙拍拍自己的大肚子："瞧我这儿，藏着个大胖娃娃呢！"他的肚子因为疾病变得很肿大，移位的脏器与积液使他的体形与怀胎十月的孕妇无异，每挪一步，肚子就有节奏地抖动一下。在健康的人看来，两年的时间弹指即过，在于卫身上，七百多个日夜代表着太多无法言喻的苦痛，疾病一点一点地在恶化，他的胳膊越来越细，步伐越来越难以迈出了。也许过不了多久，他就永远不会再出现在这个镇上了！

我从小店里买了块面包塞进他的布包里，他道了谢，说："美女，你是个好人！"我摆摆手："别给我戴高帽子，我是穷人，给不了你什么帮助。"他抚抚心口："钱是另外一回事，你的真诚就是对我最大的帮助！"于卫说得没错，我们能对别人施以援手的方式有很多，给予精神上的鼓励和人格上的尊重，才是最让人铭记于心的恩德。

于卫的一生，是被命运苛待的一生，是无法逆转的一生，但在他默默承受的这一生里，他还是以最坚韧的姿态尽了一个儿子最大的孝心，这是我敬重的。

假如有一天，你在街头看到一个胖脸、高个子，斜挎着一只褐色布包，叼着烟，拄着拐杖艰难行走的大肚子年轻人，请不要歧视他，对他真心地笑笑，赠予他一点儿小钱帮帮他——也许，他就是我认识的于卫。

阿 瓜

乍一看，阿瓜和这个镇上与他年龄相仿的普通人没什么两样。盛夏时节晒得黑黑的，上身穿的多是背上印着大红字广告的圆领白汗衫，肥大的、颜色混沌不清的阔腿短裤，脚上的拖鞋与坚硬的地面做着不屈不挠的抗争，走一步啪嗒，走一步啪嗒，啪嗒啪嗒个没完没了。秋天到了，米色或藏青色的两件涤纶中山装轮番登场。眼下人们穿衣服讲究随意、舒适，使人觉得脖子和肩部受拘束的中山装已经很少有人穿了，所以，再细细看看穿着中山装且左上方口袋里中规中矩插着两支钢笔的阿瓜，恍惚间有种怀疑，怀疑这个貌似古典的人还活在一个相对遥远的年代里。

阿瓜和别人明显不同的地方是他走路的样子——阿瓜闷着头走路！

阿瓜为什么要闷着头走路？阿瓜在找钱。找那些不慎掉在地面上的钱或者是在不知不觉中滚进了角角落落的钢镚。不闷着头，怎么找？闷着闷着，闷头走路就成了阿瓜的习惯。找着找着，闷头找钱就成了阿瓜的工作。这份独特的工作阿瓜日复一日地干着，干了很

阿 瓜

多年。看他那一丝不苟的劲头，他肯定是要一鼓作气地干下去的！

在地上找钱完全不需要什么技术，只要选对了地方，只要精力集中，半天下来，多多少少总会有点儿收获。最好的地方是镇上的菜市场，阿瓜每日必来"上班"，风雨无阻。菜市场里闹哄哄的，进进出出的人如潮汛时的鱼群一样拥挤不堪。卖东西的人忙着显摆自个儿摊子上的货品忙着招徕顾客，买东西的人忙着讨价还价忙着往自己的袋子里塞采购好的东西，忙来忙去中有些粗心的人指不定就要丢点钱了。丢钱的人一般有两种情况，第一种是自己没注意而身边恰巧有个善意的人看到钱掉了，于是及时地提醒一下，那丢掉的钱还是有机会失而复得的。另一种呢，钱团得皱巴巴的，丢在菜市场脏乱不堪的地面上和五颜六色的废纸没什么两样，来来往往的人谁也没有察觉。那么好吧！丢下的钱有很大的概率会被阿瓜捡进自己的口袋。

阿瓜捡了钱会笑。站在捡钱现场嘿嘿地笑出声。他得意呢！菜市场摆摊的小贩们都熟知阿瓜的德行，阿瓜一笑，有人便和他打趣："阿瓜，侬是不是又捡到钱啦？"阿瓜不说话，嘴巴一直咧到耳朵根：嘿嘿，嘿嘿嘿……

人家好奇地问他："今儿侬捡了多少？让阿拉看看。"问了也是白问！阿瓜才不会给别人看他捡到手的钱呢。小贩们当然不会去和阿瓜顶真，非得拖着他问个水落石出不可，最多是挤眉弄眼地调侃一下阿瓜："阿哟！阿瓜，侬运气噶好！怎么老是有钱捡？明天我们也要和你一起去捡钱喽！"

这话说得真不靠谱！人家阿瓜捡钱靠的是运气吗？才不是！阿

瓜靠的是他的眼睛。

阿瓜的脸圆圆的,两只腮帮子堆满了肉,所以他的鼻子只能委屈在两坨肉之间塌着。鼻子塌着,嘴唇偏偏不肯服输,厚厚的凸出了一截。张爱玲在小说里形容一个人的厚嘴唇,用了很尖刻的一句话:切切倒有一碟子。要是当年的她能穿越到现代来看看阿瓜的尊容,估计立马要把"一碟子"改成"两碟子"了。"两碟子"厚嘴唇、鼓着的腮帮子和塌着的鼻子,拼凑出来的该是多么别扭的一张脸啊!幸好,幸好这张别扭的脸上还有一双实用性很强的小眼睛。阿瓜的小眼睛有时候是磁铁,滋滋地冒着电去追踪去发现。有时候又变成了一台高倍扫描仪,配置着百分百的专注去探查去确认:一毛、五毛、一元、五元、十元、二十元……

照这样的节奏算一算,敬业勤劳的阿瓜坚守在菜市场的这些年里一定收获颇丰吧!

没有!

真没有!

怪只怪阿瓜有个毛病——他不捡一百元的纸币。不敢捡!发自内心的不敢捡。

比如有一回,阿瓜在肉摊前面发现了一张崭新的百元大钞,发现就发现了呗!当时阿瓜旁边又没有别人,只要他手一伸,那一百元就得来全不费功夫。可是,阿瓜不捡,不但不捡,表情还相当古怪,拧着眉紧紧盯着地面上的纸币,嘴巴里发出短促的音节:咦——啧啧——咦——啧啧——

他这么做不是诚心引人侧目吗？菜市场里人来人往的。他"咦"了几声，"啧啧"了几声后，果然成功地吸引了一个路过的老太太的注意。老太太一看，这不是天上掉大馅饼吗？遂三步并作两步地奔过来拦到阿瓜面前，一探身，妥妥地捡起那张一百元，喜滋滋地闪人了。

老太太以为自己抢了阿瓜的好运别人不知道，其实这短短的几秒钟全落在卖肉的永明师傅眼里。一百元意外地易了主，永明师傅替阿瓜不服气："阿瓜，侬个笨蛋，一百元的钞票又不会烫坏手，侬刚才怎么不捡？"

阿瓜立在原地笑：嘿嘿，嘿嘿嘿……

老太太抢走了地上的钱，阿瓜不生气。永明师傅骂他是个笨蛋，阿瓜不生气。阿瓜就知道笑！

讲真，菜市场丢钱的马大哈还真不在少数。这样的事儿后来又发生了一次，是在淡水产区一个卖鱼虾的摊位前。几只注满水养着鱼虾的长长的红塑料盆子前，有七八个女人手上正拿着摊主发给她们的漏勺一心一意地在水里挑挑拣拣，谁都没想到自个儿的脚后跟旁还有一张无主的百元大钞。一张一百元钱折了两折掉在地上，那张钱掉在那里应该有一会儿了，在它身上踩来踩去的人前后有好几拨，通通无感。地面上湿答答的，钱已被糟蹋得面目全非，没点儿眼力的话完全看不出它是张一百元的纸币。

阿瓜早就看见了那张钞票。但他没捡！这一次，他倒是没有"咦——啧啧——咦——啧啧"，他就背着手站在脏兮兮的钞票旁发呆,呆了大概两三分钟,他扭头看看一旁还在挑鱼虾的几个女人,鼓足了勇气似的搭搭离他最近的一个女人的肩膀:"阿婆。"

女人一愣:"侬做啥?"

阿瓜眨巴了几下小眼睛,又叫人家一声:"阿婆。"

女人觉得莫名其妙:什么人嘛,年龄比我大得多,居然好意思叫我阿婆?哼!我有那么显老吗?

其实女人不知道,只要是来这个菜市场的女人,不管多大年纪,不管长相如何,阿瓜一律管人家叫阿婆。

阿瓜揣不出女人心里的不满,依然杵在人家面前,期期艾艾地说:"阿婆。"女人终于不耐烦了,喉咙音粗粗的:"侬做啥?侬叫我阿婆做啥?"

"阿婆。"阿瓜努努嘴,冲着地上的那张一百元努了努嘴。

这下那女人明白了:合着他是在让我去捡钱呀!啊哟,我得快点儿!手上挑了好半天的虾子也顾不上盛了——迅速地去捡!平心而论,这也不能怪她爱占小便宜,寻常的市井小民,每天在柴米油盐的琐碎中兜兜转转,有几个女人能做到见了钱不想据为己有?

她捡钱心切,手臂伸得直直的,弯腰的幅度未免大了些,一旁的人自然而然地被她惊动了。惊动了又怎样?女人把捡到的钱捏在手心后立刻匆匆离开了,谁好仗义执言追着去批评她?说到底,是阿瓜自己发扬风格主动把捡钱的机会让给人家的嘛。

鱼贩子不批评那女人,呱啦呱啦地揶揄阿瓜几句却是少不了的:"阿瓜,侬犯傻是不是?一百块的钱上面长刺了?怕扎到侬的手?阿瓜，侬老实交代，是不是侬看上刚才那个女人了，要讨伊欢喜才把钱送给人家的？"

正在买虾的几个女人全被这话给逗乐了，嗤嗤地笑成一团。人家笑，阿瓜也跟着笑：嘿嘿，嘿嘿，嘿嘿嘿。笑完了，两手反背，继续闷着头在菜市场里绕圈。他绕到哪里，关于他把一百元钱让给别人捡的笑话就飞到哪里。菜市场里的小贩们甚至根据阿瓜这个事创作了一个歇后语：阿瓜捡钱——一百的不要。

阿瓜捡钱——一百的不要。有趣！

阿瓜不知道菜市场竟然流行着这样一句与他相关的歇后语。即使知道了，他也没空理会。他很忙！除了日常的闷头找钱，他在菜市场里还有另一项副业——跑腿。为摆摊的小贩们跑腿。做这个，不费脑筋。阿瓜的主要服务项目是代买餐点。菜市场大部分的摊贩最头疼的就是早上的一顿饭。拿卖肉的屠夫们来说吧！一年三百六十五天，天天半夜起床赶往屠宰场杀猪，惊风鬼扯地去，连滚带爬地来，生怕误了第一批从半山里下来拿货的二道贩子，哪里有时间先顾自己的一张嘴？再说了，不管是点心还是汤汤水水的面饺，都得自己跑到菜市场外面的街上去买。常态下，一个摊位只有一个人，人离岗，生意一准儿就要逃掉，不是肚子实在饿得不像话，谁也不舍得离开。还有卖蔬菜的贩子们，基本上全是凌晨一两点去市区的大农贸市场批货，一个来回七八十里路像打突击似的把货物拖回了镇上时，天已经蒙蒙亮了。先盘点、整理，再一样一样展示在货架上，一套程序做下来还没来得及喘一口气，赶早市的人就源源不断地涌进了菜市场。这个当口,吃饭的事只能搁一边了,做生意要紧呀!

肚子空空地做生意,滋味能好吗?不是有句老话吗:人是铁,饭是钢,一顿不吃饿得慌。

饿得慌了,想吃饭。这饭,得仰仗阿瓜去跑腿。

阿瓜的跑腿费没什么规定,小贩们心里大致有数。早几年,物价还没怎么上涨,跑一趟,一毛两毛钱即可。眼下,钱架不住用了,阿瓜的工资也顺应形势升到五毛钱一趟。或者,五毛还不止呢。阿瓜买好点心后找零来的块儿八毛有些摊主就不要了——抵作跑腿费。有时候,要买早饭的小贩有好几个,这个要吃包子,那个要吃烧饼油条,另外的要吃粢饭,大家七嘴八舌地和阿瓜讲好,塞给阿瓜一只小篮子。也就一支烟的工夫,阿瓜拎着满满当当的一篮子点心脚步匆匆地来了。众人如愿得了自己的早饭,阿瓜当场领了五毛钱的报酬。各取所需,都心满意足了!

为一个人跑一趟,得五毛钱。为好几个人归拢起来跑一趟,还是五毛钱。这笔小账阿瓜不算,他从没觉得自己吃了亏。阿瓜唯一觉得吃亏的事,是菜市场的小贩们总是有意无意地把他和德资相提并论。德资四十多岁,高高瘦瘦的,一天到晚板着一张蜡黄的长马脸,他看人时,眼眶里像架着两支突兀而坚硬的冰柱,不知情的人被他盯一眼,心里难免暗搓搓地发怵。德资的父亲早死了,有个姐姐嫁在外省,好像是做水果批发生意的,要不是德资神经不正常离不开人照应,寡母早就到外省的女儿那里落户去了。

德资的家在离菜市场不远的一条巷子里,两间年代悠久的砖木结构老楼房。有母亲在,家就在,德资的身上拾掇得还算清爽。德资也天天来菜市场,他来是为了捡东西的——他单捡香烟蒂头,地上有的捡时,多短都不嫌。地上要是没有呢?跟踪呀!抽烟的人在前面走,他在后面跟,猎犬似的忠贞,规矩倒是懂一些的,不明目张胆地去抢。通常跟个半圈一圈的,人家便有些不忍心了,他便如愿地捡到一只尚冒着青烟的香烟蒂头。捡到的香烟蒂头是德资的财富,德资狠狠地吸一口,再吸一口,板着的脸不知不觉地舒张开来了。

天晓得德资是什么时候沾上这个坏癖好的。有几个阴雨绵绵的日子里,烦躁的德资嫌弃烟蒂头不解馋,居然去向别人讨烟吃。他这么个人,要白吃一根香烟谈何容易?人家的手指间夹着一支烟指挥他:"德资,给我敬个礼。"他的眼睛牢牢地粘着那支烟,双脚牢牢地拢住,左手僵硬地垂着,右手掌搁到额头上,痛痛快快地敬了一个不伦不类的礼。

偶尔,德资在表演敬礼时,阿瓜也凑到一边来看,背着手,歪着脑袋看着,却是不笑的。

阿瓜一出现,有闲人便拿他和德资做文章:"阿瓜,这是侬的朋友吗?"

阿瓜坚决地摇着他的大脑袋。

人家故作惊讶:"为什么不是?阿瓜,德资这么好的一个人,侬应该和他做好朋友的。"

阿瓜的脑袋摇得像只停不下来的拨浪鼓,嘴巴嘟嘟囔囔的:"我才不和他做朋友,才不和他做朋友。"

他的拒绝是没用的，连德资的老母亲都是这样认为的。德资过完烟瘾后就躺在菜市场附近的某些角落里打瞌睡，菜市场里嘈杂得像养了一千只鸭子的大棚，他偏生能睡得香喷喷的忘记回家。他不回家，他的驼背老母亲就踮着小脚来菜市场找。天底下母亲的心是一样的，儿子再怎么不成样子终归是自己生的，是自己养的，不能不心疼！她摸不准德资在哪里，她总是先找阿瓜。找到了阿瓜等于找到了德资！

在菜市场四处溜达的阿瓜知道德资睡在哪里，他会耐耐心心地把老太太领到德资躺着的地方。阿瓜不愿意做德资的朋友，可是，德资的母亲觉得阿瓜就是德资最好的朋友。不仅是朋友，还是榜样：阿瓜不会乱走，阿瓜天天准时回家，阿瓜不捡脏东西吃……

这个镇上，大概就德资的老母亲愿意阿瓜做德资的榜样了！

阿瓜不做榜样很多年了！婴儿时期的阿瓜是榜样。又白又胖，胃口好得不得了，还不挑食，有什么吃什么，吃好了睡，睡好了吃，从不哭闹。在村子里，一班和他差不多大的宝宝中他是最乖的。稍稍长大了一些，他还是榜样，别人家的孩子皮猴子似的上蹿下跳，处处去闹腾，只有他老实听话。父母亲下地干活去，搬张小板凳让他坐在院子里，他真的坐得住，半天不挪屁股。小伙伴们扎堆一起玩，他待在墙根下一动不动，光看着地面上自己的影子。那会儿，大人们有干不完的活儿，人在地里累得快瘫了，回到家中净想图个耳根清净。别人家的孩子们吵得凶，大人的太阳穴突突地简直要冒火星儿。

阿瓜难得的安静！似乎阿瓜的成长开启的是善解人意的静音模

式,尽管这个静音模式后来被县里来普查的医生安上了个不怎么动听的注解:先天愚型。

先天愚型的阿瓜读了两回小学。

第一次的五年制是阿瓜自己的小学,阿瓜爱去学堂,每天准时挎着小书包去,老老实实在学校坐一天再慢吞吞地回来。学堂里的老师把阿瓜安排在教室的最后一排,阿瓜坐在位子上端正得像一棵小青松。老师举着课本一边读一边在教室里来回走动,不慎走到了阿瓜身旁,顺手在阿瓜圆滚滚的小脑袋瓜上轻轻拍一拍,阿瓜的坐姿越发端正了。

阿瓜的第二次五年制是陪同:上学送,放学接。陪着的人是阿瓜的弟弟阿元。阿瓜上一年级时,姆妈就给他生了个弟弟,阿瓜无比喜欢自己弟弟阿元,姆妈左手拉着阿瓜,右手搂着阿元对阿瓜说:"阿瓜,阿瓜,现在你要对弟弟好,等弟弟长大了他会对你好。"姆妈的手心手背都是肉,她希望有朝一日弟弟能成为阿瓜的依靠。

阿瓜对弟弟真好,从小学毕业了的阿瓜长得壮壮的,弟弟上学不用带脚,阿瓜背着弟弟走得飞快。后来弟弟不想趴在阿瓜背上了,阿瓜成了专职拎书包的大跟班——乐呵呵的大跟班!

这一对小兄弟在镇上一露面,有好说闲话的人免不了要拿他们说事:明明是一个爹妈生的孩子呀,为什么一个是读书郎?一个是木头郎?话有点刻薄,还真是大实话:迷糊的阿瓜有个聪明过人的弟弟。命运仿佛把对阿瓜的亏欠加倍地偿还到比阿瓜小七岁的弟弟头上。弟弟是学堂里的尖子,能写会算,是不用动脑子也能随随便便考出满分的优秀生。而且，弟弟的作文写得特别有水平，在县里的大小比赛中拿回了好几张金光闪闪的奖状。小学升初中，弟弟是镇上学堂里唯一的免考生；初中考高中，毫无悬念的保送；高中到大学，全县的文科状元，学校张贴了大红榜在菜市场的大铁门上。一传十，十传百，状元的名声大噪。

弟弟的名气杨柳飞花地溅到了阿瓜的头上，阿瓜捎带出了名：阿瓜是镇上第一大才子的傻哥哥。傻哥哥的路最好走，小时候怎么迈步，长大了还怎么迈步。

这直溜溜的一条路阿瓜四平八稳地走了下来。头一抬，两鬓的白发瞬间让镇上年长一辈的人心里一惊：怎么？连阿瓜也老了？老了的阿瓜每天傍晚推着一辆轮椅，轮椅上坐着他行动不便的老父亲。七十多岁的老父亲心里残余的文艺情结将衰未衰，只要天晴，小镇西头依湖而建的七彩公园的落日是每天必看的。活到这个份上了，坐在轮椅上优哉游哉地欣赏落日算不算顶好的福气？

算！当然算！

公园里的几个老先生老太太轮番地向阿瓜的老父亲表示了羡慕嫉妒恨。这个说："阿元爹，侬是阿拉镇上顶了不起的父亲了，养出阿元这般出色的儿子。"那个说："阿元爹，侬现在过得介安逸，全靠阿元给侬长脸啊！"七七八八的话里通通是阿元如何出色如何好！

阿瓜爹的老脸先是绽开的，渐渐地，又归拢了，他拍拍搭在轮椅把上阿瓜厚实的大手，叹口气："不瞒你们说啊！在你们那儿，阿元是我的脸面；在我们老两口这儿，阿瓜才是我们实打实的倚靠。不是我说阿元不好，孩子有孩子的难处，从他上大学到工作到结婚到在省城安家落户，我们老两口几乎把一生的积蓄都花在他身上了。他在省城的这些年，工作忙了，一年回来个一两趟；工作不忙，也就节日里来向我们报到一下，几个小时而已，和我们讲不了几句话马上奔自己的窝去了。反而是我的阿瓜，你们当成傻子的阿瓜，忠心耿耿地照顾着我们老两口。他不讲究吃，不讲究穿，不记恨我们老两口的碎嘴，像小时候一样开开心心地听从我们老两口的差遣。他天天去菜市场捡钱，捡回来，一分一厘交给他姆妈。他活到五十多了，孩子一样的心性，没花过我们什么钱，不叫我们操心。我们老了，图个什么？不就图身边有个随时随地叫得应的儿子吗？我的阿瓜，不比那些做事业会挣钱的儿子差！"

　　阿瓜爹的话，好像是有几分道理的呀！人老了，什么都是浮云，跟前有个全心全意的子女最靠谱！阿瓜傻？！让别人去说好了！要废话的总也会来废话，推着父亲的轮椅、自始至终还是踏实贴心的阿瓜呀，如人饮水，冷暖自知！

后 记

我是1978年生人,中考时差一分没能读上普通高中,进了一所职业高中学习服装设计专业。"服装设计"这个名头听起来很高大上,其实呀,就是学裁缝!三年职校结束后,我投身到一个老裁缝的门下练了一年手,然后在我们小区附近的巷子里找了一间月租一百元的临街平房,请我爸去工商所做了张营业执照,我的第一份正儿八经的工作就这么展开了!

二十多年前,加工一条女士裤子十元钱,一件衬衣十四元钱,我一天到晚像条头脑简单的草履虫一样趴在我妈用过的那台比我年纪还大的老"飞人"缝纫机上,哒哒哒地做着似乎永远也做不完的新衣服,什么想头也没有。如果按照这样的节奏往前走,我现在已经是个鼻子上架着老花眼镜的资深裁缝师傅了。可在我的小店开了两年之后,我突然间生了一场缠绵悱恻的大病。为了安心休养身体,裁缝店只好关门歇业了。

在家的日子无聊,成天除了吃饭睡觉发呆叹气,再无他事。时间一长,人的状态很不好,都懒成一根轻飘飘的风里鸡毛了。这个当口上,我嫁在浙东小镇的姨娘回江苏娘家探亲,返程时坚持把萎靡不振的我带到她居住的小山村,说要让我在这个山清水秀的地方好好散散心。

小姨娘的这一热心之举直接影响了我的人生走向——两年后,我也成了浙江人的媳妇儿。在浙江正式生活的第一年,我在菜市场附近开了一家日用小百货店,店门口放着一台缝纫机(就是我原先用的那一台,结婚时我爸从老家搬过来的),接一点缝缝补补的小业务。老老实实守了一年的店,因为怀孕,怕原先就不好的身体吃不消,只得把这个小百货店关张了。等小孩七八个月大了,我又复出江湖,这次是摆地摊。摆地摊最大的好处是时间自由,可以一边挣生活费,一边看管孩子,每天忙碌得像个陀螺。仅有的私人时间是在晚上八点以后,小孩子睡着了,我拧亮床头的台灯看几本杂志。真正开始拿起笔写字是2010年的冬天。起初是无意间涂鸦了几篇小文章,得到了一些好友的捧场鼓励。我这个人有点小虚荣,架不住人家的几句表扬,脑子一热,马上挽起袖子再接再厉地往前写。想到什么写什么,无非是童年往事、生活趣事、身边普通人的故事以及我在菜市场里混生活时的所见所闻,一时倒也自得其乐。几年间陆陆续续地写下来,集腋成裘,长长短短加在一起居然有了好几百篇。得空的时候,我自己对着这些文章回味回味,甚觉不可思议:我这么一个野生的小摊贩怎么会有这么多的废话!

我从来没有想过写作有什么用途。人在异乡,写作最大的好处就是让自己安静下来,让自己觉得不那么孤独。也只有在专注码字时我才有一种幻觉，仿佛自己是《西游记》里的老妖，肺腑里吐出的舍利球常常能熨平日子里翘起的鸡毛，抚慰一下偶尔不知所措的心灵。

关于写作，我没有什么情怀，我只是把写作当成日常生活中一件有趣的事情，凭着一点单纯的喜欢来写写，跟有些人热衷于打麻将、旅行、蹦迪、喝酒，是同一个道理。如果说非要我表示对于写作有什么别的居心的话，那我觉得我应该是为了有点资本教育我十四岁的儿子，让他明白：人不管处在什么环境下，有点令人愉悦的小爱好，懂得遵循自己的内心并坚持下去，总会受益一生的。哪怕是像妈妈这样一个专注混菜市场十三年的"三道贩子"，也能一边在世俗的柴米油盐中跌打滚爬，一边在温暖的文字故事里追寻诗与远方！

陈慧
2018年5月

图书在版编目（CIP）数据

渡你的人再久也会来 / 陈慧著. — 宁波：宁波出版社，2018.6（2025.4 重印）
ISBN 978-7-5526-3197-5

Ⅰ. ①渡… Ⅱ. ①陈… Ⅲ. ①散文集—中国—当代
Ⅳ. ① I267

中国版本图书馆 CIP 数据核字（2018）第 042317 号

渡你的人再久也会来

作　　者	陈　慧
出版发行	宁波出版社
地址邮编	宁波市甬江大道 1 号宁波书城 8 号楼 6 楼　315040
网　　址	http://www.nbcbs.com
责任编辑	苗梁婕
责任校对	朱璐艳　李　强
封面设计	马　力
印　　刷	宁波白云印刷有限公司
开　　本	889 毫米 ×1240 毫米　1/32
印　　张	8.5
字　　数	175 千
版　　次	2018 年 6 月第 1 版
印　　次	2025 年 4 月第 8 次印刷
标准书号	ISBN 978-7-5526-3197-5
定　　价	38.00 元

本书若有倒装缺页影响阅读，请与承印厂联系调换，联系电话 0574-83875165